BEINAH EINE BLUME

AF186702

für Sonsel, Malamud und all diejenigen, die irgendwann, irgendwo ihre Sprache verloren haben...

.

Sicherheitshinweis: für all diejenigen Leser, die die deutsche Sprache, ihre Orthographie und Grammatik verehren: Das Buch is nix für Euch. Man darf eine Sprache nicht verehren, man muss sie lieb haben und entsprechend nutzen. Dazu gehört zum Beispiel, Satzanfänge klein zu schreiben, wenn es angemessen ist, weil sich die Buchstaben zum Beispiel winzig fühlen, wenn sie grade was Trauriges erzählen. Kommata und Gedankenstriche sind dazu da, um Pausen zu machen. Wo die Pausen sind bestimmt der Autor- und nicht der Duden. Schließlich weiß der Duden ja nicht, wo es wichtig ist, Luft zu holen. Aber Schriftsteller wissen das. Zumindest bei ihren eigenen Texten. Also ich. hier. Und Punkte sind übrigens nicht gerne alleine... das haben sie mit Menschen gemeinsam.- all das muss man wissen. Und,- dass Kapitel manchmal im Schneckentempo vorwärts gehen auch...

BEINAH EINE BLUME
Ramona Ambs

Bibliografische Information der Deutschen National-bibliothek:
Die Deutsche Nationalbibliothek verzeichnet diese Publikation in der Deutschen Nationalbibliografie; detaillierte bibliografische Daten sind im Internet über http://dnb.dnb.de abrufbar.
Cover: Doro Nickl-Dobler
https://www.nickl-dobler.de/
© 2019 Ramona Ambs/ Heidelberg
https://www.autorenwelt.de/person/ramona-ambs
ramona.ambs@googlemail.com
Herstellung und Verlag: BoD – Books on Demand, Norderstedt

ISBN: 978-3-7481-7834-7

Was man vorher wissen muss

Ich hab ein Schneckenhaus von einer großen roten Schnirkelschnecke. Es liegt auf meinem Nachtisch und man kann darin das Meer rauschen hören, obwohl die Schnirkelschnecke, der es gehört hat, nie am Meer war. Eigentlich soll das Schneckenhaus ja die darin lebende Schnecke beschützen. Um genau zu sein, sollte es den Weichtierkörper vor Fressfeinden und Verletzungen bewahren.

Dieses Schneckenhaus hat diesbezüglich versagt.

Sonst läge es ja nicht hier.

Sondern wär mit der Schnirkelschnecke im Wald unterwegs. Aber es sieht trotzdem hübsch aus. Und es erzählt mir vom Meer, wenn ich es ans Ohr halte. Es ist jetzt mein Haus. Manchmal wohn ich da drin. Wenn man sich vor der Welt verkriechen will, dann ist so ein Schneckenhaus nämlich ein idealer Ort. Kurve um Kurve entkommt man ihnen. Denen da draußen. Man kann sich endlos tief verstecken, wenn man nur klein genug ist, die nächste Kurve zu nehmen. Und wenn man tief genug rein kriecht, dann gelangt man sicher irgendwann ans Meer. Man muss nur dem Windungsumgang folgen. Diese Spiraldrehungen kann man übrigens mit einer speziellen Zahl berechnen.

Diese Zahl heisst Phi.

Ja Phi... nicht pi! - Man sagt auch goldene Zahl zu ihr. Vielleicht weil es ziemlich mega gold ist, wenn man ein Schneckenhaus hat. Jedenfalls sieht Phi aus wie ein Auge: Φ.

Ich mag Phi. Deshalb führt Dich diese Zahl auch durch dieses Buch. Sie guckt nach Dir. -Sicherheitshalber.

Man sollte Bücher nämlich eigentlich nie alleine lesen.

Man kommt sonst vielleicht auf dumme Gedanken.

Phi begleitet Dich jedenfalls durch dieses Buch.

In Kapiteln, die auf diese Weise nicht so richtig vorwärts gehen.

1

Heute hab ich Miriam gesehen. Sie war da, weil Besuchstag war. Ich mag Besuchstage nicht. Vorher wird man fast wahnsinnig von Sehnsucht und Vorfreude und danach tut alles nur noch mehr weh.

Weil sie mich nicht mitnimmt.

Sie sagt, sie wird mich mitnehmen, wenn ich 16 bin.

Dann sei das für sie und für das Jugendamt ok.

Aber vielleicht sagt sie das auch nur, um mich zu vertrösten.

Und um keinen Stress zu haben.

Bei Miriam weiß man das nie so genau.

Miriam ist meine Mama.

Aber so soll ich sie nicht nennen, weil das spießig ist, sagt sie. Sie sagt, sie würde mich ja auch nicht Tochter nennen, sondern Lumi, - dafür hätte man schließlich einen Vornamen, um damit angesprochen zu werden. Deswegen sag ich Miriam zu ihr.

Das passt auch besser. Sie sieht einfach nicht aus wie eine Mama. Wenn sie mit dem Motorrad vorfährt, den Helm abnimmt und ihre wilden schwarzen Locken dann über die Schulter fallen, denkt man an alles, aber nicht an eine Mama. Außerdem ist sie halt auch noch sehr jung. Grade mal 29. Da kriegen andere vielleicht mal ein Baby. Aber eine zwölfjährige Tochter hat man da eher nicht. Miriam will aber keine Babys mehr. Sie hat ja schon mich und eigentlich bin ich ihr schon zuviel. Deshalb wohn ich ja auch hier im Heim und nicht bei ihr. Früher haben wir zusammen bei der Oma gewohnt. Aber als die dann gestorben ist, hat das alles nicht mehr so gut geklappt. Und dann hat man mich hier hergebracht. Vor drei Jahren. Weil Miriam damals in Urlaub gefahren ist und vergessen hat, mir genug zu essen da zu lassen. Also eigentlich hat sie mir genug Essen da gelassen, aber ich war zu gierig und hab alles ganz schnell gegessen und sie fand den Urlaub schön und hat ihn länger dauern lassen und das ist dann den Nachbarn aufgefallen, weil sie mich gesehen haben, wie ich beim Bäcker vorne die kleinen Kondensmilchdöschen und den Zucker gegessen hab, die eigentlich für die Leute sind, die sich einen Kaffee to go kaufen. Aber ich hatte eben Hunger und Kondensmilch mit Zucker steht da frei rum und dann kann man sich davon ja vielleicht auch mal was nehmen, wenn man sonst nix mehr im Haus hat... Aber die Leute waren doof und haben die Polizei geholt,und die Polizei hat mich geholt... dabei hätten die mir auch einfach was von ihrem Essen abgeben können. Dann wär das alles nicht so gekommen... aber jetzt ist es zu spät.

Die Kind ist in den Brunnen gefallen sagen die Leute zu sowas. Und immer wenn ich das hör, krieg ich keine Luft mehr und schau durch den Brunnenschacht nach oben, aber da oben ist auch kein Licht.

Jedenfalls war Miriam heute da und wir sind hinterm Heim in den Wald spaziert und haben dort heimlich geraucht. Also ich hab heimlich geraucht, weil ich ja noch nicht darf. Also vom Heim aus. Von Miriam aus darf ich alles. Sie studiert Ethnologie und Psychologie und hat immer für alles eine gute Erklärung. Und so hat sie mir erklärt, dass in der Schweiz in Appenzell sogar Sechsjährige schon rauchen dürfen, weil das dort zur Kultur gehört und in irgendeinem Indianerstamm sei das auch so, aber das hab ich wieder vergessen, weil es mich weniger gewundert hat als bei den Schweizern. Die einzige Schweizerin, die ich kenne, ist Heidi. Und die hat in keinem der Zeichentrickfilme je geraucht... auch nicht in Frankfurt... aber ich rauch jetzt, obwohl ich es eigentlich nicht mag, aber mit Zigarette wirkt man gleich viel erwachsener und vielleicht nimmt sie mich dann früher zu sich, wenn sie sieht, dass ich mit zwölf schon so erwachsen bin, dass ich rauche.

Später hat sie mich wieder zum Heim gebracht, hat Laila tov Lumi gesagt, ihren Helm übergezogen und ist auf ihrer Yamaha davon gebraust. Laila tov ist hebräisch und heisst Gute Nacht. Wir sind Juden, aber das weiß kaum einer, weil ich gelernt hab, dass das Leben dann noch komplizierter ist, als es schon ist, wenn man einfach ein Mensch ist...

Ich bin übrigens sehr tapfer. Ich weine immer erst, wenn ich sie nicht mehr sehe. Und wenn mich keiner sieht. Das kann heute länger dauern, weil wir gleich zum Abendessen gerufen werden. Solange bleib ich noch auf der Bank vorm Heim sitzen. Die Sonne geht in der gleichen Richtung unter, in die Miriam davon gefahren ist. Aber die Sonne braucht länger. Sie geht ohne Motorrad unter. Da fehlen dann die nötigen PS...

Eigentlich heiß ich Luminita. Und an das t unten gehört eigentlich eine Locke, weil das ein rumänischer Buchstabe ist und wie ein z ausgesprochen wird.

Das sieht so aus: ț

Aber die t im deutschen haben keine Locken unten und deshalb werd ich oft ganz falsch ausgesprochen. Luminita sagen sie, statt Luminza, wie es eigentlich klingen müsste. Aber die meisten sagen eh Lumi. Den Namen hat mir Miriam gegeben, weil ihre beste Freundin so hieß. Die war aus Rumänien, trank immer viel Kirschsaft und hat einmal zu viele Drogen genommen. Dann war sie tot und meine Mutter schwanger. Beides ungeplant. Einmal hab ich ein Photo von dieser Luminița gesehen. Sie hatte glattes braunes Haar, eine große runde Brille und ein verträumtes Gesicht. Sie sah nett aus. Ich finde es trotzdem komisch, nach einer toten Frau benannt zu sein. Und vielleicht ist das ja der

Grund, warum meine Mama mich nicht so richtig liebt...einfach, weil ich ich bin- und nicht diese Luminița, die sie eigentlich behalten wollte... aber vielleicht gibt es auch einen ganz anderen Grund.

Wenn ich mal eine Tochter habe, werde ich ihr keinen so komischen ungewöhnlichen Namen geben. Sondern irgendeinen Namen, der ungeheuer stark wirkt, so dass man von vornherein Respekt hat vor der Person, vielleicht so ein Königinnenname... Alexandra, Elisabeth oder Viktoria. Irgendwas Starkes eben. Viktoria bedeutet die Siegerin, das hab ich in einem Namenslexikon online gelesen. Meinen Namen hab ich da auch gefunden. Luminita (rum.) bedeutet kleines Licht.

Und Lumi klingt noch kleiner. Und es sieht auch so aus. Wie eine verwelkende Blume, bei der das B schon abgefallen ist und vom E die Querbalken... dann bleibt eine LUMI.

BLUME
LUMI

Jedenfalls taugt der Name nicht, um sich stark zu fühlen. Und um sich Respekt zu verschaffen schon gar nicht. Aber ein kleines verwelkendes Blumenlicht zu sein ist natürlich besser als garnichts zu sein.

Glaub ich. Vielleicht.

Jedenfalls bin ich beinah eine echte Blume.

Beinah eine Blume.

Einmal war ein Mädchen für kurze Zeit hier im Heim, deren Vater aus Lappland war. Und der hat mir gesagt, dass man in Lappland den Schnee Lumi nennt. Das hat mich sehr gefreut. Weil, wenn man das alles zusammen nimmt, wäre ich ein kleines Schneeblumenlicht... und das ist zumindest hübsch, wenn auch nicht stark.

Es klingelt. Ich muss rein. Wir wohnen hier in Wohngruppen zusammen. Das soll mehr wie Familie sein, sagen sie. Meine alte Familie bestand nur aus meiner Oma, Miriam und mir. Und dann nur noch aus Miriam und mir. Und dann meistens nur noch aus mir.

Erst nennen sie es Inobhutnahme, danach Fremdunterbringung.

Letzteres passt besser. Ich geh hoch in den ersten Stock. Da wohn ich mit zehn anderen Kindern zusammen.

Diese Woche hat Sabine Abend- und Nachtdienst bei uns. Aber sie ist heute den letzten Abend da. Nächste Woche kommt ein andere Erzieherin für sie. Deswegen hat Sabine uns Twixriegel als Nachtisch und Abschiedsgeschenk neben die Teller gelegt. Morgen früh um sechs wird sie dann abgelöst und verschwindet für immer. Ebenso wie Frau Bergmann, die Psychologin, die hat uns heute nachmittag Gummibärchen geschenkt, - aber für die kommt ein Mann. Pädagogen, Psychologen, Erzieher... Unangenehme Erwachsene eben. Meist ist es mir egal, wer da ist. Länger als acht Stunden am Stück sind sie eh nie da, außer eben beim Nachtdienst, wo der Abend mit dran hängt. Aber um zehn abends sollen wir ja die Lichter ausmachen und schlafen. Also hat man beim Abenddienst am wenigsten von den Betreuern. Aber wenn sie dauerhaft verschwinden, kriegen wir immer Süßigkeiten. Deswegen ist ein hoher Personalwechsel für die Zuckerindustrie ein gutes Geschäft. Das mit der Zuckerindustrie hab ich in der Schule gehört. Da haben wir gelernt wie das mit Angebot und Nachfrage geht auf den Märkten und welche Märkte es so gibt. Jetzt weiß ich wie eine Schokoladenfabrik funktioniert, falls ich mal Schokoladenfabrikantin werden mag...

Nach dem Essen geh ich auf mein Zimmer. Diese Woche hab ich keinen Küchendienst und auch sonst nix, das heisst ich kann mich beschäftigen, womit ich will. Die meisten gehen ins Fernsehzimmer, wenn sie frei haben und hängen vor der Glotze ab oder spielen was zusammen. Aber ich bin froh, wenn ich allein sein kann. Dann fühl ich mich weniger einsam. Unter den anderen bin ich so fremd, dass es manchmal körperlich weh tut. Und dann ist allein sein besser. Eigentlich könnt ich jetzt weinen, aber die Tränen wollen heute in mir bleiben. Ich bin nicht mal mehr traurig.

Ich überlege, wie die neuen Mitarbeiter wohl sein werden.

Einmal, ziemlich am Anfang, da war eine wirkliche nette Therapeutin da. Sie hieß Frau Frau Hiller. Die hatte sich richtig für mich interessiert. Hat mich immer wieder gefragt, wie es mir geht und wollte das voll in echt wissen. Und dann hab ich ihr irgendwann erzählt, wie es mir geht. Dass ich die Oma vermisse, dass Miriam mir fehlt, aber dass ich sie als Mama wohl abschreiben kann. Und dass ich mir eine Familie wünsche, oder wenigstens eine richtige Mama und dass ich nicht im Heim leben mag und dann hat sie gesagt, dass sie das gut verstehen kann und dass sie mich sehr sehr gern hat.

Das hat sie gesagt.

Zu mir.

Und dann dachte ich, ich hätte eine Chance.

Damals war ich noch dumm.

Ich hab mich dann immer besonders hübsch gemacht, wenn sie in der Woche Dienst hatte. Und bin immer in ihrer Nähe geblieben. Habe freiwillig mehr geholfen als ich musste und hab mir sogar einen Haarreif in meine kurzen Haare gesteckt und versucht niedlich zu gucken.

Weil ich gehofft habe, dass sie mich vielleicht adoptiert.

Weil, sie hatte keine eigenen Kinder.

Das haben wir alle gewusst und dann hätte ich sicher bei ihr zuhause Platz gehabt. Dachte ich halt, bescheuert wie ich war.

Und irgendwann hat sie mich gefragt, ob ich mich ihretwegen so hübsch mache und so viel helfe und ich hab ja gesagt, weil ich dachte, dass sie mich dann gleich fragt, ob sie mich adoptieren darf, aber das hat sie nicht gefragt.

Sie hat gelacht und gesagt, dass das nicht nötig sei, weil sie mich und alle anderen Kinder hier gleich gern hat und jeden von uns genau so mag, wie wir sind.

-Und dann hab ich keine Luft mehr bekommen.

Weil sie mich zusammen mit den anderen Kindern in einem Satz genannt hat. Und weil ich dann verstanden hab, dass sie mich überhaupt nicht besonders mag, sondern nur so, wie sie einen halt mögen, wenn sie hier arbeiten. Also maximal acht Stunden lang. Und eine Achtstundenliebe reicht nicht für ein ganzes Leben. Eine Achtstundenliebe reicht nichtmal für einen Tag. Dafür wär dreimal soviel nötig, weil dreimal acht vierundzwanzig gibt. Aber solange liebt hier keiner. Nicht mal mit Überstundenzuschlag. Und mich schon garnicht. Wenn einen die eigene Mutter schon nicht richtig liebt, jedenfalls nicht richtig genug, um bei ihr zu sein, dann hat man auch bei sonst niemandem eine Chance. Das ist logisch. Weil Mütter ihre Kinder immer lieben. Das ist so eine Art Naturgesetz. Jedenfalls meistens. Irgendwas an mir muss ja falsch sein, wenn meine Mutter mich nicht so liebt wie vorgesehen. Irgendwas, was ich nicht merke... und was sich aber vielleicht hoffentlich irgendwann auswächst... aber da noch nicht ausgewachsen war. Das war mir dann klar. Und die Frau Hiller hat dann kapiert, dass ich Hoffnungen hatte. Es war furchtbar peinlich.

Und ich hab mich dann geschämt, weil ich dachte, sie würde mich besonders mögen.

Ich hatte das damals wirklich gedacht, dass sie mich mag. Also so richtig mag. Nicht nur professionell, weil sie dafür ihr Geld bekommt. Es hatte sich so echt angefühlt...

Es ist mir immer noch peinlich, wenn ich dran denke...

Ich hab dann nicht mehr viel mit ihr geredet.

Wozu auch, wenn sie mich nicht will.

Das fand sie dann wiederum ziemlich doof. Sie hat mir gesagt, ich solle vernünftig sein und dass das kindisch sei. Aber ich hatte ja keinen Grund mehr nicht kindisch zu sein... sie hat ja gesagt, sie mag mich nur wie die anderen. Kindisch sein ist offenbar ziemlich schlimm. Vor allem wenn man ein Kind ist und das dann eben häufiger vorkommt.

Miriam bemängelt auch immer ich sei kindisch, wenn ich sie frage, wann ich bei ihr wohnen kann.

Dann sagt sie, das ginge erst, wenn ich älter und erwachsener sei. Seither versuch ich jeden Tag erwachsener zu sein.

Als Kind will mich jedenfalls keiner, das sollte ich mir also schleunigst abgewöhnen.

Das gelingt mir auch ganz gut. Nur meinen Schlafhasen will ich noch nicht hergeben. Er ist hellblau und heisst Sir Toffel, weil er so vornehm guckt. Und seine Strickjacke hat die Oma

noch selbst gestrickt. Aber ich versteck ihn immer unter der Decke. Also eigentlich sieht keiner, dass ich noch einen Hasen zum einschlafen hab...

Es klopft und gleichzeitig geht die Tür auf. Es ist Robin.

«Spielst Du mit uns Spiel des Lebens?» fragt er.

Ich schüttle den Kopf.

«War ja klar! Du hast nie Bock!» schimpft er und haut die Tür wieder zu.

Jedenfalls ist es besser, man mag die Betreuer nicht. Sonst fühlt man sich verlassen, wenn sie wieder gehen. Es ist viel besser, gleich alleine klar zu kommen. Das ist auch sehr viel mehr erwachsen.

1,6

Heute mittag ist pädagogische Gruppensitzung. Die ist einmal die Woche. Immer freitags. Da sitzen dann alle, die in der Woche Dienst haben mit uns Kindern zusammen und besprechen was so anliegt.

Irgendwas liegt immer an.

Wir Heimkinder sind ja problematisch.

Und das besprechen wir dann. In deren Sprache.

Das ist wie eine Fremdsprache. Untereinander reden wir ziemlich normal und manchmal auch ein bisschen krass, weil man sich nur so durchsetzen kann, aber wir kennen und benutzen auch Wörter, die die normalen Kinder, also die mit Familie, wo man wohnen kann, gar nicht kennen. Es ist wie zwei Sprachen und man sollte eigentlich ein Wörterbuch machen für Kinder, die neu hier sind: deutsch und pädagogisch. Damit man immer gleich nachschlagen kann, was die so meinen, wenn sie reden... Konstruktiv ist zum Beispiel so ein Wort. Wir sollen nämlich immer konstruktiv kritisieren. Das bedeutet, wir sollen sagen, was wir scheiße finden, aber nicht so direkt, sondern so, dass wir die Lösung fürs Problem gleich mitliefern und niemand sich doof fühlen soll. Das ist aber sehr schwierig und die wenigsten kriegen das hin. Ich auch meistens nicht. Aber ich sag eigentlich nie mehr was. Ich raff ja oft schon nicht, was eigentlich das Problem ist...wie soll ich da ne Lösung haben? Aber Tamara, - die ist schon siebzehn, sagt fast immer, was sie scheiße findet, obwohl sie das auch nicht in konstruktiv kann. Danach reden die Pädagogen und Psychologen immer sehr lange darüber. Also nicht darüber, was Tamara scheiße findet, sondern darüber, wie sie es sagen soll, damit es andere nicht verletzt. Sie sagen, es sei sehr wichtig, andere nicht zu verletzen und selbst konstruktiv mit an einer Lösung zu arbeiten. Tamara sagt dann meistens, dass sie das auch scheiße findet und verlässt dann türenknallend den Raum. Manchmal schmeißt sie noch einen Stuhl nach irgendwem. Dann kümmern sich die Pädagogen und dann die Psychologin intensiv um sie. Und sie kriegt Hausarrest oder zusätzlichen Küchendienst. Damit sie lernt konstruktiv zu sein.

Intensiv ist auch so ein Heimwort. Wir hören das immer wieder. Entweder sie bemühen sich intensiv um uns, oder aber einer von uns ist jugendlicher Intensivtäter. Bei intensiv weiss ich immer noch nicht genau, was es bedeutet. Sowas wie viel oder arg vermute ich. Aber ganz sicher bin ich mir nicht.- Es könnte auch sein dass es sowas bedeutet wie als ob oder beinah...

Ich setz mich neben Robin.

Heute ist sogar Herr Brink da. Das ist der Leiter unseres Heims. Weil er die neuen

Mitarbeiter vorstellt. Die sitzen auch schon mit im Stuhlkreis. Annette Mertens kommt für Sabine und wird diese Woche bereits den Mittagsdienst bis abends übernehmen. Sagt Herr Brink. Und Herr Mey kommt für Frau Bergmann, und wird dann künftig die pädagogischen Gruppensitzungen leiten und unter der Woche viermal für vier Stunden als Ansprechpartner für besondere Probleme und Therapien da sein. Sagt Herr Brink weiter. Und dann sagt er solche Sachen, wie sie halt immer gesagt werden, wenn wer Neues kommt.

Der Herr Mey sieht nett aus. Er hat eine runde Brille auf der Nase, kluge wasserblaue Augen und rotbraunes Haar, dass sich nicht entscheiden kann, ob es lockig sein will oder glatt. Diese Annette Mertens sieht nicht so nett aus. Da war

Sabine besser. Ich hab immer ein bisschen Angst vor Frauen mit so feinen Tuchschals. Die sind irgendwie so künstlich. Die wollen auch meistens gesiezt werden. Aber die bleiben auch nie lange. Ich kenne das schon. Die haben nur theoretisch gerne was mit Kindern zu tun. Aber nicht in echt. Ist aber egal. Ich hab eh selten Ärger hier. Ich versuch ja immer möglichst unsichtbar zu sein. Ich wünsch mir auch, das wär wirklich möglich. Also dieses Unsichtbar sein. Ich kenn das ja, also wenn die Seele aus dem Körper fällt und man dann von außen zugucken kann was passiert... das ist ein bisschen wie unsichtbar sein, weil man sich auch so fern von allem fühlt, aber man kann dann nie wirklich ganz weggehen, weil man wie mit einem unsichtbaren Faden an den Körper gebunden ist. Aber wenn man das normal könnte, also den Körper schlafend ins Bett legen oder in den Stuhlkreis der pädagogischen Sitzung setzen könnte und sich dann wirklich und in echt als Seelenvogel auf und davon machen könnte... das wär toll. Raus in den Wald hinters Heim. Durch die Baumwipfel fliegen, dann an der Mausbachquelle landen, sich ein Baumhaus bauen und dann warten, ob noch eine andere liebe Seele vorbeifliegt, die mit einem da wohnen will... Oder ich könnte zu Miriam fliegen. Könnte mit ihr auf dem Motorrad fahren. Könnte dabei sogar meine Arme um ihren Bauch legen, - das darf ich sonst nicht. Wenn ich in echt mitfahre, dann muss ich mich immer hinten an der Halterung festhalten. Weil sie sich sonst so eingeschränkt fühlt, sagt sie. Aber unsichtbar könnte ich mich an sie rankuscheln. Dann wär ich nämlich auch unfühlbar. Könnte mein Gesicht in ihre Lederjacke vergraben und mir den Wind durch meine kurzen lockigen Haare fahren lassen, weil man ja als Unsichtbare keinen Helm braucht...

«Lumi! Du bist dran!»

Ich schrecke zusammen. Ich bin dran.... womit? Vermutlich vorstellen.

Man muss sich ja immer vorstellen, wenn Neue kommen. Ich wage es:

«Hallo, ich bin Lumi und ich bin zwölf Jahre alt, ich gehe auf die Meissner-Gesamtschule und wohne seit drei Jahren hier.»

Alles richtig gemacht. Ich sehs an den Gesichtern.

«Und hast Du Wünsche an die neuen Mitarbeiter oder möchtest sonst etwas los werden?» fragt Herr Brink.

Ich schüttle den Kopf.

«Das ist aber ein schöner und ungewöhnlicher Name!» sagt Herr Mey.

Ich freu mich. Wenn man nur ein kleines Licht ist, dann ist es gut, wenn jemand mit einem lieben Vergrößerungsglas auf einen guckt. Und das fühlt sich so an, als wäre man ein Luftballon und würde aufgepustet werden... Man fühlt sich danach einfach ein bisschen größer als man ist. Wenn die Leute mehr nette Sachen sagen würden, dann wären alle ein bisschen größer und wer sich groß genug fühlt, muss andere nicht klein machen...

Dann ist Robin dran. Robin redet immer lange. Er erzählt immer allen gleich, was ihm zuhause passiert ist. Und das seine Hand so komisch aussieht wegen der Verbrühungen. Und ich versuche dann immer wegzuhören, weil Robin ganz froh ist, dass er hier nicht mehr verbrüht wird und nicht mehr verprügelt wird und vermutlich findet man das alles hier dann wirklich super gut, wenn man verbrüht wurde. Ich weiß nicht, wie sich das anfühlt. Als ich Robins Geschichte zum ersten Mal gehört hab, hab ich danach meine Hand im Bad am Waschbecken unter den Wasserstrahl gehalten und immer heißer gedreht, bis es ziemlich weh getan hat. Dann hab ich die Hand weggezogen, - nicht, weil ich den Schmerz nicht mehr ausgehalten hätte, sondern weil ich Angst hatte, dass meine Hand danach auch so aussieht wie seine. Und die sieht schon irgendwie gruselig aus... «... und nächsten Monat werd ich dann wahrscheinlich operiert und dann trasplieren die die Haut vom Bein an die Hand!» beendet Robin seinen Vortrag.

«Da bist Du aber wirklich tapfer!» sagt Annette zu Robin.

Herr Mey nickt und streicht sich mit Daumen und Zeigefinger übers Kinn. Das machen Männer öfter als Frauen. Bei denen fühlt sich das bestimmt auch spannender an. Weil ja jeden Tag ein bisschen Bart wächst und je nachdem, ob und wann die sich rasieren, fühlt es sich anders an. Ich würde gerne mal so ein Männerkinn berühren. Ich hab keine Ahnung, wie sich das anfühlt. Ich hatte ja nur Frauen in der Familie. Und jetzt hab ich eh nur noch Miriam und die hab ich ja auch nur an den Besuchstagen und in den Ferien. Aber grade deshalb frag ich mich oft, wie sich so Männerhaut wohl anfühlt.

Ich hab garnicht mitgekriegt, was Paul erzählt hat. Aber Herr Mey sagt zu ihm, dass er sich drum kümmern wird und er gleich morgen in sein Büro kommen soll. Ich möchte auch mal zu Herrn Mey ins Zimmer. Das Psychologenzimmer ist nämlich das gemütlichste Zimmer hier. Da stehen zwei blaue Sessel an einem kleinen runden Tisch und daneben ein großer Zimmersandkasten mit Sand und Gummitieren. Der Boden von dem Zimmersandkasten ist blau. Wenn man den Sand in der Mitte teilt, sieht es aus als würde ein Fluß durch die Wüste ziehen. Inzwischen muss ich nur noch vorm Hilfeplangespräch dort hin. Aber ganz am Anfang als ich da war, war ich öfter in dem Zimmer. Das war vor Herrn Mey und sogar noch vor der Frau Bergmann. Da war so eine ganz junge Frau, die zu mir gesagt hat, ich soll spielen und dann hat sie sich Notizen gemacht, wie gut ich gespielt habe. Ich hab offenbar was falsch gespielt. Denn danach hat sie ein paar mal mit mir geredet. Und dann wurde festgelegt, dass ich in einen Selbstverteidigungskurs gehen sollte. Damit ich mehr Selbstbewusstsein lerne. Das ist auch so ein Heimwort. Selbstbewusstsein. Alle sollen immer mehr Selbstbewusstsein haben, aber keiner weiß eigentlich was das ist und ich glaube, dass..., auch wenn man das hat, man trotzdem im Heim bleiben muss. Das ist ja nichts, womit man sich hier frei kaufen kann. Und dann nutzt es einem wahrscheinlich nicht viel. Jedenfalls war ich dann in diesem komischen Kurs mit vielen anderen Mädchen und man hat uns gesagt, dass wir uns wehren sollen, wenn jemand uns zwischen die Beine greifen will. Und wie wir uns dann wehren sollen. Wir haben auf Kissen geboxt und am Ende mit der bloßen Hand ein Stück Holz zerhauen. Aber das ist nur ein physikalischer Trick, weil man kurz vorher ausbremst und man dadurch stärker wird und dann tut das Holz zerhauen garnicht weh an der Hand. Sie haben uns in dem Kurs auch gesagt, dass man Ohrläppchen ganz leicht abreißen kann. Aber das haben wir nicht ausprobiert, weil die ja nicht wieder nachwachsen. Außer beim Axolotl, was ein tolles Tier ist, dem alles nach wächst, aber das Axolotl hat keine Ohrläppchen, die man abreißen könnte. Ich bin froh, dass wir das nicht ausprobieren mussten. Ich fands schon total schlimm zu hören, dass sowas geht. Und dass man das dann machen soll. Ich will niemandem das Ohrläppchen abreißen. Auch nicht wenn derjenige mir zwischen die Beine fasst. Bei mir hat das eh noch nie jemand versucht. Ich glaube, ich bin nicht hübsch genug dafür. Ich hab nur ganz wenig Busen bisher. Und außerdem kurze Haare. Ganz Schwarze. Mit Locken. Aber weil ich soviele Locken habe, soll ich lieber kurze Haare haben, haben sie im Heim gesagt. Weil das weniger pflegeintensiv sei. Und weil ja sonst schon das ganze Leben hier so intensiv ist, war ich einverstanden, als sie mir die Haare abgeschnitten haben. Sie waren halt auch arg verfilzt damals, man konnte sie garnicht kämmen. Miriam hat auch schwarze Locken. Aber die Locken sind nicht so lockig und so störrisch wie meine. Ihr Haar ist eher sanft wellig und lang und glänzend. Sie ist schön. Das sagen auch immer die anderen Leute. Es ist schade, dass ich das nicht geerbt habe von ihr. Wahrscheinlich ist in mir mehr von meinem Vater, aber wie der aussieht, weiß ich nicht. Also, ich hab natürlich viele Ideen, wie er ausgesehen haben könnte und wer er sein könnte, aber er war wohl nur einmal mit Miriam zusammen. Wenn ich sehr traurig bin, dann hoffe ich, dass er eines Tages auftaucht und mich holt. Aber da er nicht mal von mir weiß, passiert das wahrscheinlich nie... Eine Zeit lang hab ich mir einen heimlichen geheimen und unsichtbaren Vater ausgedacht, der war ein bisschen so wie der papa von Pipi Langstrumpf.... ein dicker starker Pirat, der niemals zulassen würde, dass sien Kind in ein Kinderheim gesperrt wird. Aber irgenwann hab ich ihn aus meiner Phantasie verbannt. Es ist doof von einem Papa zu träumen, der einen dann doch nie mit einem Piratenschiff abholt...

«Ich wünsch mir mehr Ausflüge!» sagt Jenny. Ich hasse Jenny. Sie ist ein Tageskind. Tageskinder sind die, die tagsüber hier sind, aber abends zum schlafen nach Hause gehen. Die haben Familie und Heim. Teilstationär heisst das offiziell. Jenny will immer viel machen. Ich will möglichst wenig machen. Und möglichst wenig mit den anderen zu tun haben. Ausflüge sind für mich der blanke Horror. Erst sitzt man ewig zusammen im Bus, dann läuft man irgendwo rum und schaut sich irgendwas an und dann sitzt man wieder zusammen im Bus. Es ist die ganze Zeit laut und man kann sich nirgends verstecken... «Und an was hast du so gedacht?» fragt Annette.

«Holiday-Park oder Europa-Park oder in so ein Spaßbad oder sowas!»

«Wir müssen schauen, was die Finanzen sagen! Wenn genug Geld da ist, dann können wir sowas mal wieder machen!» sagt Herr Brink.

«Aber nicht wieder in so ein ödes Museum oder so ne Burg wo man sich vorher die Hacken ablatscht!» schimpft Tamara und Robin quengelt, dass der Ausflug nicht dann sein soll, wenn er operiert wird, weil er auch mit will und das sonst voll fies sei und er sei noch nie Achterbahn gefahren und dann reden alle durcheinander und dann klingelt Herr Brink mit der Glocke und alle werden wieder ruhig. Alle bis auf Robin, der sich so reingesteigert hat, dass er nun da sitzt und heult, weil er angeblich wegen seiner OP nicht mit darf und niemals Achterbahn fahren darf. Er kriegt sich echt garnicht mehr ein. Herr Brink schaut auf die Uhr und beendet die Gruppensitzung. Die Probleme der Woche fallen diesmal untern Tisch. Das ist das Gute, wenn neue Leute kommen. Dann sind alle erstmal nett und es ist ein bisschen wie ein Neuanfang. Und bis sich alle vorgestellt haben ist die Zeit rum. Ich schiebe meinen Stuhl zurück an den Tisch und gehe in mein Zimmer. Ich hab noch zwei Bücher aus der Bücherei, die ich lesen kann.

1,61

Die Grille und der Maulwurf heisst die Geschichte, die wir heute im Deutschunterricht durchgenommen haben. Wir machen zur Zeit Fabeln und Märchen. Herr Lehmann hatte seinen Laptop an den Medienturm angeschlossen und hat uns die Geschichte als Videoclip angucken lassen. Danach hat er sie ausgedruckt ausgeteilt und wir mussten Etappen erkennen und anstreichen. Und ich konnte mal wieder nicht aufpassen, weil ich noch so in der Geschichte gefangen war. Weil nämlich die Grille, die den ganzen Sommer nur rumgefidelt hatte, und deshalb dann im Winter nix zu essen hatte und keine Handschuhe und kein Dach überm Kopf, versucht hat irgendwo Unterschlupf zu finden, - aber keiner wollte sie. Also der Hirschkäfer jedenfalls nicht und die Maus auch nicht, nur der Maulwurf am Schluss hat sich dann über die Grille gefreut. Und ich hab mich so für die Grille gefreut, weil sie ein schönes warmes Zuhause gefunden hat, obwohl sie nix dafür getan hatte. Und ich frage mich, ob ich vielleicht Geige spielen lernen sollte, damit ich auch irgendwo Unterschlupf finde und dann frage ich mich, ob man Geige lernen kann, wenn man gar kein Geld für eine Geige hat und ob das Heim wohl den Unterricht zahlen würde. Sportvereine zahlen sie manchmal, das weiß ich... aber bei Musikunterricht hab ich keine Ahnung. Das ist, glaub ich, sehr teuer. Aber ich frag besser nicht nach. Das Heim und Miriam sind sowieso ständig in trouble wegen der Kosten. Meine Unterbringung ist nämlich sehr teuer, aber weil meine Mutter studiert, kann sie nix dazu beisteuern und das wird irgendwie nicht gut gefunden. Wenn es mich nicht gäbe, würde ich keine Kosten verursachen. Aber ich verursache erhebliche Kosten. Einfach weil ich bin. Soviel steht fest. Wie bei der Schokoladenfabrik und der Zuckerindustrie. Das wären dann die Fixkosten, also die Kosten, die man eh hat, obwohl man noch garnix gemacht hat... Und wenns nach mir ginge würd ich ja sofort wieder bei Miriam wohnen, aber da sind sich Miriam und das Heim ausnahmsweise einig: das geht nicht. Herr Lehmann zieht mir an den Locken: «Lumi! Aufpassen! Schreib mal die Hausaufgaben ab!» und ich sehe, dass wir ein Märchen oder eine Fabel schreiben sollen bis Mittwoch. Ich krame mein Hausaufgabenheft vor und schreibe: Märchen oder Fabel schreiben bis Mi. Herr Lehmann nickt. Es klingelt und wir haben aus. Ich mag Herrn Lehmann, obwohl er mich manchmal an den Locken zieht. Der meint das nicht böse. Der will nur, dass ich aufpasse. Aber blöd find ich das trotzdem. Zumal ich heute relativ gut aufgepasst hab. Aber bei solchen Geschichten gehen dann meine Gedanken ganz von alleine spazieren. Ich denk dann immer darüber nach, was passiert wäre, wenn der Maulwurf die Grille auch nicht gewollt hätte. Die wär ja wahrscheinlich erfroren im Schnee. Oder verhungert. Ich weiß nicht, was schneller passiert. Und was mehr weh tut. Frieren ist schon ziemlich schlimm. Ich glaub, das ist schlimmer als Hunger. Aber wie schlimm Hunger ist, weiß ich aber noch gut von damals. Seither hab ich fast nie mehr Hunger. Ich hab eher Probleme was zu essen. Ich glaub, verhungern wär inzwischen für mich nicht mehr so schlimm. Erfrieren schon. Mir ist eh immer so schnell so kalt... Wenn ich die Grille wäre, dann hätte ich die Geige angezündet und mich dann am Feuer gewärmt... und dann wär ich im warmen Feuerschein verhungert, weil mich der Maulwurf bestimmt nicht gewollt hätte, nicht mal wenn ich Geige spielen könnte und vielleicht produzieren brennende Geigen besonders schöne Töne. Dann könnte man Musik hören beim Sterben. Oder aber ich

hätte ein Schneckenhaus gefunden. Und dann wär ich da ein gezogen. Schneckenhäuser sind wirklich die coolsten Orte der Welt. Und Schnecken auch sehr liebe Tiere, find ich. Als ich ganz neu im Heim war, hatte ich schrecklich Heimweh. Und dann hab ich mir gewünscht eine Brieftaube zu haben, die zwischen Miriam und mir hin und her fliegen sollte und Briefe bringen würde... aber weil ich ja keine Brieftaube hatte, bin ich auf die Idee mir der Schneckenpost gekommen. Ich hab mir einen Edding genommen und hab Nachrichten direkt auf das Schneckenhaus geschrieben. Und zwar mit hebräischen Buchstaben, damit andere Leute es nicht lesen können. Miriam hat mir die Buchstaben mal beigebracht und ich kann sie bis heute. Aber Hebräisch kann ich nicht. Das hätte ich mal lernen sollen in der jüdischen Gemeinde, aber wir haben immer vergessen hin zu gehen und wenn man nicht hingeht, dann lernt man auch nix. Nix außer den Floskeln, die man halt so kennt in jüdischen Familien. Chag sameach, toda raba oder Laila tov. Aber die hebräischen Buchstaben hab ich noch immer drauf. Und deshalb hab ich deutsch mit hebräischen Buchstaben geschrieben. Hol mich heim hab ich geschrieben:

הל מיכ האים

Jeden Tag hab ich Schnecken gesucht und diesen Text auf jedes Schneckenhaus geschrieben, dass ich gefunden hab. Und immer hab ich den Schnecken gesagt, sie sollen zu Miriam kriechen und sie her schicken.
Aber die Schnecken sind nie bei ihr angekommen.
Ich hab Miriam gefragt, aber sie fand das kindisch...
Die Schnecken sind verloren gegangen.
Oder sie haben sich verirrt.
Manchmal hab ich später noch eine davon gesehen.
die Schrift war aber nicht mehr richtig zu lesen und die Schnecken sind immer in eine andere Richtung gekrochen als es nötig gewesen wäre. Auch dann noch...
Ich geh zu Fuß nachhause. Also zum Heim. Früher musste ich immer erst S-Bahn fahren und dann mit dem Bus, als ich noch auf der alten Schule war. Aber jetzt hab ich hier her gewechselt. Das ist praktisch, weil man dann schnell da ist. Aber ein bisschen schade ist es auch, weil ich ja eigent-

lich gerne Zug fahre und es irgendwie auch schön ist, wenn man gefahren wird. Man steigt ein. Mit Glück findet man einen Sitzplatz. Mit viel Glück am Fenster. Und dann fährt die Landschaft an einem vorbei. Die Häuser und Fabriken, die Wälder, und die Kühe und Schafe auf den Feldern manchmal. Und wenn es regnet, wird man nicht nass und die Heizung ist meistens an und man ist nie allein, aber die Leute tun einem trotzdem nichts, weil das nicht üblich ist, sich in Bahnen was zu tun. Im Heim tun sich die Leute manchmal was. Sie hauen sich und machen Sachen kaputt. Deshalb muss man da auch Abstand halten zu den anderen. In der Bahn fühlt sich keiner zu schnell provoziert...

Als ich ankomme, ist der neue Psychologe mit den unentschlossenen Haaren da. Ich hab seinen Namen vergessen. Er sitzt mit Beate, die meine eigentliche Bezugsbetreuerin ist, am Küchentisch. «Hallo Lumi, möchtest Du einen Kakao?» ruft sie mir entgegen. Ich schüttle den Kopf und versuche möglichst unauffällig in mein Zimmer zu verschwinden, aber ich hör noch wie sie zu dem Neuen sagt: «Siehst Du, das mein ich!» und ich frag mich, was ich jetzt schon wieder falsch gemacht hab. Ich würd ja gerne einen Kakao haben, aber dann müsst ich mich an den Küchentisch setzen und dann müsst ich mich unterhalten. Sie würde fragen, wie es in der Schule war. Das heisst, sie fragt nie direkt, wie es in der Schule war. Sie macht so pädagogische Fragen... sowas wie... Was war denn heute am schönsten in der Schule? oder Was war das Aufregendste, was Du erlebt hast? Sie machen immer Kurven und Umwege in ihren Fragen... was völlig blöd ist, denn am Ende soll man ja doch antworten. Ich mag aber nicht erzählen. Mir fällt sprechen furchtbar schwer. Ich hab bei jedem Wort das Gefühl was Falsches zu sagen... deshalb schweig ich lieber. Oder hör zu. Aber das ist offenbar halt auch nicht gut. Also jedenfalls wenn man aus der Schule kommt. Da soll man erzählen. Manchmal hab ich Glück und die anderen Kinder sind vor mir da. Dann ist das mit dem Abtauchen leichter.... aber heute bin ich die Erste. Ich verzieh mich trotzdem in mein Zimmer.

Es klopft.

Ich habs befürchtet. Das ist bestimmt der Neue. Ich hab seinen Namen immer noch vergessen -Fuck.

Er öffnet die Tür und streckt den Kopf rein.

«Darf ich rein kommen?»

Ich will den Kopf schütteln, nicke aber.

Er setzt sich neben mich aufs Bett.

«Ich dachte, es wär schön, wir würden uns kennen lernen!»

Er sieht wirklich sehr nett aus. Aber das ist eigentlich noch ein Grund mehr, ihn besser nicht kennen zu lernen. In ein paar Monaten ist er garantiert wieder weg und dann hinterlässt er eine Lücke, die man gar nicht zusätzlich braucht, weil eh alles schon so leer ist und voller Lücken. Eigentlich ist meine Seele ein riesengroßes Loch. Sie besteht aus lauter Lücken, die keine Ränder haben und deshalb einfach nur das große Loch immer weiter vergrößern...

«Ich heiße Lumi und bin zwölf Jahre alt, ich gehe auf die Meissner-Gesamtschule und wohne seit drei Jahren hier.»

Er lächelt.

«Den Satz hast Du auswendig und im Tiefschlaf drauf, oder?»

Er schiebt seine Brille ein bisschen hoch und guckt mich mit seinen blauen Augen freundlich an. Ich hasse das. Diesen Psychologenblick. Sie versuchen auf diese Weise Zugang zu einem zu bekommen. So nennen sie das, wenn sie wollen, dass man sie mag. Ich kenn das aber halt schon. Ich weiß, dass sie einen nicht wirklich mögen, sondern nur so tun als ob. Dabei sieht der Blick immer so warm und fürsorglich aus... Und eigentlich wäre es am besten, man würde genauso gucken... aber ich krieg das nicht so gut hin, dieses so tun als würde man den anderen mögen aber in Wirklichkeit ist er einem egal. Deswegen guck ich dann immer einfach weg. Aber man spürt trotzdem, wenn man angeguckt wird. Obwohl einen Augen ja eigentlich nicht berühren, merkt man das genau. Ich muss mal googeln, ob es dafür eine wissenschaftliche Erklärung gibt, dass man Augen auf sich spürt obwohl sie keine Hände haben. Wenn ich das nächste Mal Computerzeit habe, dann mach ich das. Er sagt immer noch nichts. Er wartet. Aber da hat er sich geschnitten. Im still bleiben bin ich voll Olympia.

«Ich kann Dir ja erstmal was von mir erzählen, wenn Du magst.» sagt der Neue und fährt fort: «Ich bin Herr Mey, bin 42 Jahre alt, gehe nicht auf die Meisner-Gesamtschule und bin seit gestern hier.»

Ich muss grinsen.

Ganz schlecht. Jetzt denkt er, er hat mich.

Und dann macht er garantiert weiter.

Er macht.

«Ich wollte mal schauen, wie es Dir geht.»

Dann wartet er, ob ich antworte.

Das mach ich aber garantiert nicht. Da kann er lange warten.

Also redet er weiter.

«Beate hat mir gesagt, Du seist immer so still. Sie meinte, Du könntest ein wenig Ansprache gebrauchen, aber ich weiss nicht, wie dieses "Ansprache" geht. Vielleicht kannst Du mir helfen?»

Ich muss wieder grinsen. -Mist.

Naja. Immerhin versucht er witzig zu sein. Das ist nett. Aber ich sag trotzdem nix.

Er schaut sich in meinem Zimmer um. «Sammelst Du Postkarten?»

Ich schüttle den Kopf.

Die Wand über meinem Bett ist mit Postkarten beklebt.

«Aber Du magst Tiere, oder?»

Ich nicke.

Auf den meisten Postkarten sind Tiere zu sehen. Kamele in der Wüste, Katzenbabys in einem Körbchen, ein Kaninchen auf einer Wiese, ein Elefantenkind an einem Wasserloch. Sowas eben. Nur auf einigen Postkarten sind auch andere Dinge zu sehen. Comicfiguren, Filmszenen oder Sprüche. Die Karten hat mir Miriam geschickt. Wenn sie die Besuchszeiten nicht einhalten kann. Oder zu Feiertagen. Oder manchmal auch einfach so. «Was ist denn Dein Lieblingstier?»

Meine Lieblingstiere sind Füchse. Weil die so schöne Ohren haben. Im Tierlexikon hab ich gelesen, dass Füchse auch "Reineke" genannt werden - das bedeutet der durch seine Schlauheit Unüberwindliche. Das hat mir sehr gefallen. Ich wäre gerne auch ein Fuchs. Dann könnt mir keiner was...denk ich...

«Lumi?»

«Was?»

«Dein Lieblingstier? Du hast doch bestimmt ein Lieblingstier?»

«Füchse.»

«Aha. Und warum grade Füchse?»

Ich zucke die Schultern.

«Ich mag Füchse auch gern» sagt Herr Mey, «sie haben eine ähnliche Haarfarbe wie ich.» Er zieht an einer Haarsträhne und lächelt mich wieder an.

«Thomas?» Beate klopft an die Tür und guckt gleichzeitig rein. «Kannst Du mal kurz kommen?»

Herr Mey verabschiedet sich und geht raus. Ich höre Beate sagen: «Wir sollen einen Mufl aufnehmen,- hat mir der

Brink grade gesagt.»

Ich geh leise zur Tür und öffne sie einen Spalt.

«Was? Wie alt? Woher -und wo sollen wir den unterbringen?»

«Im Zimmer von Yannek. Der sollte ohnehin nächste Woche ins Außenhaus wechseln. Der geht in die Verselbstständigung. Dann muss der eben am Freitag schon umziehen. Nachher ist Teamsitzung, dann erfahren wir mehr, aber der Brink meinte...»

Als sie ums Eck sind und ich sie nicht mehr hören kann, setz ich mich aufs Bett.

Ein Mufl. Was ist denn das? Irgendein Tier? Mufflons kenn ich, aber Mufl hab ich noch nie gehört. Vielleicht eine Hundesorte? Ich hätte wahnsinnig gerne einen Hund. Und vor kurzem haben die Betreuer auch mal diskutiert, ob sie ein Heimtier anschaffen. Wegen Verantwortung lernen und sowas. Aber sie dachten eher an Meerschweinchen oder Kaninchen. Ein Muflhund war kein Thema. Aber der bräuchte ja eh auch kein eigenes Zimmer.

Vermutlich ist ein Mufl eine spezielle Sorte Kind. Muss ja eigentlich sein. Eine Abkürzung für irgendwas. Sowas wie ein ADHSler. Der Robin ist ein ADHSler. Und wenn er seine Medikamente nicht nimmt, dann ist er ziemlich anstrengend. Vielleicht ist MUFL so ne Abkürzung wie ADHS. Einmal hatten wir auch eine Ritzerin hier. Melanie hieß die und ich fand sie voll cool, aber sie hat mich nicht beachtet und nach dem dritten Selbstmordversuch ist sie dann in die Kinderpsychiatrie umgezogen...

MUFL... Mann Und Frau Leben.

Vielleicht nennt man die mit dem dritten Geschlecht so. Junge, Mädchen oder Mufl. Von dem dritten Geschlecht haben sie kürzlich in einer TV-Sendung erzählt. Das fand ich sehr spannend. Ich kenne nur Kinder, die entweder Junge oder Mädchen sind. Ich fänd es cool jemanden zu kennen, der beides ist. Oder irgendwie beides. Oder eben anders. Aber von Mufl hat da keiner gesprochen. Ich will jetzt sofort wissen, was ein Mufl ist. Meine Neugierde ist größer als der Wunsch in Ruhe gelassen zu werden. Ich geh rüber ins Wohnzimmer. Und hab Glück. Der Computerplatz ist frei. Eigentlich müssen wir fragen, wenn wir ran wollen, weil wir immer nur 30 Minuten dürfen pro Tag, aber grad ist keiner da. Beate ist mit diesem Mey ins Büro gegangen und die anderen sitzen noch am Küchentisch und trinken Kakao. Ich meld mich am PC an und google den Begriff Mufl. Der erste Treffer ist eine Newsmeldung: Polizei kapituliert vor kriminellen Flüchtlingskindern -Im Behördendeutsche heißen diese „minderjährige unbegleitete Flüchtlinge", kurz „MUFL". Doch was zumindest in der Abkürzung sogar etwas niedlich klingt, stellt die Innenbehörde zunehmend vor Probleme. Bei der Polizei geht man davon aus, dass in diesem Jahr mehr als 1000 junge unbegleitete ... und dann endet die Vorschau.

Kein Hund. Schade. Nur ein Flüchtling.

«Beate! Die Lumi sitzt am PC! ohne Computerzeit zu haben» beschwert sich Jenny lautstark. -Blöde Petze. Scheißtageskinder. Gönnen einem nix. Denken dauernd sie kämen zu kurz. Gehen abends nach Hause und können dann stundenlang vorm PC abhängen, aber hier machen sie einen auf Superbulle. Arschlochjenny.

Ich schließe eilig das Fenster. Beate kommt mit Herrn Mey im Schlepptau ins Esszimmer und schaut durch die Türe vorwurfsvoll rüber zu mir. «Lumi, Du weißt doch, dass Du fragen musst, bevor Du an den PC gehst!» fängt sie an, als ihr Herr Mey ins Wort fällt. «Das liegt an mir. Ich hab sie vorhin aufgefordert nach Fuchsaufzuchtstationen zu googeln, damit wir da vielleicht mal einen Ausflug hin machen können.»

«Achso na dann. Das ist was anderes.»

«Robin, Du wolltest uns doch vorhin zeigen, was Du heute in Kunst gemalt hast!» sagt Herr Mey und gibt mir damit die Möglichkeit wieder in mein Zimmer zu verschwinden. Das war nett von ihm. Richtig meganett. Und sehr fuchsig. Und Jenny schmollt.

1,618

«Das ist Mbye Jobateh» , stellt Annette den Mufl vor. «Er spricht nur wenig Deutsch, aber Englisch kann er sehr gut. Ich hoffe, Ihr helft ihm alle, sich hier schnell heimisch zu fühlen. Und Ihr übt fleißig Deutsch mit ihm!»

«Wo kommt der her? Und wie heisst der nochmal?» fragt Marvin.

«Ich komme from Gambia und bin dort gewachsen.» sagt der Mufl und fährt fort: «Ich name Mbye.» Robin kichert. Der Mufl, der jetzt Mbye heisst, was wirklich ein Name und keine weitere Abkürzung für irgendwas ist, lächelt nicht. Er schaut eher genervt aus und starrt auf seine Turnschuhe.

«Und wie alt ist der?» fragt Marvin weiter, weil er offenbar Schiss hat, fortan nicht mehr der Älteste bei uns zu sein.

«Frag ihn das doch direkt selbst!» fordert Annette ihn auf.

Marvin seufzt: «Wie alt bist Du?»

«Fivezehn»

Nun lacht Robin endgültig.

«Wir lachen nicht!» sagt Annette scharf.

«Wir nicht, der schon» wirft Tamara ein und schielt auf Robin. Der wiederum versucht sich einzukriegen. Währenddessen klebt Jenny einen Kaugummi untern Stuhl, was aber niemand, außer mir, bemerkt.

Wir sitzen mal wieder in unserer üblichen Vorstellrunde. Und nachdem nun Mbye vorgestellt wurde, sind wir anderen dran.

Diesmal verpasse ich nicht meinen Einsatz: «Ich bin Lumi und ich bin zwölf, ich gehe auf die Meissner-Gesamtschule und wohne seit drei Jahren hier» und in Gedanken ergänze ich ein Hund wär mir lieber gewesen. ...Vielleicht wenn ich mit 16 endlich wieder zu Miriam ziehen darf, vielleicht darf ich dann auch einen Hund haben... Als alle durch sind, sagt Herr Mey, wie wichtig es sei, dass wir hier zusammen unser Zuhause und das Zusammenleben gestalten. Grade auch für Mbye sei das wichtig, weil der ja nicht nur seine Familie verloren habe, sondern auch noch seine Heimat... ich muss bei dem Wort Heimat immer an einen Berg denken. Ich weiß nicht wieso. Aber ich denke an einen Berg mit Schnee oben drauf. Ob es in Afrika wohl Berge gibt? Ob dieser Mbye wohl Berge kennt? Es gibt, glaub ich, Berge in Afrika. Aber Gambia ist ja nur ein Teil von Afrika. Vielleicht gibts da aber auch Berge. Ich würde gerne mal auf so einen großen hohen Berg. Egal ob hier oder in Afrika. Es muss wunderschön sein, so weit weg von den Menschen, ganz oben auf einem felsigen Felsen, der ungeheuer felsig ist, zu sein. Mitten in den Wolken -und den Himmel kann man fast berühren. Außerdem gibt es dort ja Murmeltiere und die machen lustige Geräusche, das hab ich mal in einer Tierdoku gesehen. Bestimmt ist die Luft da oben auch ganz anders. Im Wald ist die Luft ja auch anders. Da ist die Luft waldig. Und am Meer ist

sie meerig. Also müsste sie auf einem hohen Felsen felsig sein, die Luft, allerdings weiß ich nicht wie Felsen riechen, aber nasse Straßen riech ich sehr gern und ich stelle mir den Felsengeruch ähnlich vor. Am schönsten fänd ich einen hohen Felsen am Meer...

Am Meer ohne Felsen haben wir letztes Jahr Ferien gemacht. Alle Heimkinder zusammen. An der Nordsee. Ich hab ganz viele Muscheln gesammelt und dauernd nur geatmet und versucht mir einzuprägen wie das Meer zu welcher Tageszeit riecht. Und dann war ich schwimmen im Meer und hab mir vorgestellt, ich sei eine Meerjungfrau. Und ich bin getaucht und immer tiefer getaucht und irgendwann war ich ohnmächtig und sie haben mich aus dem Wasser gezogen und dann kam ein Krankenwagen, aber ich war schon wieder ok und musste dann aber trotzdem eine Nacht zur Beobachtung mit ins Krankenhaus, weil man angeblich auch noch ertrinken kann, wenn man schon gar nicht mehr im Wasser ist, und zwei Tage später sind wir dann schon wieder heimgefahren...

«...und deswegen möchte ich, dass wir künftig offen und ehrlich alles ansprechen, was uns davon abhält, uns hier miteinander zuhause zu fühlen!» beendet Herr Mey seine Ausführungen. Jenny pult den Kaugummi wieder vom Stuhl und schiebt ihn zurück in den Mund. Dann dürfen wir gehen.

1,6180

Donnerstags treff ich mich immer mit Sophia aus meiner Klasse. Also offiziell. Früher haben wir uns sogar wirklich und in echt getroffen. Da war ich ein paar mal bei ihr. Aber dann haben wir uns nicht mehr verstanden, was meine Schuld war, weil die im Heim gesagt haben, ich soll mir das Zuhause von Sophia gut angucken, denn so könne es auch laufen im Leben und mit einer Familie und so und es sei gut, wenn ich ab und an in einer solchen Umgebung sei. Naja,- und dann hab ich mir ihr Zuhause angeguckt. Und das war keine gute Idee. Denn dann war ich plötzlich sehr eifersüchtig auf sie und ihr tolles Zuhause. Sie hat eine große Schwester und einen kleinen Bruder und total nette Eltern, die fast immer zuhause sind, weil der Vater, der Architekt ist und sich große moderne Häuser ausdenkt und entwirft, sein Büro mit im Haus hat. Und hinten haben sie einen Garten und zwei Kaninchen und eine Katze. - Und das war einfach zuviel des Guten. Das hab ich alles nicht so gut vertragen. Im Heim waren sie ja sooo angetan, als ich mich mit Sophia angefreundet hatte. Beate, meine Bezugsbetreuerin, hat gesagt: an denen solltest Du Dich orientieren, Lumi! Da kannst Du Dir einiges abschauen! Auf den Gedanken, Sophia und ihre Familie auf diese Art anzugucken, wär ich von alleine gar nicht gekommen. Ich wollte einfach nur mit Sophia spielen und tratschen. Aber dann wars schon zu spät. Weil ich dann eben hingeschaut hab. Und dann hab ich kapiert, wie das Leben auch sein kann. Und das hat mir nicht gut getan. Es war einfach zu perfekt. Wenn sie wenigstens nur eine alleinerziehende Mutter gehabt hätte oder Geschwister, die sie geärgert hätten oder wenn wenigstens die Katze nur gekratzt und nie geschmust hätte.... aber nichts davon war so. Im Gegenteil. Sogar die Katze war immer lieb und verschmust und sah auch noch total niedlich aus. Es war alles gut und richtig und so wie es sein sollte. Und dann hab ich versucht, Sophia klein zu machen. Weil sie auf Augenhöhe mit mir sein sollte. Weil man nicht befreundet sein kann, wenn man dauernd bewundernd und beneidend zu jemandem aufschauen muss. Ich wurde richtig gemein zu ihr. Und ich hab viele Wörter gesagt, obwohl ich doch eigentlich so ungern rede. Ich hab ihr zum Beispiel gesagt, wie hässlich ihr Zimmer ist. Und dann hab ich mit Edding dicke schwarze Striche auf die Tapete gemalt. Beim nächsten Mal hab ich ihr gesagt, dass es voll kindisch ist, mit seiner Mutter gemeinsam Plätzchen zu backen, als sie mir welche davon angeboten hat. Und dann hab ich behauptet, dass ihr Vater garantiert keine schönen Häuser baut. Und dass die Häuser von ihrem Vater vermutlich sogar gefährlich sind und einstürzen können und das sei schlimm für harmlose Leute, die da eigentlich in Ruhe wohnen wollen. Und schließlich hab ich ihr gesagt, dass ich finde, dass ihre Kaninchen in die Freiheit gehören und nicht in so einen spießigen Kleintierstall. Und dann hab ich den Stall auf gemacht und die Kaninchen raus gesetzt und weg gescheucht. Und dann hab ich gehofft, dass sie zu mir ins Heim laufen, weil doch wenigstens die Kaninchen kapiert haben sollten, dass sie es bei mir besser haben würden als bei Sophia. Weil ich sie mehr lieben würde, weil ich ja sonst nicht so viel habe, was ich lieb haben kann. Meine Liebe hätte nur ihnen gehört. Aber die Kaninchen sind nicht zu mir ins Heim gekommen. Und als Sophias Mutter dann mitbekommen hat, was ich so gesagt und getan habe, wollte sie, dass ich gehe und nicht wieder komme. Und dann bin ich gegangen. Und Sophia und ich waren keine Freunde mehr.

Im Heim hab ich aber nix davon erzählt. Die gehen jetzt einfach weiter davon aus, dass ich donnerstags bei Sophia bin. Und freuen sich über meinen guten Kontakt zu dem netten Mädchen in stabilen Familienverhältnissen, wie sie es nennen.

Ich geh jetzt donnerstags meistens ins Gewerbegebiet.

Dort ist der Kehler Tier- und Gartenbedarf.

Der Kehler ist riesig. Im Kehler gibt es ganz viele Pflanzen, sogar richtige kleine Bäume mit Kirschen dran oder Pflaumen oder Äpfeln und ganz viele schöne Blumen und Ranken. Außerdem alle Arten von Gartenmöbeln und eine eigene große Abteilung mit Gartenbrunnen, die da vor sich hin plätschern, damit die Leute sich in das Geräusch und den dazugehörigen Brunnen verlieben und dann einen kaufen und in ihrem Garten aufstellen. Wenn ich einen Garten hätte, würde ich auch einen großen Brunnen drin haben wollen. Einen in dem Seerosen wachsen und Fische schwimmen und Vögel baden können. Aber es müsste so ein schöner altmodischer Brunnen sein. Einer mit mehreren Stockwerken. Und solchen Schnörkeln, die aussehen wie Zuckerkringel vom Bäcker. Wenn ich einen Garten hätte, würde da ein rotes Gartenhaus drin stehen mit einem Ofen drin, wo man Feuer machen kann. Und dann würde ich am Fenster sitzen und Tee trinken, in den Garten gucken und ein Buch lesen. Und im Frühling würd ich den Blumen beim Wachsen zugucken, im Sommer würde ich Tomaten ernten, im Herbst würde ich ein Farbenfest feiern und im Winter den Igeln und Vögeln Futter rauslegen... einen Garten zu haben wäre wirklich schön.

Ganz hinten im Laden ist schließlich die Zooabteilung. Und dort gibt es allerlei Tiere. Bunte Vögel und riesige Vogelkäfige, zahlreiche Fische und Aquariumzubehör, Tierfutter und Spielsachen für Tiere,und dann eben: Kaninchen, Meerschweinchen, Ratten, Hamster, Mäuse und manchmal sogar Chinchillas. Die Kaninchen sitzen in einem offenen achteckigen Glasgehege. Man kann von oben reingreifen und sie streicheln. Aber das ist eigentlich nicht erlaubt. Bitte nicht berühren steht auf mehreren Schildern, die an dem Gehege angebracht sind. Meistens setz ich mich neben das Gehege auf den Boden und beobachte die Tiere durch das Glas. Manchmal kommen sie dann ganz nah an die Scheibe. Sie stellen sich auf ihre Hinterläufe und stützen sich mit ihren Vorderpfoten am Glas ab. Kaninchen haben ungeheuer süße Pfoten. Nur ihre Nasen sind noch niedlicher. Weil die immer so aufgeregt hin und her wackeln. Heute sind neue Kaninchen da. Drei kleine Zwergwidder. Zwei schwarz-weiße und ein hellbraunes. Zwergwidder sind meine Lieblingssorte, weil die so freundlich gucken, obwohl sie so traurige Hängeohren haben. Ich schaue, ob kein

Verkäufer in der Nähe ist und als ich keinen sehe, strecke ich meine Hand in das Gehege. Das hellbraune Häschen hoppelt sofort auf mich zu. Es schnuppert an meiner Hand und bleibt dann einfach bei mir sitzen. Als ich versuche es zu streicheln, hüpft es davon. Aber ich hab ja Zeit. Den ganzen Nachmittag spiel ich mit dem Kaninchen. Wenn kein Verkäufer da ist, streck ich meine Hand rein und das kleine hellbraune Knopfauge kommt zu mir. Gegen Abend darf ich es schon an den Ohren berühren. Ich wüsste zu gerne, ob es ein Männchen oder ein Weibchen ist. Dann könnt ich ihm einen Namen geben.

Ich stelle mir vor, wie es wäre im Kehler zu wohnen. Tagsüber wären lauter Besucher da, aber abends und nachts, wenn alle weg sind, hätte ich diesen riesigen Tiergarten für mich alleine. Ich könnte auf einer der vielen Gartenbänke schlafen. Oder in einer Hollywoodschaukel. Oder einer der Hängematten. Und ich könnt Obst von den Bäumen essen. Oder die Schokoriegel, die an der Kasse liegen. Und Eis aus der Eistruhe, die ebenfalls im Kassenbereich steht. Einen kurzen Moment überleg ich, ob das wirklich möglich wäre. Ich müsste mich nur abends immer verstecken, wenn die Verkäufer das Geschäft schließen... während ich noch überlege, verlasse ich den Kehler. Ich muss schließlich zurück ins Heim. Draußen geh ich zur Haltestelle und fahr mit der Linie 22 zurück. Abends kuschle ich mit Sir Toffel, meinem blauen Schlafhasen. Und ich denke an das kleine hellbraune Kaninchen und mein mögliches geheimes Leben im Kehler...

1,61803

Ich werde durch ein lautes Tocken geweckt. Nochmal. Jemand wirft von außen Kieselsteine an mein Fenster. Ich stehe auf und öffne das Fenster. Unten steht Miriam. «Hi

Lumi! Pssst! Komm schnell raus und sei leise, ich muss Dir was zeigen!» Ich schlüpfe in meine Schuhe und schleiche leise die Treppe runter. Die Außentür ist abgeschlossen, aber hinten im allgemeinen Empfangsraum kann ich die Terrassentür öffnen und rausschlüpfen. Ich lauf ums Heim rum nach vorne, wo Miriam unter meinem Zimmerfenster steht. Die Nacht duftet himmlisch. Den Tag über war es sehr heiß und abends, als ich eingeschlafen bin, hatte es ein heftiges Gewitter. Miriam sitzt auf der Bank vorm Haus und zieht sich ihre Schuhe aus. Ich stürme auf sie zu und will sie umarmen, aber ich bremse mich noch rechtzeitig. Sie kann körperliche Nähe mit mir nicht leiden. Blöderweise ist das bei genau andersrum. Ich will sie immer in den Arm nehmen, wenn ich sie sehe...und ich will immer von ihr umarmt werden, aber ich hab keine Chance. Sie mag es nicht.

«Zieh mal Deine Schuhe aus!»

Ich tue, was sie sagt.

«Und jetzt komm!» sagt sie und strahlt mich an, «es gibt nichts Schöneres, als barfuss nach einem Sommergewitter durch die warmen Pfützen zu laufen. Vor allem nachts!»

Wir steuern auf die Pfützen in der Auffahrt zu. Tatsächlich. Das Wasser ist warm. Der Boden ist auch noch warm. Und alles dampft irgendwie sanft vor sich hin. Ich hab echt die coolste Mutter der Welt. Wir tappern langsam durch die Pfützen. Über unseren Köpfen fliegen Fledermäuse. Und irgendwo zirpen Grillen. Oder andere Tiere. Irgendwelche, die eben nachts wach sind und rumzirpen. Miriam setzt sich auf den Boden neben eine Pfütze und kramt in ihrem Rucksack rum. Ich setz mich neben sie. Endlich findet sie, was sie gesucht hat. Sie zieht einen Brief raus. Irgendwas von irgendeiner Behörde. Will sie mir was vorlesen? Sie holt den Brief aus dem Kuvert, stopft den Umschlag zurück in ihren Rucksack und faltet aus dem Brief ein Papierschiff-chen. Sie lässt es auf der Pfütze fahren und wir pusten es uns hin und her. «Weißt Du Lumi, wenn Du mal groß bist, dann mieten wir uns so ein Boot und schippern raus in die Welt!» Ich mag es, wenn sie sowas sagt. Ich denke dann, dass sie mich liebt. Und dann mag ich es plötzlich auch wieder nicht, weil ich eigentlich jetzt sofort mit ihr los-schippern will. In die weite Welt oder sonstwohin. Jeden-falls weg von hier und nur mit ihr zusammen sein. Eine kleine gemeinsame Wohnung hier in der Stadt würde mir eigentlich sogar genügen. Scheiß auf die große weite Welt.

«Ich muss jetzt wieder. Ich hab morgen früh ein Seminar.» sagt sie und steht auf. Ich nehm das Papierschiffchen und steh auch auf. Schweigend gehen wir zurück zum Heim und setzen uns auf die Bank, wo unsere Schuhe auf uns warten. Miriam zieht sich Socken und Turnschuhe an. Ich muss nur in meine Ballerinas schlüpfen. Während sie sich die Schuhe schnürt, merk ich, wie mir Tränen in die Augen steigen. Ich will einfach nicht, dass sie wieder geht. Ich will nicht hier allein bleiben. Ich will, dass sie mich mit nimmt...ver-dammte Scheiße....

«Kannst Du nicht noch ein bisschen bleiben? Oder mich gleich mitnehmen und auf ein Schiff bringen?»

«Lumi, Du weisst doch, dass das nicht geht. Jetzt verdirb nicht wieder alles, indem Du hier so ne Show abziehst.»

Ich schlucke sofort alle Wörter runter, die ich gerne sagen würde. Ich mag nicht wieder Spielverderber sein. Schließ-lich ist es gold, dass sie hier mitten in der Nacht rausgefah-ren ist, um mir die warmen Pfützen zu zeigen.

«Wenn Du mir immer ein schlechtes Gewissen machst, wenn ich komme, dann lass ich das nämlich ganz. Sei zu-frieden mit dem, was ich Dir geben kann. Das war doch jetzt superschön mit uns hier draußen, oder? Außerdem gehts mir viel schlechter als Dir. Michael hat mich verlassen» Ach deshalb ist sie hier. Michael. Ich kenn den gar nicht. Aber sie erzählt weiter

«Er hat sich jetzt ne Neue gesucht. Eine, die mit ihm auf Weltreise geht. Mit dem Motorrad. Heute nachmittag sind sie losgefahren. Erstmal Richtung Asien. Er hat gesagt, eigentlich würd er lieber mit mir fahren. Aber... Ich kann ja hier nicht weg.»

Sie schaut mich an.

Ich nicke.

Miriam steht auf, setzt sich den Rucksack auf und greift nach ihrem Motorradhelm, den sie auch auf der Bank hat liegen lassen. «Ich bring Dich noch zum Bike.» sag ich und sehe, dass sie eigentlich lieber alleine sein will. Ich trotte trotzdem neben ihr her. Die Auffahrt runter und ums Eck zum Besucherparkplatz. Miriam wirft ihre Haare zurück, setzt den Helm auf, sagt tschüss und es ist ja bald wieder Besuchstag, klappt die Helmscheibe runter, tritt aufs Gaspedal, dreht langsam die Maschine um und braust los.

Ich bleibe noch so lange stehen.

Bis ich das Motorrad nicht mehr sehen kann.

Ich starre die Straße runter, wo sie verschwunden ist.

Ich warte.

Warte, ob sie vielleicht doch zurück kommt und mich holt.

Und mit mir auf Weltreise geht.

Tut sie aber nicht.

Sie war wohl nur kurz einsam.

Wie ich.

Mein Herz fühlt sich an wie kaputter Sperrmüll.

Wie etwas, was wirklich keiner mehr braucht und was trotzdem noch hofft, dass irgendein Idiot daher kommt und einen mitnimmt, damit einen das Müllauto nicht zerquetscht.

Das Papierschiffchen in meiner Hand tropft und das Müllauto zerquetscht mich.

Ich gehe zurück zum Heim. Als ich ankomme, sehe ich oben am Fenster eine Gestalt. Das muss Mbye sein. Das ist sein Zimmer. Hoffentlich petzt der nicht.

Ich schleiche mich wieder hinters Heim, dort über die Terrasse ins Empfangszimmer, dann schließe ich leise die Terrassentür und krieche die Treppe hoch. Ich schlüpfe in mein Zimmer, in mein Bett, in meine Dunkelheit. Da sieht keiner meine Tränen und niemand macht sie mir zum Vorwurf.

1,618033

«Hallo Lumi, wie geht es Dir?» fragt Herr Mey, noch bevor ich mich hingesetzt habe. Ich hab heut eine Psychostunde bei ihm. Das ist notwendig, weil bald wieder mein Erziehungshilfeplan gemacht wird. Das machen sie alle paar Monate...

Wenn sie diesen Plan neu mit einem besprechen wollen, dann wird es immer ungemütlich. Man soll dann nämlich sagen, was man denkt.

Also grundsätzlich und zu dem, was sie einem vorschlagen. Wobei es nicht wirklich ein Vorschlag ist, sondern eine Mitteilung darüber, wie es künftig läuft. Aber sie nennen es Vorschlag, damit man sich nicht so dagegen wehrt. Und sie tun auch so, als habe man ein Mitspracherecht. Dabei haben sie vorher schon ausgeklügelt, um was es geht. Und bevor das offizielle gemeinsame Hilfeplangespräch mit allen läuft, hat man den Psychotermin. Ich find das völlig überflüssig. Mein Erziehungshilfeplan beinhaltet eh immer das Gleiche. Ich soll offener werden und selbstbewusster und mich mehr in den Gruppenprozess einbringen.

Da das immer wieder Thema ist und sich nie was tut, bin ich offenbar schwer erziehbar. Am Anfang hab ich mich noch dagegen gewehrt. Ich wollte, dass sie mich einfach in Ruhe lassen. Aber sie lassen einen ja nicht wirklich mitreden. Wenn ich wirklich was zu sagen hätte, würde ich sagen: Lasst mich in Ruhe und kümmert Euch um euren eigenen Scheiß. Erzieht wen Ihr wollt, aber nicht mich. Ich mag nicht erzogen werden. Ich mag einfach sein dürfen...

«Magst Du was trinken?» fragt Herr Mey wieder, aber ich schüttle nur den Kopf.

Ich bin gespannt, ob ich diesmal wieder diese beknackten Tintenfleckenbilder angucken soll. Oder ob ich im Tischsandkasten spielen soll, was ich eigentlich schön fände, aber dafür bin ich leider längst zu groß. Das Zimmer ist trotzdem das Gemütlichste hier im Heim. Ich mag die blauen Sessel. Ich setze mich in den, von dem aus man nach draußen gucken kann. Robin spielt mit ein paar Jungs aus den anderen Gruppen Fußball. Das Heim hat einen Minifußballplatz am hinteren Gartenrand. Vom Therapiezimmer aus kann man gut drauf sehen, allerdings stehen einige Ligusterhecken davor, so dass man irgendwie auch immer ein bisschen versteckt ist.

Herr Mey setzt sich in den gegenüberliegenden Sessel. Auf seinem Schoß liegt ein blaues Klemmbrett, in der rechten Hand hält er einen Kuli. Er guckt mich an.

Eine Zeit lang guck ich zurück. Ich kann das nämlich auch. Schweigen und einfach nur in die Augen gucken. Das soll einen weich machen, aber das passiert mir schon lange nicht mehr. Leider hat Herr Mey ein wirklich liebes Gesicht. Er sieht einfach nett aus mit seinen rotbraunen Fuchshaaren und den wachen Augen hinter der runden Brille. Und er hat mich ja vor ein paar Tagen vor der Strafe bewahrt, als er behauptet hat, ich hätte in seinem Auftrag nach Füchsen gegoogelt. Aber trotzdem. Ich werd trotzdem nicht schwach. Keine Chance.

Nach einer Weile wird mir das Guckspiel zu doof und ich schau aus dem Fenster.

Herr Mey legt das Klemmbrett und den Kuli auf den Tisch und lehnt sich in seinem Sessel zurück. Er seufzt leise.

«Wer hat denn jetzt gewonnen?» fragt er mich.

«Ich. Weil Sie zuerst was gesagt haben.» grinse ich ihn an. Er lächelt.

«Wenn ich immer erst mal verlieren muss, bevor Du was sagst, können wir das das nächste Mal abkürzen. Ich bestätige Dir einfach sofort, dass Du gewonnen hast und dann reden wir gleich los, ok?»

Ich sage nix mehr. Was soll ich dazu sagen.

Er hat es nicht kapiert.

Ich werd nicht mit ihm reden. Egal, ob ich gewonnen habe oder nicht.

«Das war jetzt auch wieder falsch?» fragt er und kratzt sich ratlos am Kopf.

Ich mag ihn. Wenn er weiter so ratlos guckt, fang ich an irgendwas zu reden, weil er mir sonst zu arg leid tut...

Er setzt sich wieder aufrecht, greift nach dem Klemmbrett, blättert das leere obere Blatt um und schaut sich das Blatt darunter an. Da steht irgendwas über mich, was seine Vorgänger über mich aufgeschrieben haben. Eine Weile liest er still. Meine Augen wandern rüber zum Tischsandkasten. Im Sand liegen zwei Tiger und ein Hase. Die anderen Tiere stehen im Regal nebenan.

«Willst Du da was spielen?»

«Spinnst Du? Ich bin doch kein Baby mehr!» rutscht es mir raus und dann entschuldige ich mich hastig. Weil ich ihn geduzt habe. Und weil ich unhöflich war.

«Schon ok. Ich dachte nur. Manchmal ist das einfacher.»

Wieder schaut er mich an. Und dann wieder sein Klemmbrett und dann wieder mich.

«Hier steht, Du seist sehr verschlossen und redest nicht gern.» fängt er wieder an und fährt nach einer kurzen Pause fort: «Was hatten meine Vorgänger, was ich nicht habe? Ich mein, hej, immerhin scheinst Du da was gesagt zu haben. Nicht gern reden ist ja deutlich mehr als garnicht reden...?» Ich zucke mit den Schultern. Jetzt tut er mir wirklich leid. Aber ich krieg keinen Ton mehr raus. Was soll ich denn sagen... und wozu?

Er seufzt.

«Lumi, demnächst erstellen wir wieder den Hilfeplan zur Erziehung. Deshalb sitzen wir Beide doch hier, um gemeinsam rauszufinden, was Dir gut tun könnte. Dafür musst Du mir aber halt schon auch sagen, was Du willst und was Du Dir wünschst und wie es Dir geht.»

Er wartet, ob ich was sage. Aber ich weiß immer noch nicht, was ich dazu sagen soll. Ich will zu Miriam. Und ich will, dass Miriam mich will. Beides is nich. Was also soll ich sagen...

Ich schaue wieder raus. Robin und die anderen sind inzwischen runter vom Platz.

«Weisst Du, es ist sehr schwierig, wenn jemand nicht sagt, was er will. Ich kannte da mal ein Ehepaar. Die haben sich sehr gern gehabt. Jeden Morgen haben hat einer von beiden ein Brötchen beim Bäcker gekauft und sie haben es sich zum Frühstück geteilt. Der Mann aß am liebsten die obere Hälfte vom Brötchen, die Frau am liebsten die untere Hälfte. Aber weil sie nie darüber gesprochen haben, hat- egal wer von beiden das Brötchen geteilt hat- dem anderen immer das gegeben, was er für das Beste hielt. Wenn die Frau das Brötchen aufschnitt und teilte, gab sie ihrem Mann stets die untere Seite zu essen, weil sie die besonders lecker fand und eben wollte, dass er das Beste bekam. Wenn der Mann hingegen das Brötchen aufschnitt und verteilte, dann gab er seiner Frau stets die obere Hälfte zum essen, weil er ihr zuliebe darauf verzichten wollte. So kam es, das die Beiden immer die Brötchenhälfte aßen, die ihnen nicht so gut schmeckte. Hätten sie sich gesagt, was sie wirklich wollen und mögen, dann hätten sie viel mehr Freude in ihrem Leben gehabt. Verstehst Du, was ich damit sagen will, Lumi?»

«Ich mag am liebsten Mohnbrötchen.» sag ich, um irgendwas dazu zu sagen. Dass es nicht um die Brötchensorte geht, hab ich natürlich verstanden. Aber es redet sich viel besser über Backwaren, als über Gefühle... und Psychologen mit ratlosen Gesichtern sind eine gute Nummer am Nachmittag...

1,6180339

Ich liege alleine aufm Sofa im Fernsehzimmer und wähle Miriams Nummer.

Ich halte mir das Handy ans Ohr.

Es klingelt.

Gleich wird sie auf dem Display mein Gesicht sehen und sich freuen, dass ich anrufe.

Sie wird rangehen und erfreut Hallo Lumi rufen und dann wird sie drauf los plaudern, was bei ihr so alles war heute an der Uni und welcher Prof mal wieder völlig daneben gelegen hatte mit seiner Interpretation von was auch immer und dann wird sie mir erzählen, in wen sie sich nun wieder verliebt hat und dann wird sie mich fragen, wie es bei mir so läuft und was ich grade lese und dann erzähle ich ihr von dem Buch und wir besprechen, was wir alles so machen werden, wenn ich endlich 16 und bei ihr bin... aber noch klingelt es. Endlich geht sie ran. Und freut sich. Und plaudert drauf los und erzählt, was heut an der Uni so war und was sie heute noch machen wird und dann soll ich erzählen, was bei mir so los war, aber in dem Moment kommt Robin rein und starrt mich entgeistert an: «Was machstn du mit der Fernbedienung?»

- und dann nimmt er mir mein Handy weg und schaltet damit den TV ein.

«Laberst Du echt mit der Fernbedienung?»

1,61803398

Weil Donnerstag ist, kann ich wieder los zum Kehler. Ich hoffe sehr, dass mein Lieblingskaninchen noch da ist.

Es ist.

Und es ist immer noch so hellbraun und hat immer noch so hübsche Hängeohren wie letztes Mal. Ich schaue mich um, ob ein Verkäufer in der Nähe ist, aber die Luft ist rein. «Hallo Hase!» sag ich zu dem Kaninchen und streck meine Hand in das Gehege. Es hoppelt wieder auf mich zu und schnuppert an meiner Hand. Dann stellt es sich auf die Hinterläufe und streckt sich an meinem Arm hoch. Ich hätte eine Karotte mitnehmen sollen. Oder einen Apfel. Oder wenigstens ein bisschen Löwenzahn oder sowas. Als ich höre, dass sich Schritte nähern zieh ich den Arm sofort zurück. Ich kauere mich neben das Gehege und schau dem Kaninchen durch die Scheibe durch zu. Es hoppelt ganz nah an mein Gesicht. Das Glas ist kalt. Das Tier dahinter so warm wie ich. Aber wir können nicht zusammen kommen. Wie die Königskinder. Die Ballade haben wir auch in der Schule durchgenommen. Die Beiden hatten sich lieb, aber das Wasser war zu tief,- um genau zu sein: viel zu tief und dann kam noch eine böse Nonne, die das Kerzlein ausgelöscht hat und am Ende waren beide tot. Und ich weiß ja wie das ist, wenn man nicht zusammen kommen kann, obwohl man sich liebt, aber hier mit der Scheibe zwischen mir und dem Hasen, der gar keiner ist, sondern ein Zwergwidder, noch dazu ein besonders schöner, kann man die Zeilen genau erinnern, weil das Glas eben so kalt ist, dass man es spürt, selbst wenn die Haut das Glas noch nichtmal berührt. Kälte strahlt ab. Im Glas kann man auch ertrinken. Das Wasser ist viel zu tief. Und so durchsichtig wie die Scheibe. Und die Nonne ist das ganz verfickte normale Leben...

Ich nenne ihn Johnny.

Johnny ist ein guter Name für ein hellbraunes Knopfaugengeschöpf.

Johnny hoppelt zum Futtertrog. Die beiden anderen Kaninchen spielen fangen. Sie machen eine wilde Verfolgungsjagd im Kreis. Johnny macht schließlich mit.

Die Verkäuferin mit dem blonden Zopf, die oft da ist, bei den Tieren, steht plötzlich hinter mir. «Die sind besonders hübsch, gell?» sagt sie und lächelt mich an. Ich nicke. Ich hab Angst, dass sie mich gleich wegschickt oder noch schlimmer, dass sie mit mir ein Gespräch anfangen will. Zum Glück will sie nicht. Sie geht weiter nach hinten und durch eine Tür, die die Aquaristikabteilung von den Nagern trennt. Kurz danach kommt sie wieder raus. In der Hand hält sie eine Karotte. «Hier, die darfst Du ihnen reingeben!» sagt sie und hält mir die Karotte hin. Ich müsste jetzt eigentlich danke sagen, aber ich kann nur wortlos nach der Karotte greifen. Ich halte sie in das Gehege. Johnny kommt nicht. Stattdessen sein schwarzweißer Bruder. Der knabbert erst ein bisschen und schließlich beißt er so fest zu und zieht mir die Karotte aus der Hand. Er trägt sie ein Stück weg und futtert dann dort weiter. Die Verkäuferin mit dem blonden Pferdeschwanz guckt immer noch zu. Vielleicht sollte ich besser gehen. Ich will hier ja nicht auffallen. Aber dann kommt eine Familie. Vater Mutter Sohn Tochter. Lieber Scheißgott, lass sie nicht Johnny kaufen. Bitte. Ich will ihn noch ein bisschen behalten. Die blonde Verkäuferin begrüßt die Leute. Ihr Pferdeschwanz wackelt. Die Leute wollen zwei Zwergkaninchen. "Aber nicht solche mit den Hängeohren!" sagt die Tochter und macht mich damit spontan sehr glücklich. Ich muss sie direkt anlächeln. Das findet sie komisch. Sie greift nach der Hand ihrer Mutter. Johnny bleibt mir erstmal erhalten. Die Verkäuferin erklärt nun, was man alles bei der Kaninchenhaltung beachten muss, fragt nach Stall und Freilauf und empfiehlt das teure hauseigene Futter zur Fütterung. Es werden zwei normalohrige Kaninchen ausgesucht und jeweils in einen Karton gesteckt. Der Vater bekommt einen Zettel und eine Packung Futter in die Hand gedrückt, die Kinder jeweils einen Karton mit Kaninchen und die Leute ziehen ab in Richtung Kasse. Ich geh auch raus. Ich hab Angst, dass mich die Verkäuferin sonst wieder anspricht. Draußen fällt ein warmer Sommerregen. Ich mag das. Statt mit der Bahn zurück zu fahren, lauf ich. Ich bin eh noch zu früh dran. Wenn ich so früh ins Heim zurück komm werden sie sich wundern und fragen, ob ich mich mit Sophia gestritten hab und wenn ich Pech hab, rufen sie dann dort an und dann werden sie hören, dass ich schon seit Wochen nicht mehr da war und dann muss ich mich rechtfertigen was ich wann wo gemacht hab und warum ich nix gesagt hab und überhaupt werden sie dann wieder von Vertrauen sprechen. Und wenn sie von Vertrauen sprechen ist es immer besonders unangenehm. Viel schlimmer als Regen.

Falls ich nachher halt nass ankomme, werd ich einfach sagen, dass Sophia und ich auf Spielplatz waren und vom Regen überrascht wurden und ich dann direkt ins Heim zurück bin, um mich umzuziehen. Das klingt glaubwürdig. Und dann freuen sie sich sogar, weil wir an der frischen Luft waren und das ist immer gut, finden Pädagogen. Zum Glück weiß man schnell, was die mögen und was nicht.

Wenn ich irgendwann bei Miriam wohnen werde, werde ich ganz viele Tiere haben. Kaninchen, Katzen, vielleicht sogar einen Hund. Einen Esel hätte ich auch gern. Zum Reiten und weil sie so hübsche Augen haben, aber das wird wohl selbst bei Miriam nicht gehen. Mitten in der Stadt kann man keinen Esel halten. Und aufs Land wird sie mit mir nicht ziehen. Sie hasst Dörfer. Ich eigentlich auch. Aber für einen Esel würd ich vielleicht schon aufs Land ziehen. Aber vielleicht ist das mit dem Esel auch ein kindischer Wunsch. Den behalt ich lieber für mich. Ein Johnny würde mir für den Anfang reichen. Oder eine Katze. Oder...

1,618033988

«Hej Lumi, Kairabee? How are you? Was mach Du hier?» fragt Mbye.

Ich schrecke zusammen. Ich hab mich heute aus der Schule entlassen lassen. Wegen Regelschmerzen. Die hab ich wirklich, aber ins Heim bin ich noch nicht zurück, weil ich lieber noch ein wenig durch die Stadt spazieren wollte. Wenn man sich entlassen lässt, braucht man für den Tag keine Extra-Entschuldigung. Da muss nur der Entlasszettel unterzeichnet werden. Das kann ich selbst. Und da wir ja so oft Betreuerwechsel haben im Heim, fällt es in der Schule nicht groß auf, wenn da irgendeine Unterschrift drauf ist. Wenn man das also nicht übertreibt und keiner nachfragt, kann man so ab und an einen freien Vormittag haben.

«Was machst Du hier?» frag ich Mbye zurück.

«I am going to Schwanenpark! Meet some friends!» grinst er mich an. Mit fünfzehn darf man offenbar mehr als mit zwölf. Und in die Schule darf er noch nicht, weil irgendein Verfahren

noch andauert, haben sie uns im Heim erklärt. Aber dass er hier so einfach rumspaziert find ich unfair. Ich wär froh, ich dürfte nicht in die Schule... Ich beschließe ihn zu begleiten. Er lächelt immer wieder zu mir rüber. Im Schwanenpark setzt er sich auf eine Bank am Rande des kleinen Sees mit den Schwänen, die dem Park diesen inoffiziellen Namen gegeben haben. Wie der richtig heisst, der Park, weiß ich garnicht.

Ich bleib unschlüssig stehen.

Jetzt sollte man wohl irgendwas tun oder sagen.

Aber weil ich nicht weiß was, tu ich nix.

Schließlich setz ich mich neben ihn.

«That was your mother? At night.. a few days ago? How is she doing? Why are you not with her? ... at home?»

Ich nicke nur und zucke kurz die Schultern.

Er schaut mich an und lächelt wieder. Dann guckt er auf den See. Wir schauen den Schwänen beim Schwan sein zu. Komischerweise fühl ich mich ziemlich wohl. Es ist garnicht unangenehm, neben Mbye hier zu sitzen. Es fühlt sich seltsam vertraut an. Vielleicht, weil er auch nicht spricht. Er schaut mich nur immer wieder an und lächelt. Und ich lächle zurück.

Plötzlich kommen zwei andere junge Männer dazu. Sie klopfen Mbye auf die Schulter, umarmen sich und sprechen miteinander in einer Sprache, die sich sehr afrikanisch anhört. Mir nicken sie zu und lächeln. Ich sag Hallo und gucke dann auf die Schwäne. Die Beiden setzen sich zu uns. Mbye rückt deshalb näher an mich ran. Ich spüre nun jede Bewegung seines Körpers, weil sich unsere Körper an der Seite berühren. So nah saß ich noch nie neben einem Jungen. Mbye drückt sein Knie noch mehr an meins als nötig. Einer der anderen Jungs baut eine Tüte. Ich hab schon mal gekifft. Miriam hatte mal einen Joint geraucht und mich ein paarmal ziehen lassen in den letzten Ferien. Ich mochte den Geschmack nicht so, aber es war der lustigste Abend meines Lebens. Wir haben die ganze Zeit gelacht und nichts war schwer und schwierig und Miriam fand mich nicht kindisch oder peinlich oder so. Ich hoffe, die lassen mich hier auch mitrauchen. Die Tüte ist fertig und wird angezündet. Ich inhaliere gierig den Duft, der jetzt bereits zu mir rüber zieht. Gut riechen tut das Zeugs auch diesmal nicht. Irgendwie so wie etwas, was gerne süß wäre, aber verdorben ist, bevor es blühen darf. Die Farbe, die zu diesem Geruch passt, ist eine Mischung aus lila und beige. Nicht wirklich schön. Jetzt zieht Mbye an dem Joint.

Bitte lieber Gott lass ihn ihn mir weiter geben.. Bitte...

Danke Gott.

Ich inhaliere tief und reich den Joint zurück an Mbye, der mich neugierig betrachtet.

«Have you ever smoked yamba already?»

Oh Yamba...? Ich dachte... egal, es riecht genauso... ich nicke einfach.

Ich lächle und guck mir sein Gesicht jetzt auch an. Und zwar ganz intensiv. Er hat wunderschöne dunkle Augen. Viel dunkler als meine und meine sind schon dunkel. Aber seine sind fast schwarz. Und über seinen Augen sind lange dunkle Brauen, wie Flügel von einem großen traurigen Vogel. Und seine Nase ist unheimlich schön. Ich hab eine eher komische Nase. Jedenfalls nicht so ebenmäßig wie seine. Ich will mich gerade auf seinen Mund konzentrieren da guckt er weg. Er sagt irgendwas afrikanisches zu seinen Freunden. Sie lachen. Ich fühle mich aber garnicht ausgeschlossen. Es ist mir sonderbar gleichgültig, dass ich nicht verstehe, um was es geht. Er schaut wieder zu mir und reicht mir den Yamba, der inzwischen wieder bei ihm angekommen ist.

Ich bin ein bisschen glücklich.

Ich merk das sofort.

Es passiert so selten.Es ist aber kein aufgekratztes Glück. Mehr so eine kichernde Zufriedenheit. Wie ein Schluckauf, der eigentlich ein Gähnen ist.

Ich nehm einen zweiten tiefen Zug, bevor ich Mbye den Yamba zurück gebe.

Jetzt hab ich vergessen zu gucken wie Mbyes Mund aussieht.

Ich finde das sehr lustig. Es gibt kaum etwas Lustigeres als zu vergessen, dass man einen Mund anschauen wollte. Dass man überhaupt einen Mund anschauen will.

Warum um Himmels willen will ich einen Mund anschauen?

Ich muss lachen. Die drei Jungs drehen sich zu mir und müssen auch lachen.

Das Leben ist lustig.

Einer der Beiden steht auf. Er geht auf den Teich zu, geht ins Wasser, dreht sich um, lacht, sagt was, geht weiter auf die Schwäne zu.

Der Yamba ist wieder bei mir.

«He wants to ride a swan... so.. you know, auf Schwan sitzen und durch Wasser fahren» erklärt mir Mbye. Sein anderer Freund fällt vor Lachen von der Bank. Das wiederum führt dazu, dass der Schwanenjäger auch lachen muss und dabei vor lachen komplett ins Wasser fällt. Die Schwäne fliehen laut quäkend und flügelschlagend vor dem afrikanischen Schwanenbändiger. Er ruft ihnen was nach und spritzt mit Wasser.

Er kommt zurück und setzt sich wieder neben uns. Seine Jeans tropft und es bilden sich Pfützen unter ihm. Wie in einer Tropfsteinhöhle. Die drei sprechen wieder miteinander in dieser seltsamen Sprache.

Dann stehen sie auf. An meiner Seite wird es kalt. Ich hatte mich an Mbyes Wärme gewöhnt. Ich steh auch auf, aber Mbye dreht sich zu mir und sagt: «Stay here, Sorry, but, Du kann nicht mit uns kommen. Not yet.»

Er streichelt mir übers Haar.

Und dann ziehen sie ab.

Und ich steh neben der Bank und schau auf den kleinen See unter der Bank, den der erfolglose Schwanenfänger zurück gelassen hat.

Ich setz mich wieder hin.

Und dann hab ich plötzlich schrecklichen Hunger.

Und mir fällt ein, dass ich zurück muss ins Heim.

Ich steh auf und sag tschüss, obwohl ja niemand mehr da ist, unddarüber muss ich dann wieder lachen...

1,6180339887

«Lumi! Hast Du etwa gekifft?»

Annette ist außer sich. Sie schnuppert an mir und dann wedelt sie aufgeregt mit den Armen.

«Ich ruf jetzt Beate an. Die muss das sofort wissen!»

Sie hat noch nicht mal eine Antwort abgewartet. Ich muss mir nun ganz schnell eine Geschichte ausdenken, sonst hab ich jede Menge Ärger am Hals.

«Ich hab nicht gekifft, aber im Mädchenklo an der Schule waren welche, und da war alles voller Haschischnebel!» ruf ich ihr nach und folge ihr ins Büro, wo sie bereits den Telefonhörer in der Hand hat und sich durch die Liste der eingespeicherten Mitarbeiter scrollt, um Beate anzurufen. Annette schiebt mich aus dem Büro und schließt die Tür von innen. Ich bleib vorne dran stehen. Mir war garnicht aufgefallen, dass ich so intensiv danach rieche. Vielleicht ist Yamba doch Haschisch... wer weiß...

Tamara geht vorbei und sagt nur Ärger? und geht weiter ohne eine Antwort abzuwarten. Klar hab ich Ärger. Ziemlichen sogar. Fünf Minuten später öffnet sich kurz die Türe, dann schließt sie sich wieder, ohne das Annette raus gekommen wäre. Wieder fünf Minuten später öffnet Annette die Tür erneut und sagt zu mir: «Heute Abend ist Krisengespräch. Herr Brink, Herr Mey, Beate und Deine Mutter werden da sein. Du bist zwölf, Lumi! Überleg mal, was Du machst! Und ich sag Dir gleich: es ist besser etwas zuzugeben und zu den Sachen zu stehen, die man gemacht hat, als sich rausreden zu wollen. Du hast ganz glasige Augen und wenn Du den Konsum nicht zugibst, dann werden wir eine Untersuchung veranlassen! Geh jetzt auf Dein Zimmer!»

Ich dreh mich um und geh auf mein Zimmer.

Warum können die mich nicht einfach alle in Ruhe lassen?

Was geht die das an, was ich rauche? Was ich überhaupt mache?

Außerdem bin ich fast dreizehn.

Ich schmeiß mich aufs Bett.

Immerhin wird Miriam kommen. Und die findet kiffen ja cool. Aber das wird sie garantiert nicht sagen. Sie wird eher rumjammern, warum man sie damit behelligt, sie sei ja schließlich nicht hier vor Ort. So oder so ähnlich wird es laufen. Und wenn ich Pech hab wird sie sauer auf mich sein, weil sie meinetwegen her kommen muss außer der Reihe. Fuck alles. Ich muss mir eine glaubwürdige Geschichte ausdenken. Eine, in der Mbye nicht vorkommt. Eine, in der niemand vorkommt, den die hier kennen. Denn die sind in der Lage und informieren die Schule oder andere Eltern, falls ich die Geschichte im Mädchenklo glaubwürdig ausbaue... ich muss mir also was Neues ausdenken... oder einfach die Klappe halten.

1,61803398874

Abends sitzen dann Miriam, Herr Brink, Herr Mey, Beate

und Annette im Besprechungsraum und Annette fordert mich auf, zu sagen, was ich gemacht habe. Miriam ist sichtlich genervt und hat mich nicht mal begrüßt. Nur Herr Mey hat mir aufmunternd auf die Schulter geklopft. Alle schauen mich an. Ich hab mir im Laufe des Nachmittags viele Geschichten ausgedacht. Keine davon war glaubwürdig. In einer habe ich den Joint gefunden und einfach aus Neugierde geraucht. In einer anderen hab ich mir eine Entführung ausgedacht, bei der ich im Kofferraum eines Autos eingesperrt war und erst wieder freigelassen wurde, als ich mich bereit erklärt habe, Haschisch zu rauchen. Dann hab ich mir überlegt, dass ein großer grüner Drache vor der Schule auf mich gewartet hat, auf dessen Rücken ich zu einem Vulkan geflogen bin und der Rauch, der aus dem Bergschlund kam, hat mich so benebelt und bestand aus hochwertigem THC. Die letzte Geschichte hat mir ganz gut gefallen, vor allem, weil ich es schön fand, auf dem Rücken eines großen Drachens zu einem Hasch-Vulkan zu fliegen, aber wenn ich die Geschichte erzähle, testen sie mich wahrscheinlich noch auf andere Sachen oder stecken mich direkt in die Psychiatrie, wo unsere Ritzerin Melanie jetzt wohnt und dort hat man vermutlich noch weniger Freiheit als hier. Und weil ich mich nicht entscheiden kann, was ich erzählen soll, sag ich nix. Garnix um genau zu sein.

- Das kommt natürlich garnicht gut.

Annette erzählt, dass ich am Nachmittag in angekommen sei und eindeutig nach Haschisch gerochen habe und ganz glasige Augen gehabt hätte und dass ich mich aus der Schule entlassen habe lassen und nicht Bescheid gesagt habe. Und das sowas nicht geht. Und dann schauen sie mich wieder alle an und warten auf eine Erklärung.

«Es wär schon gut, Du würdest mit uns reden, Lumi!» sagt Beate.

«Worüber?» frag ich und würd mir am liebsten auf die Zunge beißen, weil das die falsche Antwort war. Beate regt sich auch gleich auf: «Übers Wetter sicher nicht! Wir wollen wissen, warum Du das gemacht hast und mit wem!» Ich denke an den Drachen und wie ich mit ihm zu einem Vulkan reite.

«Frau Malnik, was meinen Sie denn? Finden Sie es gut, dass Luminita solche Sachen macht? Schule schwänzen? Lügen? Kiffen?»

Luminita. Mit t. Sie werden es nie lernen...

«Selbstverständlich nicht. Aber ich finde man sollte das auch nicht überdramatisieren. Das kann ja auch jugendliche Neugier sein.Und an mir liegts jedenfalls nicht. Sie wohnt schließlich jetzt hier bei Ihnen. Da müssen schon Sie aufpassen.»

«Siehst Du Lumi, Deine Mutter hat da auch Bedenken... Willst Du nicht doch was sagen?»

Wenn ich auf dem Drachen reiten würde, dann würden wir in Kurven übern Fluß fliegen und seine Drachenfüße würden ins Wasser tauchen und links und rechts würden Fontänen spritzen und wir würden juchzen und die Welt würde uns gehören... dem Drachen und mir... und wir würden frei sein. Frei. Und dann würden wir durch die Wolken fliegen, die wie Wolken riechen... vielleicht würde es darin regnen... sie bestehen ja aus Tropfen, die Wolken...vielleicht glitzern sie, wenn man oben in ihnen ist...Vielleicht riechen sie auch ein bisschen wie ein Felsen, weil sie ja manchmal die Berggipfel streifen wenn sie am Himmel spazieren gehen... oder wie warmer Schnee...

«Lumi! Schau mich mal an.»

Herr Mey holt mich aus den Wolken.

«Es ist nicht gut, wenn Du das machst. Das hilft nicht und es kann viel Schaden anrichten. Grade in Deinem Alter.

Natürlich ist Haschisch nicht das Teufelszeug, als das es oft dargestellt wird. Aber harmlos ist es auch nicht. Es wäre doch sehr schade um Dich, wenn Du da abrutschen würdest!» Er schaut mich an. Kurz denk ich, er macht sich echte Sorgen. Aber den Gedanken verscheuch ich ganz schnell wieder. Ich weiß ja wie das ausgeht, wenn man die mag. Ich such in meinem Kopf nach meinem Drachen...und schweige.

«Lumi, ich denke, wenn Du eh nichts sagst, dann kannst Du auch erstmal auf Dein Zimmer gehen!» sagt Beate schließlich.

Ich geh auf mein Zimmer.

Da ist kein Drache mehr. Die werden mich eh bald wieder holen und dann werden sie eine Strafe verkünden. Aber ich bin froh, dass ich nix gesagt hab.

Nach etwa einer Stunde holen sie mich. Ich hab drei Wochen Hausarrest.

Und zusätzlich Gartendienst.

Außerdem muss ich nun wieder zweimal wöchentlich zu Herrn Mey, damit ich keine Drogenkarriere beginne.

Die Sitzung ist geschlossen.

Ich darf Miriam raus begleiten.

«Du bist echt bescheuert, Lumi!" fängt sie draußen an, sobald wir außer Hörweite des Heims sind. «Mann, echt! Einen Kaugummi oder ein Pfefferminzbonbon danach und dann was von Allergie labern wegen der Augen... das kann doch wohl echt nicht so schwer sein! Außerdem lässt man sich erstens nicht erwischen und zweitens, wenn man sich doch erwischen lässt, dann hat man gefälligst eine gute Geschichte parat und verhält sich entsprechend verbindlich und glaubwürdig. Wie willst Du denn jemals wieder bei mir wohnen und klar kommen, wenn noch nicht mal das Minimalste hier klappt. So klug sollte man schon sein, dass man sich zu helfen weiß. Du weisst doch, was die hören wollen in so einer Situation.» Sie macht eine Pause. «Ich weiß noch nicht, ob ich nächstes Wochenende komm und Dich hole. Ich brauch jetzt erstmal Pause von Dir nach der Nummer hier.»

Ich nicke. Ich bin schließlich nicht kindisch, sondern vernünftig.

Dann zieht sie ihren Helm auf und braust davon.

Ein Motorrad ist auch eine Art Drache...

-nur hab ich keins.

1,618033988749

Gartendienst ist eigentlich keine Strafe. Ich mach das ganz gerne. Und Herr Grabowski, unser Hausmeister, ist ganz nett. Ich soll das Unkraut zwischen den Pflastersteinen wegharken. Dafür sitz ich auf einem bunt gestreiften Hartgummikissen und ziehe mit einer Miniharke die Spalten entlang. Hartgummikissen ist ein hübsches Wort find ich. Und es sieht auch schön aus, weil es alle Farben vom Regenbogen hat. Neben mir steht ein Eimerchen, in das ich die toten Löwenzähne und das andere Unkraut reinwerfen kann. Ich beeile mich nicht. Die Sonne scheint und es ist heiß und dauernd kommen Käfer vorbei, die man sich anschauen muss, weil sie alle so unterschiedlich aussehen und an einer Stelle sind plötzlich ganz viele Ameisen aus den Ritzen gekrabbelt und sind aufgeregt rumgerannt und ich hab geguckt, ob ich eine einzelne Ameise verfolgen kann, aber irgendwie hab ich sie immer aus den Augen verloren.

«Du bist nicht zum träumen hier, Lumi!» sagt eine Stimme hinter mir.

Beate.

Zum Glück bleibt sie nicht stehen, um zu überprüfen, ob ich nun schneller arbeite.

Sie geht weiter rein ins Heim. - Das hab ich bei ihr nämlich schon mehrmals erlebt. Sie kommt, sagt was und bleibt dann stehen um zu überprüfen, ob man das, was sie sagt, auch sofort macht... Besonders schlimm ist das, wenn man was abschreiben soll. Zum Beispiel die Gruppenregeln. Dann steht sie hinter einem und lauert auf einen Fehler. Und wenn man einen macht, dann saust ihr Finger von oben runter auf die Stelle am Blatt, klopft dreimal und sagt falsch.

Und man macht natürlich mehr Fehler, wenn jemand da steht und auf sie wartet. Fehler lieben großes Publikum. Und sie lieben es, wenn man auf sie wartet...

Wenn ich 18 bin, kann ich endlich machen was ich will. Vielleicht auch schon mit 16. Wenn Miriam mich dann zu sich nimmt. Wenn. Es sei denn, sie will mich bis dahin immer noch nicht... andererseits muss sie ja irgendwann mit dem Studium fertig werden und dann muss sie ja arbeiten und spätestens dann muss sie meinen Heimplatz hier voll bezahlen... und so ein Platz kostet rund 200 € am Tag. Die Tageskinder kosten nicht ganz so viel, weil sie ja zuhause schlafen, aber ich hab mal ausgerechnet, dass ich das Jugendamt im Monat ungefähr 6000 € koste... ich finde, es wär viel einfacher, sie würden mir das Geld geben und ich würde mir davon eine Wohnung bezahlen und mein Essen. Dann bräuchten sie auch keine Angst wegen Kindswohlgefährdung haben, weil ich dann ja nicht bei Miriam wäre, sondern bei mir und ich geh bestimmt nett mit mir um und sorge auch dafür, dass genügend Essen im Haus ist und ich kauf auch eine Waschmaschine und wasche meine Wäsche und würde all die Sachen machen, die Miriam mit mir nicht so gut hingekriegt hat und weswegen mein Wohl angeblich gefährdet war...

Plötzlich spür ich eine Hand auf meinem Rücken. Mbye.
Er setzt sich neben mich auf den Boden, nimmt mir die
Harke aus der Hand und fängt an zu harken. Und lächelt
mich wieder an. «Hi Lumi, kairabee, wie geht Dir?» Ich
schau ihn an. Er sieht unglaublich schön aus in der Sonne.
Er schaut zu mir rüber und scheint auf eine Antwort zu warten. Ich sag aber nix, weil er so schön aussieht und weil es
so schön ist, wenn jemand einfach so hilft und das alles
verschlägt mir ein bisschen die Sprache. Wie immer eben.
Nach einer Weile leg ich meine Hand auf seine und zieh
ihm die Harke wieder aus den Fingern. Ich muss das ja
schließlich machen und wenn jemand ausm Heim kommt,
gibts nur wieder Ärger. Er bleibt trotzdem neben mir sitzen.
Wir rücken ein Stück weiter.

«Was ist kairabee?» frag ich schließlich, um wenigstens
etwas zu sagen.

«this is mandinke! My language. mother tongue, you
know? We speek in Gambia. With my family and my friends.»

«Bringst Du mir das bei? Can you teach me?» frag ich, weil
ich unbedingt will, dass er hier bei mir bleibt.

Er nickt.

Und dann versucht er mir Mandinka beizubringen.

Das ist die Sprache, die er mit seinen Freunden am Schwanenteich gesprochen hat. Es macht natürlich nicht viel Sinn
eine Sprache zu lernen, die man niemals sprechen wird.
Aber es macht Sinn eine Sprache zu lernen, die jemandem
wichtig ist, der einem wichtig ist. Und Mbye fängt grade an
wichtig zu werden. Und so sitzen wir den ganzen Nachmittag vor dem Heim und harken den Hof, während wir eigentlich in Gambia sind. Denn Mbye bringt mir nicht nur Wörter und Sätze bei. Er erzählt mir auch von seiner Familie.
Von seinen Freunden. Und von seinen Freunden vom

Schwanenteich, die er in Libyen kennen gelernt hat. «In prison,...they treated us like animals... worse than that...they call themselves muslims, but they are just...» sagt er und dann sagt er nichts mehr und seine Augen werden blass. Und es ist sehr verstörend, wenn so dunkle Augen so blass werden... vielleicht weil er in ein schwarzes Loch guckt und darin alle Farben verschwinden... Ich trau mich nicht, ihn anzusprechen, weil er mit einem Mal ganz weit weg ist und er auch nichts mehr sagt und sich garnicht mehr bewegt. Als säße er tot neben mir...

Aber irgendwann halt ich es nicht mehr aus...

«Kairabee?» frag ich und er kehrt langsam zurück und lächelt aber nicht mehr und sagt auch nichts, sondern steht auf und geht wortlos ins Heim.

1,6180339887498

Die schlimmere Strafe sind die Zusatzstunden bei Herrn Mey. Er empfindet das sicher auch als Strafe, denn mit einem Kind da zu sitzen, dass kein Wort spricht, ist vermutlich langweiliger und zäher, als die Zeit mit jemandem wie Robin, zum Beispiel, zu verbringen. Der quatscht einem das Ohr ab, aber dabei vergeht die Zeit ganz schnell. Und dem kann er vielleicht helfen. Mir nicht. Letzte Woche haben wir uns jedenfalls eine volle Psychostunde angeschwiegen. Zum Glück sind Psychostunden zehn Minuten kürzer als normale Stunden. Ich hatte trotzdem schreckliche Bauchschmerzen und schlecht war mir auch.

Ich klopfe jetzt also wieder pünktlich um 15.00 Uhr an seiner Tür.

«Herein!» ruft es von drinnen.

Ich öffne die Tür und sehe wie Herr Mey seinen Rucksack auspackt.

Er legt seinen Laptop auf den Schreibtisch und einen dünnen Ordner daneben.

«Gut, dass Du pünktlich bist!» Er holt sein Handy aus dem Rucksack und steckt es in seine Hosentasche: «Wir gehen jetzt in den Tierpark!»

Ich starre ihn ungläubig an.

«Draußen schweigt es sich besser!» sagt er. «Und Tiere magst Du doch gerne, oder?»

«Ok» sag ich.

Ich folge ihm unschlüssig nach draußen. Er zeigt auf seinen alten blauen Renault auf dem Parkplatz. Ich gehe auf die Beifahrerseite und warte, bis er mir die Tür auf macht. Dann steig ich ein. Ich schnalle mich an und schaue aufs Armaturenbrett. Da klebt ein Photo. Man sieht Herrn Mey mit einer schönen blonden Frau und einem kleinen Mädchen mit rotblonden Locken. Er bemerkt meinen Blick, startet den Wagen und erklärt: «Das ist meine Frau und meine Tochter».

«Hübsch»

«Hej, Du machst Fortschritte. Das waren schon zwei Wörter heute! Ok und hübsch! Nicht dass Du heiser wirst bei so viel ungewohnter Nutzung Deiner Stimmbänder!»

Ich muss grinsen. Witzig ist er. Das muss man ihm lassen.

Es dauert keine fünf Minuten und wir sind am Park. Der Wildpark liegt am Rande unseres Stadtteils an der Grenze vom Stadtwald. Wir steigen aus und ich weiß nicht, ob ich den Knopf an den Tür runter drücken soll oder nicht, weil ich ja nie Auto fahre und auch früher fast nie Auto gefahren bin, dabei mag ich das so gerne, dieses im Auto sitzen und sich fahren lassen. Es ist schön, wenn die Welt wie ein Film an einem vorbeizieht. Einmal bin ich sogar im Regen im Auto gefahren. Da war ich ungefähr sieben Jahre alt. Das war in einem alten Mercedes von einem Freund von Miriam. Da saß ich hinten drin und alles war total verraucht und ich hab es gehasst, weil ich so schlecht atmen konnte in dem verqualmten Wagen, aber als es anfing zu regnen und die Tropfen so schöne Geräusche auf dem Autodach machten, da war ich mit dem Autofahren wieder versöhnt, weil es so hübsch geklungen hat. Sei-nicht-trau-rig-sei-nicht-trau-rig haben die Tropfen aufs Dach getropft und dann haben sie Wettrennen an der Scheibe gemacht und dabei so hübsche Kurven gedreht, dass ich vergessen hab, dass ich grad ganz schlecht Luft krieg...

«Drück mal den Knopf in der Tür runter!» sagt Herr Mey und ich tue es und schlag die Tür so zu, wie ich es bei ihm gesehen habe. Ich folge ihm zum Wildpark. Der Wildpark kostet keinen Eintritt. Er ist aber auch winzig klein. Es gibt nur ein paar Rehe, ein Gatter mit Wildschweinen und ein Gehege mit Füchsen.

«Was an Tieren magst Du so?»

«Man muss nicht mit ihnen reden...»

«Ja. Klar. Hätt ich mir denken können, was sonst! Wie naheliegend!»

«Warum fragen Sie dann?»

«Dafür werd ich bezahlt. Kinder mit dummen Fragen nerven und dann versuchen das alles zu verstehen. Und wie Du merkst, nehm ich meinen Job sehr ernst. Ich verstehe alles»

Ich geh schweigend weiter. Er bleibt stehen und deutet mit seinem Arm auf einen Baum.

«Hörst Du das?»

Ein Vogel zirpt.

Ich weiß aber nicht, was für ein Vogel das ist.

«Das ist ein Sperling!»

Er reckt den Hals um den Vogel zu entdecken. Bisher hören wir ihn nur. Als er ihn hat, zieht er mich an sich ran und zeigt nach oben.

«Da oben guck, auf dem linken knorrigen Ast, gleich hinter der Laublücke. Da sitzt er!»

Ich folge seinem Arm mit meinem Blick und entdecke tatsächlich den Sperling. Er zirpt wieder. Dann fliegt er weg.

«Schön, oder?»

Ich nicke.

Er seufzt.

«Das wars schon wieder mit Gespräch für heute, ja?»

«Ich will meine Stimmbänder nicht überstrapazieren. Das hat mir ein kluger Mann geraten. Das müssen Sie doch verstehen. Sie haben doch grade gesagt, dass Sie alles verstehen.»

«Punkt für Dich!» sagt er und hat offenbar gute Laune.

Ich auch.

Wir schauen uns schweigend die Rehe an.

Rotwild ist ein hübsches Wort. Es klingt wie eine tosende Farbe, die an den Rändern ausgefranst ist und in einem Windrad wohnt, dass sich nur dreht, wenn die Sonne scheint...

«Kiffst Du öfter?» fragt er in die eigentlich grade gute Stimmung.

«Nein.»

«Solltest Du auch nicht machen. Das Zeugs löst keine Probleme. Das schafft nur neue, wie Du merkst.»

«Ich mag Gartendienst.»

Er lächelt.

«Das mein ich nicht. Das weisst Du auch.»

Klar weiß ich das. Aber klein bei geben ist auch nicht meine Stärke. Schweigen schon. Also sag ich nix mehr. Er startet noch zwei Versuche, mich zum sprechen zu bewegen. Dann gibt er auf. Die Zeit ist auch um. Wir müssen zurück zum Auto.

Und fahren schweigend zurück.

1,61803398874989

Mbye muss nun auch in die Schule. Aber er geht in so eine Vorbereitungsklasse an der Gesamtschule in einem anderen Stadtteil. Und Tamara wird demnächst in eine betreute Jugendwohngruppe ziehen. Wer für sie nachkommt ist noch nicht klar. Bei ihr bin ich nicht traurig, dass sie geht. Sie war nicht nett. Robin soll künftig probeweise an den Wochenenden wieder zuhause wohnen. All das wird bei der Gruppensitzung gesagt. Und natürlich auch, dass ich gekifft hab. Mbye war geschickter als ich. Den hat man nicht erwischt. Dann wird nochmal auf die Mülleimer hingewiesen. Wir sollen lernen den Müll ordentlich zu trennen.

Wenn sie nur mal so sehr auf die Seelen achten würden, wie auf den Müll...

- und schließlich wird das Sommerfest besprochen. Der Tag, an dem alle Eltern kommen. Das ist immer der Horror. Eltern sind noch mehr Horror als Pädagogen und Kinder. Jedenfalls die Eltern, die hier her kommen. Letztes Jahr war die Mutter von Tamara da. Sie war so dick, dass der eine Stuhl unter ihr zusammengebrochen ist. Und Miriam war auch da, aber nur eine halbe Stunde und von der halben Stunde hat sie 25 Minuten auf dem Parkplatz vorm Heim verbracht, weil sie rauchen wollte und das ist auf dem Heimgelände nicht erlaubt. Und deshalb kam sie, ging mit mir auf den Parkplatz und meinte dann, dass sie diese Leute alle nicht erträgt. Das hat sie fünf Zigaretten lang wiederholt und ist dann wieder abgerauscht. Mit ihrem Motorrad.

Am Sommerfest tun immer alle so, als sei es ganz normal, dass die Kinder im Heim sind und man nur zu Besuch kommt. Und alle tun so, als seien sie eine normale Familie. Und alle haben gute Laune und es gibt Luftballons und Kuchen und ein Fußballturnier. Es ist wirklich der Horror.

Meine Laune bessert sich nicht.

Nach der Gruppensitzung geh ich direkt auf mein Zimmer.

Vielleicht verschwinde ich einfach zum Sommerfest und komm erst abends wieder...

Es klopft. Es ist Mbye.

Er kommt rein, bevor ich herein sagen kann. Und setzt sich auf mein Bett.

Er schaut sich um.

«Hi Lumi, Kortanantee?»

Ich muss ne Weile überlegen, aber dann weiß ich wieder, wie man darauf antwortet: «Tanantee»

Er zeigt Daumen hoch, lächelt und schaut sich um.

«You are still a bit as a little child? Are you?» sagt er mit Blick auf die Postkarten an meiner Wand.

Ja, scheiße. Irgendwie peinlich, die Tierbilder.

Ich setz mich neben ihn. Er zieht sein Handy aus der Hosentasche und drückt irgendwelche Buttons. Youtube. Er ruft einen clip auf. "Das ist mein Stadt! Chakubanta, it`s Faracity, you know!" sagt er und zeigt mir einen Film über seine Stadt. Farafenni steht drunter. Vielleicht hat die Stadt zwei Namen... man sieht eine Straße und einen staubigen Markt. Männer mit langen weißen Hemden und Frauen in sehr bunten Kleidern. Viele Marktstände mit Gemüse und Gewürzen. Dann aber auch richtige Häuser. Noch mehr Straßen. Ein Fluß.

Dann klopft Beate an der Tür.

Mbye versteckt sofort sein Handy.

Beate ist sichtbar verblüfft, als sie Mbye neben mir auf dem Bett sitzen sieht.

«Es wird Zeit ins Bett zu gehen! Zähne putzen.»

Und zu Mbye sagt sie: «und zwar ohne Extraeinladung!»

Sie bleibt an der Tür stehen. Ich hasse das. Sie wartet, bis wir das Zimmer verlassen und uns Richtung Badezimmer begeben. Dort putzen wir, wie alle anderen, die Zähne und gehen dann zurück in unsere Zimmer. Jeder in seins.

Aber statt mich hinzulegen, reiß ich die Tierpostkarten von der Wand. Das ist eigentlich echt peinlich. Ich bin ja wohl kein kleines Kind mehr. Warum bin ich da nicht vorher und von selbst drauf gekommen... Ich schiebe sie alle unter die Matratze. Die Wand sieht jetzt ziemlich schlimm aus. Der Ränder der Tesafilmstreifen, die ich nicht ganz weg ge-kriegt hab, sind braun und da, wo die Postkarten hingen, ist es heller als drumrum. Sieht aus wie ein riesiger gemalter Setzkasten in grauem Dreck. Ich lösch das Licht und schlüpf unter die Decke. Ich denk an Mbye. Ich denk daran, wie er riecht und ich denk daran, wie sein Bein gegen mei-nes gedrückt hat im Park. Und daran, wie er mit mir den Hof geharkt hat. Und an die Wörter, die er mir beigebracht hat. Und an grade. Wie wir auf dem Bett gesessen haben und uns Farafenni angesehen haben. Und dann fass ich an meine Nunu und streichle sie. Erst langsam, dann wild, so lange bis ich für diesen kurzen Moment denke, ich sei im Paradies, weil alles heiß ist und gleichzeitig warm und schrecklich geil. Und dann roll ich mich zusammen wie eine Katze in einem kunterbunten Vogelnest.

1,618033988749894

Samstag morgens um zehn werd ich abgeholt. Miriam fährt vor, reicht mir einen Helm und ich darf mich hinter sie aufs Motorrad setzen. Wie immer soll ich mich hinten am Bal-ken festhalten. Miriam mag es nicht, wenn ich sie um-schlinge und mich an ihrem Bauch festhalte beim Fahren. Sie sagt, sie fühlt sich dann so eingeengt und ich soll halt lernen, mich hinten richtig festzuhalten. Es ist ein bisschen schwierig, weil ich meinen Rucksack aufhab, aber es geht. Ich liebe es, mit ihr durch die Gegend zu fahren. Der warme Sommerwind umweht mich und ich fühle mich unendlich frei an Miriams Seite. Aber lange dauert die Fahrt nicht. Kaum in der Stadtmitte biegt Miriam in die Blücherstraße ein und fährt in die Tiefgarage, wo sie einen Parkplatz hat. Die Tiefgarage riecht nach alten Abgasen, was ich sehr mag und es ist sehr kühl, vor allem im Vergleich zu dem warmen Sommertag draußen. Am liebsten würd ich direkt einfach hier unten bleiben. Aber wir fahren mit dem Aufzug nach oben in Miriams Wohnung.. Es gibt eine kleine Küche und ein Zimmer. Ich hab hier nur die Gästematratze, die bereits in Miriams Zimmer auf dem Boden liegt. Ich schmeiß meinen Rucksack hin und geh in die Küche, um mir etwas zu trinken zu nehmen. Bei Miriam gibts meistens Cola. Das mag ich. Manchmal hat sie aber auch garnix im Kühlschrank. Je nachdem ob sie pleite ist oder nicht. Diesmal hab ich Glück. Es sind zwei Falschen Cola da. Ich gieß mir ein Glas ein und geh zurück in Miriams Zimmer, wo sie auf ihrem Bett sitzt, eine Zigarette raucht und ihr Handy checkt.

«Was machen wir?» will ich wissen.

«Wart mal nen Moment. Ich muss erst noch was gucken!» Ich warte.

Irgendwann steckt sie den Kopf hoch, macht erst das Handy aus und dann die erste Zigarette und zündet sich eine zweite an. Ich nehm mir auch eine.

«Wir könnten nachher an die Neckarwiese gehen, uns ein bisschen sonnen und ein Eis essen?»

Ich find die Idee mit Miriam an der Neckarwiese zu liegen ganz reizvoll und nicke deshalb. Miriam packt eine Decke und ein Lehrbuch ein und eine Flasche Cola. Dann laufen wir zu Fuß zum Flussufer rüber. Die Wiese ist noch relativ leer. Es ist ja auch noch früh. Erst elf Uhr. Da schlafen normale Leute noch. Miriam eigentlich auch, aber meinetwegen ist sie früher aufgestanden. Ich bin froh. Es gab schon oft Besuchs-Wochenenden, wo ich vergeblich auf sie gewartet hab. Wo sie mich vergessen hat oder einfach verschlafen hat und dann erst Samstag abends um 18.00 Uhr kam und mich dann das Heim nicht mehr mit ihr mitgehen hat lassen, weil sie auch die Eltern zur Pünktlichkeit und Struktur erziehen wollen, wie sie immer sagen. Erziehung und Grundsätze scheinen wichtiger zu sein als schöne Wochenenden und glückliche Kinder. Ich versuch die Gedanken zu verscheuchen. Wir breiten die Decke aus und rauchen erstmal eine. Ich mag es immer noch nicht. Es kratzt im Hals und wirklich ruhiger macht es mich auch nicht.

«Hast Du eigentlich einen Freund?» fragt Miriam unvermittelt und guckt mich an.

Ich denk an Mbye und sag «nein».

«Dann such Dir doch mal einen. Und geh mal zu einer Frauenärztin und lass Dir die Pille verschreiben. Nicht dass Du am Ende dann schwanger wirst. Ich hab kein Bock Oma zu werden mit unter dreißig. Die im Heim sollen das mal mit Dir machen.Da sind die verpflichtet zu. Das ist wichtiger als so ein Aufstand zu machen wegen ein bisschen Haschisch!»

Ich nicke. Hab aber nicht im geringsten Lust zu einer Frauenärztin zu gehen. Die im Heim haben das auch schon länger mal vorgeschlagen, kurz nachdem ich zum ersten Mal meine Tage bekommen habe, aber ich wollte nicht. Und dann haben sie es zum Glück nach einem Personalwechsel wieder vergessen. Und ich glaub auch nicht, dass eine Ärztin mir so mir so einfach die Pille geben würden. Miriam denkt da immer zu sehr logisch und zu wenig pädagogisch. Ich bin zwölf. Nicht sechzehn... andererseits bin ich fast dreizehn...

Ich überlege, ob ich von Mbye erzählen soll. Aber ich weiß nicht was. Es ist ja eigentlich nix passiert bisher. Wir haben uns einmal zufällig getroffen und waren dann am Schwanenteich, aber weiter mitnehmen wollte er mich nicht. Also will er wohl eher nichts von mir. Dann hat er mir geholfen den Hof zu harken, aber das hat er vielleicht auch nur gemacht, weil er ja mit schuld war, dass ich die Strafe gekriegt hab. Und froh war, dass ich ihn nicht verpfiffen hab. Und dann war er eben vorgestern Abend kurz bei mir im Zimmer. Und hat mir Farafenni gezeigt. Mehr war nicht.

Farafenni ist so ein schöner Name für eine Stadt. Ich stelle mir vor, wie ich mit ihm dort über den Marktplatz laufe. Wie würde mir wohl so ein buntes Kleid stehen? Ich würde wahrscheinlich ziemlich auffallen mit meiner hellen Haut. Nur meine dunklen lockigen Haare wären da mal von Vorteil. Ich stelle mir vor, wie er meine Hand halten würde. Er hat so wunderschöne lange Finger und er duftet so fein.

Ich schau rüber.

Miriam liest.

Ich leg mich auf den Rücken und schau in den Himmel. Der Himmel ist blau. Keine Wolke. Nirgends. Dabei guck ich so gerne Wolken am Himmel. Ich kann mich völlig in den weißen Wattegebilden verlieren.

Noch mehr könnt ich mich in ihnen verlieren, wenn sie wie Mbye aussähen.

Aber da oben ist nur blau.

Plötzlich wird mir klar, dass er jetzt wohl ziemlich alleine im Heim sitzt. Die meisten Kinder werden abgeholt an den Besuchswochenenden. Nur ein paar Pechvögel bleiben zurück, also die, die gar keine oder eben total unzuverlässige Eltern haben. Oder eben nur Eltern in Gambia. In Farafenni. Wie man wohl die Bewohner dieser Stadt nennt? Farafennen? Farafenier? Farafeniesen?

«Darf ich mal Dein Handy?» frag ich Miriam.

Sie greift in die Tasche und reicht es mir rüber. Ich ruf Google auf und gebe Farafenni ein. Ich finde einen Wikipediaartikel, aber da steht nicht drin, wie die Bewohner heißen. Nur wieviele es sind, wo die Stadt liegt und welche gambischen Politiker aus Farafenni kommen. Einer heisst Maba Jobe und ein anderer Scheriff Diba. Das ist langweilig. Ich wollte wissen, wie die Bewohner genannt werden und nicht wie irgendwelche Politiker heißen. Ich leg das Handy wieder zurück.

Wenn ich Mbyes Nummer hätte, könnt ich ihn anrufen.

Ich greife wieder nach dem Handy.

Ich geb Mbye in Google ein. Vielleicht find ich ihn ja so.

Aber Google spuckt mir nur einen australischen Rugby-Spieler aus. Moses Mbye. Und dann noch andere Mbyes. Aber immer ist es der Nachname. Vielleicht heisst Mbye gar nicht Mbye. Oder es ist sein Nachname. Den weiß ich aber gar nicht mehr richtig. Irgendwas mit Jo... aber wie genau..keine Ahnung. Ich such weiter. Ich geb Mbye und Farafenni ein. Und dann finde ich auch Mbyes, die mit Vornamen Mbye heissen. Und eine Fußballmannschaft. Dann schau ich nach Bildern von Mbye aus Farafenni. Und finde ihn schließlich auf einem Facebookaccount. Mbye Jobateh. Bei Facebook hab ich mich vor kurzem mit Miriams Hilfe schon registriert. Das wissen die im Heim aber nicht. Die finden mich da auch nicht. Ich heiss da ja auch nur Lumi Blume und hab kein Profilbild hochgeladen. Und außer Miriam und ein paar Freunden von ihr hab ich da auch keine Kontakte. Ich logg mich ein und schick ihm eine Freundschaftsanfrage.

Dann warte ich.

Ich warte den ganzen Tag.

Ich warte den ganzen verfickten Tag.

Ich warte den ganzen voll verfickten blöden Scheißtag.

Ich starre alle fünf Minuten aufs Handy. Das ist gelogen Ich starre alle zwei Minuten aufs Handy. Um ehrlich zu sein, lege ich es praktisch nicht aus der Hand. Irgendwann muss ich aufs Clo. Ich nehm das Handy sicherheitshalber mit. Irgendwann will Miriam ihr Handy wieder. Sehr widerwillig geb ich es aus der Hand. Sie klärt per whatsapp ihre Abendplanung. Erfahrungsgemäß bin ich da nicht mit vorgesehen. Sie sagt immer, wenn sie den ganzen Tag mit mir verbringt, braucht sie abends Zeit für sich. Ich weiß zwar nicht, was so anstrengend an mir ist, aber mir bleibt eh nichts anderes übrig als das zu akzeptieren. Und alleine bei Miriam zuhause ist immer noch besser als im Heim. Ich kann TV glotzen so lang ich will, am Computer spielen oder auch selbst einfach raus gehen. Ich soll mich nur nicht erwischen lassen, weil sie kein Bock hat wieder Ärger mit der Polizei und dem Jugendamt zu haben, wenn ich nachts alleine durch die Gegend spaziere. Ich hab nie verstanden, was daran schlimm sein soll, wenn man nachts alleine spazieren geht. Passieren kann Dir ja was, egal ob Du zwölf oder zwanzig bist. Und nachts ist es sehr schön draußen. Mitten in der Stadt ist immer irgendwo was los und wenn man an die Neckarwiese sitzt, dann hat man die ganze Nacht Gesellschaft.

Sie gibt mir das Handy wieder. Ich ruf sofort Facebook auf, aber da ist keine neue Nachricht. Wir kaufen am Kiosk eine Portion Pommes und essen sie in der Nachmittagshitze auf. Ich hab immer noch Hunger. Miriam erlaubt mir eine zweite Portion. Und sogar noch ein Eis. Ich verbringe den ganzen Tag damit, auf das Handy zu schauen. Aber es gibt keine Reaktion. Um sieben Uhr abends packen wir die Decke zusammen und machen uns auf den Heimweg. Miriam hört Musik. Sie bietet mir die Hälfte ihres Kopfhörers an. Es läuft Technomusik. Ich geb ihr den Kopfhörer zurück. Ist nicht meine Musik. «Gehst Du nachher noch weg?» frag ich sie und hoffe, dass sie Nein sagt. Hoffe, dass sie sagt, sie will mit mir was unternehmen. Hoffe, dass sie sagt, sie fährt mit mir Motorrad oder sie geht mit mir in die Stadt oder in den Wald. Dinge, die sie manchmal mit mir macht. Aber sie sagt nur: «Ja, ich brauch mein Wochenende ja auch. Das verstehst Du doch Lumi-blume, oder?» Und ich nicke, obwohl ich es nicht verstehe, weil wir uns eh nur so selten sehen und weil ich so gerne hätte, dass sie auch was mit mir machen will, aber ich schlucke meinen Kummer runter, weil ich mir sonst wieder nur anhören muss, wie unerwachsen ich bin und wie wenig Verständnis ich für sie und ihre Bedürfnisse habe. «Ich lass Dir ein bisschen Geld da, dann kannste Dir später an der Tanke Chips kaufen gehen, wenn Du magst!» sagt sie und ich nicke.

Und dann geht sie duschen, zieht sich um und braust los.

Mit ihrem Handy logischerweise.

Also geh ich an den Computer. Rufe Facebook auf. Und bin in Miriams Profil, weil sie sich nicht ausgeloggt hat. Miriam postet fast nie was. Höchstens mal ein lustiges Video oder einen Musikclip. Aber sie nutzt den messenger. Ich will wissen, was sie mit anderen so schreibt. Ich öffne ihr Postfach. Das soll man ja eigentlich nicht machen. Also anderer Leute Post oder Tagebuch lesen. Aber sie ist immerhin meine Mutter und sie ist mal wieder nicht da und so krieg ich immerhin ein bisschen was von ihr mit. Der letzte Mailwechsel ist mit einem Wolfgang. Mit dem hat sie heute Abend noch geschrieben. Ich klicke es an.

Ich hab doch die Lumi dieses Wochenende bei mir. Zumindest den Nachmittag muss ich mit ihr verbringen, aber heut Abend hab ich Zeit. Um sieben in der Pinte?

Mein Beileid! Aber um 7 in der Pinte geht klar. Bis dann! Näheres per whatsapp! Bin jetzt off!

Ich klick wieder zu und logg Miriam aus.
Mein Beileid schreibt der zu mir. Ich logg mich ein.
Willkommen zurück Lumi Blume! Keine neue Nachrichten. Was machst du gerade?

Es ist zum Verzweifeln. Ich fühl mich urplötzlich schrecklich allein und verlassen. Warum redet sie so über mich. Warum kann sie mich nicht so lieben wie ich sie? Warum verlässt sie mich, kaum dass ich da bin? Ich leg mich auf ihr Bett. Das Kissen riecht nach ihr. Nach dieser Mischung aus Miriam, Sonnenmilch, Zigarettenrauch und Räucherstäbchen. Nach dem, was ich als Mama kenne. Oder gerne haben würde. Ich inhaliere tief den Duft aus dem Kopfkissen und würde gerne weinen, aber stattdessen schlafe ich ein.

1,6180339887498948

Am Sonntagmorgen kommt Miriam nach Hause. So wie ich es von früher kenne, als ich noch bei ihr gewohnt habe. Da war ich ja auch meistens alleine. Aber jetzt fühlt es sich noch unfairer an als damals. Weil ich jetzt ja eh nur ganz selten am Wochenende mal hier bin. Ich würdige sie keines Blickes, als sie kommt. Ich starre weiter auf den Computerbildschirm. Mbye hat auch nicht reagiert. Vielleicht war er nicht online. Vielleicht will er mich aber auch nicht haben. Am Schwanenteich wollte er mich ja dann auch nicht mitnehmen. Warum will mich eigentlich nie einer? Niemand will mich bei sich haben... Miriam lässt sie neben mich auf den Stuhl fallen und knufft mich in die Seite.

«Hej, Blume! Wasn los?»

Wenn sie mich Blume nennt, werd ich eigentlich immer weich. Weil mich das so an früher erinnert. Aber diesmal kriegt sie mich damit nicht.

Sie guckt auf die geöffnete Computerseite.

«Ärger bei Facebook?»

«Nein, ich sitze nur hier das ganze Wochenende alleine rum, weil meine Mutter mal wieder Besseres zu tun hat als mit mir abzuhängen!» fauche ich sie an.

«Ach komm, Blümchen! Du kennst mich doch. Ich brauch meine Freiheit. Das verstehst Du doch, oder? Ich war die ganze Woche an der Uni und da brauch ich auch mal bisschen Zeit für mich am Wochenende. Außerdem waren wir gestern den ganzen Tag zusammen an der Neckarwiese!»

«Ja, aber Du hast doch jedes Wochenende für Dich. Ich bin doch nur einmal im Monat da!»

Miriam seufzt und zündet sich eine Zigarette an. Ich greif mir auch eine. Anzünden, tief inhalieren, auspusten. Miriam macht ein enttäuschtes Gesicht.

«Ich dachte, Du seist schon erwachsener.»

Sie macht eine Pause und fährt dann fort: «Ich hatte gehofft, Du würdest langsam lernen Dich selbst zu beschäftigen. Wenn ich Dich immer die ganze Zeit bespaßen soll, dann ist es vielleicht wirklich besser, wenn Du im Heim bleibst. Die sind da ja auf Kinder eingestellt. Ich dachte Du magst das hier. Verabrede Dich doch mal mit Freunden und zieh um die Häuser. Oder such Dir einen Freund! Ihr habt doch eine Menge Jungs im Heim oder in der Schule oder geh mal in die Disko!»

«In die Disko mit zwölf. Prima Idee, Miriam!»

«Du siehst doch längst älter aus und mit ein bisschen Makeup...außerdem: es dürfte ja wohl nicht so schwer sein einen Schülerausweis so zu verändern, dass man sechzehn ist!

Das haben wir früher doch auch so gemacht!»

Sie steht auf, holt den Aschenbecher zum Tisch und fährt fort: «Wenn Du mich immer so unter Druck setzt, hab ich logisch keinen Bock was mit Dir zu machen. Das nennt man übrigens emotionale Erpressung, das, was Du grad machst. Jemand anderen mit den eigenen negativen Gefühlen so unter Druck zu setzen, dass er sich anders verhält als er eigentlich will. So wird Dich nie einer mögen, wenn Du so klammerst, dass es mir die Luft abstellt.»

«Ich klammer gar nicht, aber ich würd so gern haben, dass Du auch mal mit mir was machst, wenn ich da bin!»

«Ich war doch gestern den ganzen Nachmittag mit Dir an der Neckarwiese. Das reicht ja dann wohl. Für Deine Abendplanung bist Du zuständig!»

Sie drückt die Zigarette aus.

«Ich fahr Dich jetzt zurück ins Heim.»

kein Boden... kein Boden...

«Was? Jetzt schon?»

«Ja, ich muss noch was für die Uni machen!»

«Aber das kannst Du doch auch, wenn ich hier bin!»

Ich versuch die Tränen zurück zu halten.

«Bitte Miriam!»

Sie sieht genervt aus.

«Neee, pack jetzt Dein Zeugs zusammen. Ich kann so ne miese Stimmung grad nicht ertragen. Nächstes Mal kannste ja wieder kommen.Dann starten wir einen neuen Versuch»

Sie verschwindet im Bad.

Ich melde mich bei Facebook ab und stopf meine Sachen zurück in den Rucksack. Ich bin wie gelähmt. Ich habs mal wieder versaut. Warum nur konnt ich meine Klappe nicht halten? Vielleicht wär das noch ein richtig netter Sonntag geworden...

Sie fährt mich direkt zum Heim. Beate nimmt mich in

Empfang. Miriam erklärt, dass sie noch einiges für die Uni zu tun hat. Beate fragt mich, ob es nett war. Ich nicke. Und dann geh ich in mein Zimmer. Ich starre die hellen Postkartenflecken an der Wand an. Und dann nehm ich das Haus meiner Schnirkelschnecke in die Hand und starre mit einem Auge ins Innere des Hauses. Ich bräuchte jetzt dringend ein großes Schneckenhaus. Dringend.

1,61803398874989484

Herr Mey steht schon vor seinem Büro, als ich ankomme.

«Gehen wir wieder in den Tierpark?»

Ich zucke mit den Achseln. Es ist mir sowas von egal, wohin wir gehen. Er schiebt mich zum Auto. Wir fahren dahin, wo wir das letzte Mal auch schon waren. Und steigen aus und gehen los.

«Beate hat mir erzählt, dass Deine Mama Dich am Sonntag ganz früh zurück gebracht hat.»

Jetzt macht er eine Pause, weil er hofft, dass ich was dazu sage. Aber was soll ich dazu sagen? Ich schaue mir die Rehe an. Diesmal stehen sie ganz weit hinten im Gehege.

«Schau mal, das Rehkitz!» tippt mich Herr Mey an und zeigt in die linke Ecke, wo eine Rehmama mit ihrem Kind steht. Süß sehen die aus.

«Deine Mama ist nicht so nett Dir, oder?»

«Doch. Sie ist super. Ich möchte bei ihr wohnen!»

«Und warum hat sie Dich dann so früh zurück gebracht?»

«Wegen emotionaler Erpressung.»

Jetzt sieht er einigermaßen verdutzt aus. Komisch. Er als Psychologe müsste das doch kennen... Ich beschließe mit ihm zu reden. «Emotionale Erpressung ist, wenn man dem anderen Gefühle macht, die er nicht haben will, damit er was tut, was er eigentlich nicht will.»

Herr Mey nickt. «Danke für die Psychoedukation, Lumi,

aber wie hat Deine Mutter Dich denn emotional erpresst?»

«..doch nicht sie mich, sondern ich sie!»

Herr Mey schüttelt den Kopf.

«Das kann ich mir nicht vorstellen Lumi. Wie sollst Du das denn angestellt haben?»

Ich beschließe für heute genug mit ihm gesprochen zu haben. Nicht dass das Ganze wieder nach hinten losgeht und die im Heim dann was dagegen haben, dass ich wieder zu Miriam gehe. Ich will ja immer noch zu ihr. Alles ist besser als hier zu sein.

Herr Mey merkt, dass ich dicht mache.

«Du hast bestimmt nichts falsch gemacht Lumi!» sagt Herr Mey und legt mir die Hand auf die Schulter. Er zieht mich an sich ran und nimmt mich in den Arm und streichelt mir über den Kopf. Das ist schön, deshalb winde ich mich rasch aus seiner Umarmung. Sonst fang ich noch an zu weinen. Das kann ich garnicht gebrauchen. Den Rest der Stunde lässt er mich in Ruhe. Er zeigt auf verschiedene Bäume und erklärt mir, wie man die verschiedenen Arten auseinanderhalten kann. Das ist gut. So krieg ich wieder Luft. Ich fange an ihn zu mögen. Bevor wir zurück fahren, nimmt er mich nochmal kurz aber fest in den Arm.

Diesmal winde ich mich nicht raus.

1,618033988749894848

Mbye geht mir aus dem Weg. Er nickt mir zwar zu, wenn wir irgendwo aneinander vorbei müssen, aber er besucht mich nicht mehr auf meinem Zimmer. Und meine Freundschaftsanfrage hat er auch nicht beantwortet. Aber er ist insgesamt nicht gut drauf. Irgendwas ist mit seinem Verfahren und in seiner Schule. Das krieg ich aber nur am Rande mit. Er hat wohl schon mehrfach Schule geschwänzt und er muss dauernd zu irgendwelchen Gesprächen oder anderen

Maßnahmen. Ich trau mich nicht ihn anzusprechen. Seh ihn ja auch kaum. Nur morgens am Frühstückstisch kurz. Nachmittags und abends ist er fast nie da. Am Freitag ist wieder Gruppensitzung, aber heute ist erst Mittwoch. Ich hab heut nachmittag frei, weil Englisch ausfällt. Aber das hab ich im Heim nicht gesagt. Das sind fast vier freie Stunden für mich, weil ich gesagt habe, dass ich noch Bücher in der Bücherei abgeben muss. Was ich aber garnicht muss. Erst nächste Woche. Also hab ich heute einen langen freien Nachmittag.

Direkt nach der Schule schließ ich meine Schulsachen in meinem Schließfach ein und geh nur mit meinen leeren Rucksack raus. Die Sonne scheint und es sind lauter kleine weiße Wolken am Himmel. Ich überlege zur Neckarwiese zu gehen. Aber dann tragen mich meine Füße zum Schwanenpark.

Vielleicht treff ich da Mbye.

Aber als ich ankomme ist niemand da.

Die Bank, auf der wir das letzte Mal gesessen haben, ist leer. Ich setz mich trotzdem hin und schaue auf die Schwäne im Teich. Sie tauchen ihre Köpfe immer wieder unter Wasser. Die Sonne glitzert auf dem Wasser.

Ich krame meinen kleinen runden Spiegel aus dem Rucksack. Ich schau mich an. Ich werd mir die Haare wachsen lassen. Das ist weiblicher. Mit meinen kurzen Locken seh ich zu kindlich aus. Ich zupfe und ziehe an meinen Locken. Wären meine Haare glatt, dann hätt ich beinah schulterlange Haare. Das ist so unfair, dass ich solche Locken habe. So wachsen die Haare viel langsamer. Also sie wachsen natürlich nicht langsamer, aber sie brauchen länger um lang zu werden, weil sie dauernd um die Kurve wachsen. Bei Haaren sind Schneckenhauskurven nicht so gut. Ich schau wieder in den Spiegel. Ich mach einen Kussmund. Das sieht gut aus. Naja, jedenfalls nicht schlecht.

Ich packe den Spiegel weg.

Weiter hinten auf einer anderen Bank sitzt ein Paar. Ich hab das Gefühl von ihnen angestarrt zu werden. Ich rutsche unschlüssig auf der Bank hin und her. Es ist komisch, alleine auf einer Bank im Park zu sitzen. Man ist da noch alleiner als sonst, weil jeder sieht, dass man alleine ist. Wenn man läuft, dann könnte man unterwegs zu einem Treffen sein oder man ist beschäftigt, wichtig oder eben eingebunden zwischen einem Start und einem Ziel. Aber alleine auf der Bank sitzen und in die Gegend gucken... das finden die Leute verdächtig... jedenfalls finde ich, dass die Leute das finden und dann macht es keinen Unterschied mehr, ob sie das wirklich finden oder nicht. Es fühlt sich dann einfach scheiße an.

Ich beschließe zum Kehler zu gehen. Es ist zwar nicht Donnerstag, aber vielleicht hab ich Glück und mein Kaninchen Johnny ist noch da. Ich kann dann ja später nochmal hier in den Park kommen und nach Mbye gucken.

Ich laufe los. Erst durch die schönen alten Häuser der Nordstadt, dann komm ich zum Bahnhof und muss über die Brücke rüber ins Industriegebiet. Und da ist er plötzlich. Mitten auf der Brücke. Mbye. Kommt mir entgegen als wären wir genau in der Mitte verabredet. Er sieht mich, grinst, winkt. Und steht dann vor mir.

«Hi» sag ich.

«Hi Lumi, how are you? Where are you going?»

«Zum Kehler. Hasen gucken.» rutscht es mir raus, weil ich keine Zeit hab mir eine coolere Geschichte auszudenken. Aber bevor es mir peinlich sein kann, sagt Mbye, dass er mitkommt und geht mit mir in meine Richtung weiter.

«Do you still know some Mandinka words?»

«ha» sag ich, was Ja bedeutet und sehr einfach ist.

«Ok, whats good?»

Ich muss einen Moment nachdenken, aber dann weiß ichs: «beteyata!»

Mbye lächelt. «And whats bad?»

«mambet...» ich weiß nicht mehr, wie der Rest des Wortes ging. Es war ähnlich wie gut, aber ein bisschen anders. Und vorne war ein Mam wie bei mama und das passt ja beim Wort schlecht. Eigentlich müsste ich es mir also gut merken können...

«mambeteya!» sagt Mbye.

«You really like animals and flowers?»

«Ja,, yes, ha.» und ken ergänz ich in Gedanken und überlege schon, ob ich ihm die wenigen hebräischen Wörter, die ich kann, auch beibringen soll. Aber das macht ja keinen Sinn. Er muss erstmal Deutsch lernen.

«Why?»

«Ich weiß nicht. Sie haben weiches Fell. Sie wollen nix von einem. Sie sind einfach da.» Er sieht aus, als habe er kein Wort verstanden. Aber er nickt.

«You are a funny girl!» Er legt seinen Arm um mich.

Er riecht nach irgendeinem Parfum oder Deo. Irgendwas mit Patchouli oder so. Ich versuche unauffällig so viel wie möglich davon zu inhalieren. Bis zum Kehler reden wir nichts mehr. Vorm Kehler lässt er mich los. Sofort wird mir kalt. Schade. Ich wäre noch gerne so mit ihm weiter gegangen. Drinnen steuere ich automatisch auf die Tierabteilung zu. Mbye folgt mir. Am Rondell angekommen, schau ich mich nach möglichen Verkäufern um, aber weder die Frau mit dem blonden Zopf noch sonst jemand ist da. Also streck ich meine Hand in das Achteck. Johnny ist noch da. Er hoppelt gleich auf mich zu. Noch hat ihn niemand gekauft. Also ist es mein Johnny Schlappohrhase. Als er merkt, dass ich nix Leckeres für ihn in der Hand habe, hoppelt er wieder davon.

«You like this Bunny?»

«Ja. Der ist süß, oder? Mit seinen dunklen Knopfaugen und dem hellbraunen Fell!»

«San-ngo» sagt Mbye.

«Nee, Johnny!» sag ich.

Mbye sieht ein bisschen ratlos aus. Das ist sehr niedlich.

Wir stehen eine Weile vor dem Gehege und schauen dem Hasen beim Hoppeln zu.

Dann laufen wir weiter und schauen den Fischen an der Aquarienwand beim Schwimmen zu. Schließlich noch den Vögeln beim Tschirpen. Und dann gehen wir raus.

Draußen nimmt er mich wieder schüchtern in den Arm und wir gehen zurück Richtung Innenstadt. Plötzlich klingelt sein Handy.

«Hi, Sumolee?.... yes...ok, ok, ...not at all... no problem... yeah... see you»

Er dreht sich zu mir.

«I have to go now!»

In mir fällt alles zusammen.

Warum? Nein!

Ich war doch grade so glücklich.

Warum verlassen mich immer alle?

«Oh Lumi, Don't be sad, just wait a few minutes, ok? I come back verry soon. Promised! Just wait, ok, Lumi? Ok?» Er gebietet mir mit den Armen zu warten und rennt plötzlich zurück Richtung Kehler. Ich warte. Ich glaube aber nicht, dass er wieder kommt. Und selbst wenn. Ein Anruf und ich bin vergessen. Nach der Brücke biegt er ab. Ich seh ihn nun auch nicht mehr.

Ich bleibe dennoch unschlüssig auf der Brücke stehen.

Ziemlich lange. Die Hoffnung hat mich voll im Griff. Ich hasse es zu hoffen...

Plötzlich seh ich ihn wieder. Er rennt auf mich zu und hält seinen Bauch fest. Mit beiden Armen. Ich verstehe nicht, was das soll. Schließlich kapier ich, dass er etwas unter seinem Shirt versteckt. Er dreht sich um und schaut offenbar, ob er verfolgt wird. Aber niemand ist hinter ihm her. Von meinem Platz auf der Brücke hab ich einen guten Überblick.

Er verlangsamt seine Schritte. Strahlt übers ganze Gesicht und winkt mir mit einem Arm zu. Dann steht er vor mir. Zieht sein Shirt hoch... - und überreicht mir Johnny.

Gibt mir einen Kuss auf die Stirn. Macht eine linkische Armbewegung «for you! You like this San-ngo! Johnny in german? I try to learn your language! But I really have to go now... see you! » und läuft eilig über die Brücke weiter. Ich stehe da mit dem Schlappohrhasen auf der Brücke und weiß nicht, was ich fühlen oder sagen soll. Diesmal bin ich wirklich sprachlos. Ohne Absicht und Kontrolle...

Irgendwann wird Johnny auf meinem Arm unruhig. Ich kraule ihn im Nacken. Und dann schieb ich ihn unter mein Shirt- so wie ich das bei Mbye gesehen habe. Da drinnen beruhigt sich Johnny. Ich laufe langsam vorwärts.... Wie krieg ich den Hasen unauffällig ins Heim? Und wo soll ich ihn verstecken?... Das sind die Fragen, die mich den ganzen Weg über zurück beschäftigen. Schließlich kommt mir eine Idee. Beim Supermarkt kurz vorm Heim suche ich mir in der Altpapierbox einen Karton, der von der Höhe unter mein Bett passt. Kurz vorm Heim setze ich Johnny in meinen Rucksack und ziehe den Reißverschluss komplett zu. Bitte nicht ersticken kleiner Hase. Bitte nicht! Mit dem Karton in der Hand schlendere ich möglichst unauffällig ins Heim. Aber ich laufe direkt Annette in die Arme.

«Hallo Lumi! War es gut in der Stadtbücherei? Was willst Du denn mit dem Karton?»

«Brauchen wir für Deutsch in der Schule. Literatur im Karton. Den gestalten wir dann zu unserem Lieblingsbuch passend.» sag ich und finde es super, dass Annette erst so kurz da ist, denn das Projekt ist schon einige Wochen her, aber da gabs hier noch keine Annette und noch dazu klinge ich unglaublich harmlos und souverän.

«Oh schön. Wenn Du Hilfe brauchst, melde Dich, ja?»

Ich nicke.

«Kein Problem, danke!» ruf ich und bremse mich gleichzeitig. Nur nicht zu viel plaudern. Das ist bei mir sonst auch wieder auffällig. Ich verzieh mich ohne weitere Zwischenfälle in mein Zimmer. Oben schieb ich einen Stuhl vor die Tür. Nur sicherheitshalber. Die Stuhllehne stell ich so, dass die Türklinke blockiert wird. Dann ziehe ich vorsichtig den Reißverschluss auf. Johnny ist nicht erstickt. Und er ist nicht mal ängstlich. Er stellt sich auf die Hinterpfoten und guckt aus dem Rucksack raus in mein Zimmer.

«Willkommen, kleiner Hase! Du wohnst jetzt hier bei mir!» Ich hole Johnny aus dem Rucksack und setz ihn neben mich auf dem Boden. Er hoppelt eine Weile umher, dann putzt er sich. Offenbar fühlt er sich wohl. Ich probiere aus, ob der Karton wirklich unters Bett passt. Er passt. Jetzt muss ich nur noch irgendwo Futter besorgen. Ich sage Johnny, dass ich etwas zu essen besorge, setze ihn in den Karton und schieb ihn unters Bett. So kann er nicht raushüpfen. Ich schieb den Stuhl von der Tür weg, zähl mein restliches Taschengeld und geh zum Supermarkt. Dort kauf ich Kaninchenfutter. Unterwegs rupf ich noch Löwenzahnblätter ab. Kurz vorm Heim verstecke ich wieder alles im Rucksack und komme diesmal unbemerkt zurück in mein Zimmer. Ich schieb den Stuhl unter die Zimmertür und zieh den Karton unterm Bett hervor. Johnny. Er blickt mir entgegen. Ich halte ihm die Löwenzahnblätter hin. Er fängt sofort an zu fressen. Ich streue noch ein paar

Körner in die Kiste, leg mich dann auf den Fußboden und schaue Johnny zu. Er hoppelt um mich rum, hoppelt unters Bett, streckt sich in den Zimmerecken nach oben, und pinkelt schließlich in eine Ecke. Eilig wische ich das Johnny-pipi mit einem Tempo weg. Riecht nicht gut. Ich sollte das Fenster kippen.

Ich leg mich wieder auf den Boden zu Johnny. Jetzt hab ich ein Haustier. Ein eigenes geheimes kleines Fellbündel. Und ich habe es geschenkt bekommen. Von Mbye.

Plötzlich krieg ich Angst. Was, wenn er doch noch erwischt wird und wegen Kaninchendiebstahl dann abgeschoben wird aus Deutschland? Und dann wieder nach Gambia muss... dann bin ich schuld, weil er das ja für mich geklaut hat. Falls er es geklaut hat. Aber das ist schon sehr wahrscheinlich so. Ich verdränge den Gedanken. Es war schließlich wirklich keiner hinter ihm her als er angerannt kam. Und der Kehler kann den Verlust bestimmt verschmerzen. Wenn die einen Olivenbaum verkaufen, haben sie fünf Kaninchen wieder drin. Ungefähr jedenfalls, denk ich.

Johnny knabbert das Bett an. Ich schimpfe mit ihm. Aber nur ein bisschen. Aber er darf das Bett nicht aufessen. Das sieht man sonst. Ich frage mich, ob Mbye in mich verliebt ist. Ich wünsch es mir so. Er riecht so gut. Und er hat so hübsche Augen. Ich stelle mir vor, wie wir auf einer Wiese liegen. Zwischen lauter Pusteblumen und Johnny hoppelt um uns rum. Er streichelt mein Gesicht und ich küsse seinen Mund und durch die Luft segeln die kleinen Flieger der Pusteblumen...

1,6180339887498948482

Inzwischen warte ich direkt beim Auto auf Herrn Mey. Obwohl es regnet wie verrückt. Aber ich habe meinen Regenparka an. Er fährt jetzt immer mit mir zum Wildpark. Ein bisschen schade ist das, weil er ja eigentlich ein schönes Zimmer hat. Aber letztlich ist mir das im Wildpark doch lieber. Johnny hab ich lange hoppeln lassen und dann wieder in den Karton gesetzt, den ich inzwischen mit Küchenkrepppapier ausgelegt hab, wegen seinem Pipi und Kaka. Und bald muss ich einen neuen Karton besorgen, denn Johnny hat ihn an der Seite angenagt. Aber immerhin: er wohnt seit zwei Tagen bei mir und niemand hat ihn bisher bemerkt. Leider hat auch Mbye nicht mehr nach mir geguckt. Ich hatte gehofft, er käme abends mal wieder zu Besuch, aber er war gar nicht mehr im Heim die letzten Tage. Offenbar übernachtet er bei Freunden. Die Erzieher regen sich ziemlich auf und werden ihn wohl bald bei der Polizei melden, weil sie das nicht länger decken können sagen sie, wenn sie unter sich sind. Es sei pädagogisch nicht vertretbar. Pädagogisch ist ein beschissenes Wort. Es hat immer etwas bedrohliches. Wie psychologisch auch. Die P- Wörter und ihre Träger... man muss aufpassen. Merkt man ja auch bei Miriam. - Aber Herr Mey ist nett. Ein P-Mensch, der nicht so mies ist. Sondern irgendwie normal nett. Er rennt mit dem Rucksack übern Kopf ausm Heim zum Auto, schließt auf und reicht mir erstmal ein Handtuch, als wir drin sitzen. «Brauchst Du?» I
ch schüttle den Kopf. Er rubbelt sich den Nacken trocken, schmeißt das Handtuch zurück auf den Rücksitz und startet den Motor.

«Heut fahren wir in meinen Garten zu meinem Ferienhaus, ok?»

Ich nicke. Ich bin gespannt wie sein Garten aussieht.Er fährt fort: «Ich habe dort ein Gartenferienhaus, da sitzt man auch mitten im Grünen, aber man wird nicht so nass wie im Tierpark und man kann die Schnecken beobachten. Für eine Tierliebhaberin wie Dich

genau das Richtige, oder?» Ich nicke wieder. Ich fühle mich irgendwie geschmeichelt, dass er solche Sondertouren mit mir macht und immer für mich mitdenkt. Es fühlt sich ein bisschen so an, als ob er für mich Kuchen backen würde. Karottenkuchen mit einer hübschen dunklenen Glasur und Marzipanmöhrchen obendrauf. Und Zuckerperlen. Er schaltet das Radio ein. Das ist gut gegen Stille. Nach knapp sieben Minuten sind wir schon da. Wir steigen aus. Der Regen hat aufgehört. Mein Herz rutscht wieder weg. Jetzt soll ich eben doch gleich wieder von meinen Problemen erzählen. Als ob sie davon weg gehen würden... dabei ist es hier in seinem Garten richtig schön. Es tropft noch von den Bäumen und so sieht es ein bisschen aus wie in einem riesigen schönen Regenwald. In der Mitte des Gartens steht ein großer Kirschbaum mit fast roten Früchten dran. Am Rande sind hohe Hecken, weiter hinten ein kleiner Teich mit Farn. Und am Rande des Ferienhäuschens, das fast so groß wie ein normales Haus ist, liegen hohe Steine und die Fenster in dem Häuschen gehen bis zum Boden. Er schließt die Tür auf und bittet mich rein.

«Setz Dich!»

Ich lass mich auf das Sofa fallen, von dem aus man einen schönen Blick in den Garten hat. Links in der Ecke ist ein Kamin und auf der Kommode nebendran stehen halb abgebrannte Kerzen, eine leere Vase und wieder ein Bild von Herrn Mey mit seiner Frau und dem kleinen Mädchen. Das gleiche wie im Auto. Meys Tochter sieht sehr süß aus. Sie muss sehr glücklich sein. Wenn man gleich zwei Eltern hat, die sich und einen lieben und die einen solchen Garten mit einem solchen Gartenferienhaus haben. Mehr Glück kann man gar nicht haben. Herr Mey kommt aus dem kleinen Nebenzimmer, in dem er verschwunden war, zurück und lässt sich mit einem Handtuch in der Hand neben mich aufs Sofa fallen. «Rubbelst Du mir die Haare trocken, Lumi?» fragt er mich und legt den Kopf schief. Seine Haare sind tatsächlich noch immer ein wenig feucht. Und wirrer und lockiger als sonst. Er hat wirklich was von einem Fuchs. Ich nehm das Handtuch und rubbel ihm die Haare trocken. Er brummt gefällig. Ein bisschen seltsam fühlt sich das an, aber irgendwie auch sehr schön. Als ich aufhören will, sagt er «weiter machen»... mit einer fast kindlichen Stimme. Ich finde ihn grade sehr niedlich. Das ist definitiv besser als über Probleme zu schweigen. Irgendwann werden meine Arme müde und ich lass sie absinken. Er hängt mit geschlossenen Augen da und einen kurzen Moment überleg ich, ob er eingeschlafen ist. «Whooo!» ruft er plötzlich und kitzelt mich. Ich kringle mich vor Lachen. Wir balgen auf dem Sofa. Er bewirft mich mit einem Kissen. Ich spring vom Sofa auf und werf ihm Kissen zurück. Er duckt sich und schreit «Hilfe Hilfe - tu mir nix!» und ich tu ihm nix und lass die Kissen sinken.

Eigentlich bin ich ein Schmetterling denk ich und dann lass ich mich einfach aufs Sofa zurück fallen. Eigentlich bin ich ein Schmetterling. Herr Mey lässt sich neben mich fallen. Wir schauen raus in den Garten. Da bricht die Sonne auf. «So,» sagt Herr Mey mit seiner Psychologenstimme, «Worüber sprechen wir denn heute? Liegt was an?»

Ich bin doch kein Schmetterling. Kein bisschen nicht. Statt bunter Flügel hab ich Pech an den Füßen und das ist klebrig und schwarz und schwer. Und meine Zunge ist genauso und ich kann nicht sprechen und plötzlich denk ich an Johnny

und daran, dass ich heute unbedingt noch einen neuen Karton besorgen muss, weil er angefangen hat ein Loch in den
alten zu nagen und außerdem darf ich nicht vergessen
nachher heimlich aus der Küche Küchenrollenpapier mit
hoch zu nehmen, weil Johnny immer wieder Pipi macht und
ich das dann fix weg wischen muss, weil es sonst so
riecht... Und dann denk ich an Mbye und dann an Miriam
und dann bin ich endgültig kein Schmetterling mehr... Und
Herr Mey hat seinen Psychologenblick, tief und von unten
herauf mit diesem Tüpfelchen Wärme im unteren Drittel
des Auges und damit schaut er mich an und wartet, dass ich
was sage und ich überlege kurz zu fragen, wie es denn
wäre, wenn ich ein Haustier wollte und ob es vielleicht eine
Ausnahmeregelung geben könnte, aber dann trau ich mich
doch nicht, weil man schlafende Hunde nicht wecken soll,
so sagt man das und mir fällt erst jetzt auf, was für ein selt-
sames Sprichwort das eigentlich ist... Ich sag lieber nichts,
sonst gucken sie vielleicht unters Bett und dann sehen sie
Johnny und dann ist er weg, mein kleiner Schlappohrhase.
Ob Hasen und Kaninchen wohl Schmetterlinge fressen?
«Ich hab auch keine Lust auf ein Problemgespräch heute!»
sagt Herr Mey plötzlich und lächelt mich an. «Entspann
Dich also wieder!»
Ich bin echt erleichtert.
«Soll ich uns einen Tee machen?»
Ich nicke.
Er verschwindet in der Küche. Ich schau wieder auf das
Bild von ihm, seiner Frau und seiner Tochter. Sie hat die
rotblonden Locken von ihm, aber das Gesicht sieht mehr
aus wie das seiner Frau. Die Frau ist eine blonde Schönheit
mit langem glattem Haar. Fast ein bisschen wie eine engli-
sche Prinzessin. Und sie hat ein warmes Lächeln. Und
ebenso blaue Augen wie er. Und die Tochter strahlt in die

Kamera.

«Das sind meine Frau und meine Tochter Kira» Herr Mey ist völlig unbemerkt wieder

reingekommen. «Aber die kennst Du ja schon aus dem Auto, nicht wahr?» In der Hand hält er zwei Tassen Tee. Er reicht mir eine und sagt «Roibusch. Ich hoffe das geht so.» Er pustet in seinen Tee. «Auf diese Weise siehst Du auch einmal, dass es intakte Familien gibt. Familien, in denen sich die Eltern lieben und die Kinder behütet aufwachsen. Du kannst Dir das sonst vielleicht gar nicht vorstellen.»

Nicht schon wieder das Gerede... denkt der eigentlich ich bin doof, nur weil ich im Heim bin?

«Doch kann ich. Ich hab früher immer Bibi Blocksberg geguckt, da ist das genauso.»

So ein Knallkopf! Ich bin furchtbar wütend auf ihn. Der hält mich ja offenbar für völlig minderbemittelt. Und sich für das beste aller Vorbilder... dann siehst Du auch einmal, dass es intakte Familien gibt....Vollidiot. Als würde ich das nicht wissen. Als hätten sie mir das nicht schon bei Sophia bis zum abwinken erzählt. Wenn ich das nicht wissen würde, würde alles doch nicht so furchtbar weh tun. Das ist, wie wenn man einem Beinamputierten die Tanzweltmeisterschaften zeigt und sagt, guck, so tolle Sachen kann man mit zwei Beinen machen, das kannst Du Dir gar nicht vorstellen. Manchmal frag ich mich, ob diese Pädagogen und Psychologen eigentlich irgendwas im Kopf haben oder ob sie nur so gucken können als ob... Der Mey bemerkt gar nichts von meiner Wut. Offenbar hält er Bibi Blocksberg für in Ordnung als Vergleichsfamilie. Ich trinke einen großen Schluck Tee und verbrenne mir den Mund. Es tut höllisch weh. Plötzlich find ich den Garten und das Gartenhaus gar nicht mehr schön. Was soll ich hier eigentlich. Ich könnte jetzt in meinem Zimmer bei Johnny sein. Oder mit

Mbye am Schwanenpark. Oder vielleicht sogar bei Miriam, wenn Besuchszeit wäre. Jedenfalls müsste ich mir dann nicht das perfekte Glück angucken, während ich im Schlamassel sitze. Ich stelle die Tasse auf den kleinen Tisch vor mir. Herr Mey stellt seine Tasse ebenfalls ab, breitet seine Arme aus und sagt: «Komm mal her!» Ich will nicht, aber ich trau mich nicht, mich zu weigern. Also lasse ich mich von ihm umarmen. Er streichelt mir über den Rücken. Mein Mund tut immer noch weh von dem heißen Tee. «Das tut gut, oder?» fragt er. Ich nicke. Umarmt werden ist besser als reden müssen. Und Blödsinn zu hören. Er drückt mich fest. Nach einigen Minuten lässt er mich wieder los. Er nimmt die beiden Tassen und trägt sie nach nebenan. Dann kommt er zurück und sagt: «Wir müssen zurück ins Heim. Komm Lumi!»

1,61803398874989484820

Abends klopft Robin an meine Tür. Und steht wie immer gleichzeitig drin. Das war knapp, denn ich hab Johnny kurz davor in seiner neuen Kiste unters Bett geschoben, weil ich nochmal ein bisschen raus wollte auf die Schaukeln im Garten. Die wurden nämlich am Nachmittag, während ich mit Herrn Mey in seinem Garten war, repariert. Tamara hatte die letzten Schaukeln in einem Wutanfall mit Spiritus übergossen und dann abgefackelt und dann hatten wir wochenlang keine mehr. Aber jetzt hängt eine neue da. Zwei, um genau zu sein. «Kommst Du mit mir schaukeln?» fragt Robin und ich sage Nein, weil ich weiß, dass er dann anfängt zu betteln und ich es so mag, wenn mich jemand so sehr dabei haben will, dass er bettelt. Sonst will mich ja schließlich keiner. Aber Robin mag mich und tut genau das, was ich will.

«Biiiiiiiiitttttteeeeee Lumiiiiiii!» jammert er los. Und ich sag na gut und wir rennen runter zu den neuen Schaukeln und setzen uns nebeneinander und schaukeln los. «Sollen wir spielen, wer höher schaukeln kann?» fragt er. Aber darauf hab ich eigentlich keine Lust. Ich lass mich immer tief nach unten hängen, dann sieht es aus, als könnte ich mit meinen Fußspitzen den Himmel berühren. Fliegen können wär wirklich schön. Robin versucht ebenso hoch wie ich zu schaukeln, aber er schafft es nicht ganz. Ich brems mich etwas ab, weil ich will, dass er sich freut, wenn er höher schaukelt als ich. Als er es endlich geschafft hat japst er auch sofort ganz aufgeregt:

«Ich bin höher als wie Du, guck Lumi! Höher!» sagt er und ich sage ja, weil er dann übers ganze Gesicht strahlt. Robin ist sehr einfach glücklich oder unglücklich zu machen. Wenn ich jetzt nein gesagt hätte, hätte er noch dreimal versucht mich zu überzeugen und wenn ich hart geblieben wäre, wäre er heulend ins Heim gestürmt. Man kann ihn ganz leicht zum Weinen bringen. Die anderen machen das auch manchmal. Dann tut er mir leid. Aber ein bisschen betteln lass ich ihn schon auch ab und an. Aber grade mach ihn glücklich und das fühlt sich gut an und ich freue mich, weil er sich so freut und dann schau ich wieder auf seine verbrühte Hand, die immer noch nicht operiert ist und ich frage mich, warum ihn seine Eltern nicht lieb haben, wo er doch eigentlich so ein liebenswerter Junge ist. Nur ein bisschen zappelig eben manchmal. Aber wenn er seine Medikamente nimmt, geht es.

«Weißt Du, dass die Tamara demnächst in eine Mädchen-WG zieht?»

«Nein.»

«Doch. Und der Mbye kommt in eine Wohngruppe in ein Waldheim.»

«Woher weisst Du das?»

«Hab ich gehört. Der Herr Brink hat das mit der Annette und der Beate und dem Herrn Mey besprochen.»

«Wann?»

«Weiß nicht. Die Tamara wird ja volljährig, also erwachsen. Deshalb und der Mbye, weil er dauernd abhaut und auch zu anderen Flüchtlingen soll, haben sie gesagt. Und dass er ein Fehlbeleger ist. Aber was das ist, hab ich nicht kapiert.»

Ich lass mich von der Schaukel fallen.

Ich sitze im Sand.

Und ich hab das Gefühl, dass der Sand mich verschluckt.

Ich presse mein Gesicht in den Sand. Ich hab den Mund voller Sand. Ich ersticke.

«He Lumi! Du sollst weiter schaukeln!»

Ich hebe meinen Kopf. In meinen Nasenlöchern und in meinem Mund ist alles sandig. Ich setze mich zurück auf die Schaukel und schaukle so hoch, dass Robin mich nicht einholen kann. Ich schaukle bis zum Himmel und darüber hinaus. Sie nehmen ihn mir weg...

1,61803398874989484820́4

Zur pädagogischen Gruppensitzung ist Mbye plötzlich wieder da. Er sitzt bereits auf seinem Stuhl als ich am nächsten Abend lustlos in den Gruppenraum komme. Er winkt mir unmerklich zu. Ich winke genauso unauffällig zurück. Beate begrüßt uns. Annette hat einen neuen Seidenschal in Lila, Braun und Rot. Das sieht aus wie ein kaputter Kachelofen auf LSD. Ich hab ja noch nie LSD genommen, aber immer wenn man irgendwo was davon liest, dann zerfließen die Farben so ineinander wie bei diesem Schal. Aber wahrscheinlich hat sie ihn nicht deshalb gekauft. Sie hat ja immer diese Seidenschals an. Diese tuchgewordenen Garantiezeichen, dass die Leute nie lange bleiben. Aber sie ist ja grad erst gekommen. Eine Weile wird sie es noch bei uns aushalten. Es dauert ja auch immer, bis die Leute eine andere Stelle mit weniger anstrengenden Kindern finden. Herr Mey sitzt mit verschränkten Armen im Kreis. Er sieht müde und nachdenklich aus. Gar nicht so psychologisch zugewandt wie sonst. Tamara hat heute ausgesprochen gute Laune. Sie hat ihren Kaugummi noch im Mund. Jenny ist neuerdings verliebt in Marvin und setzt sich immer in seine Nähe bei Gruppensitzungen, aber er beachtet sie nicht. Als Tageskind hat sie eh keine Chance bei ihm. Er gibt sich nur mit echte Assos ab wie er sagt. Jenny hat noch viel zu viel Zuhause, um echt abgeranzt zu sein. Ich versteh immer nicht, was genau er meint, wenn er davon redet, aber das würd ich logischerweise nie zugeben, weil: etwas nicht wissen oder verstehen ist der Tod hier. Robin zappelt rum und die anderen schauen ausdruckslos in den Kreis. Beate sagt, es gäbe zwei Neuigkeiten. Mbye starrt auf seine Schuhspitzen.

Und dann sagt sie es.

Erst das mit Tamara, die sofort sagt, dass sie froh ist, uns dann endlich los zu sein und dann sagt Anette ihr, dass sie nicht möchte, dass sie so unfreundlich ist und dann spuckt Tamara ihren Kaugummi in die Kreismitte und sagt, dass man sie mal kann und zwar kreuzweise und Marvin lacht und sagt, dass er das gerne mal tun würde und Jenny guckt geknickt, weil sie sich wünscht, dass er es mit ihr tun wollen soll und Mbye guckt immer noch auf seine Turnschuhe und ich gucke auf Mbye und warte darauf, dass er aufsteht und zu mir kommt und sagt komm wir laufen jetzt weg. Aber er steht nicht auf und sagt auch nix, als Beate sagt, dass er in zwei Wochen ins Waldheim wechselt, wo er auch andere Flüchtlinge trifft, weil man die dort zusammen halten will, weil da die Betreuung besser sei und intensiv deutsch angeboten wird. Und ich denke, ich will auch Betreuung und ich lerne nochmal deutsch und ich will Mbye und mit ihm in ein Waldheim ziehen. Und Johnny würde das sicher auch gefallen mit mir und Mbye im Wald zu wohnen...

Und dann muss Tamara ihren Kaugummi aufheben und in den Mülleimer werfen und das

tut sie auch und Mbye guckt immer noch auf seine Turnschuhe und Beate sagt, dass wir dann am Sonntag in zwei Wochen Abschied feiern und wer bereit wäre dafür einen Kuchen zu backen und Robin meldet sich und ist ganz wild drauf, dass er Kuchen backen darf. Und ich höre nicht mehr zu, weil alles weh tut und ich auch nicht weiß, warum ich nun noch zuhören soll.

1,6180339887498948482045

«Heute Mittag im Schwanenpark» sagt Mbye am nächsten Morgen zu mir beim Frühstück. Ganz leise und unmerklich und in seinem zärtlich gehaspelten Deutsch, was er sonst nie benutzt und ich mach mir beinah in die Hose, so sehr freu ich mich und ich bleib aber ganz still und nicke nur cool, weil mehr Freude zeigen viel zu auffällig wäre. Sein Deutsch klingt immer, als wäre er auf der Flucht. Also nicht er, aber die Sprache vor ihm. Ich mag das, aber er mag das vermutlich nicht, weswegen er meistens Englisch spricht. Da fliehen die Worte nicht so vor ihm, sondern haben genug Zeit und Ruhe, um aus seinem Mund zu kommen... Beate schimpft, weil ich mein Milchglas auf dem Tisch stehen lasse, anstatt es direkt rüber in die Spülmaschine zu räumen. Ich räume das Glas also auf, geh hoch in mein Zimmer, zieh Johnny unterm Bett vor und erzähle ihm, was heute geplant ist. Ich geb ihm die Apfelschnitze, die ich vorhin am Tisch für ihn eingesteckt hab und er fängt sofort an zu fressen. «Tut mir leid, Kleiner. Ich muss los.» Ich setz ihn zurück in seine Kiste und schieb ihn unters Bett.

Ich schnappe meinen Schulrucksack und gehe los. Unterwegs beschließe ich, dass ich die Schule schwänzen werde. Stattdessen fahr ich zum Bahnhof. In der Bahnhofsdrogerie kaufe ich Kajal, Lippenstift und Hasenfutter. Mit meiner Beute verzieh ich mich dann hinter den Bahnhof ins Industrieviertel. Dort lauf ich an den Gleisen entlang bis unter die Bahnhofsbrücke. Ich setz mich unter einen Bogen und krame meinen Spiegel und die neuen Schminksachen aus dem Rucksack. Ich schau mich an. Wenn meine Haare doch nur etwas schneller wachsen würden... Ich male mir mit dem Kajal einen schwarzen Lidstrich unter beide Augen. Und dann schau ich mich wieder an. Ich bin zufrieden. Das sieht deutlich besser aus. Erwachsener. Weiblicher. Dann hole ich den Lippenstift raus. Er ist rosa. Rot hab ich mich getraut. Das sieht zu nuttig aus. Ich male mir erst ganz sanft die Lippen nach und betrachte das Ergebnis im Spiegel. Man sieht kaum was von der Farbe. Ich wiederhole die Prozedur und prüfe wieder das Ergebnis. Schon besser. Ein bisschen künstlich vielleicht. Ich ziehe einen Schmollmund. Dann küsse ich den Spiegel. Jetzt ist ein rosa Kussmund darauf. Ich versuche den Abdruck mit meiner Hand abzuwischen, aber er verschmiert nur. Ich nehme den Ärmel meines Shirts und wische. Jetzt hab ich rosa Schmiere auf dem Ärmel und der Spiegel ist schlierig. Ich leg nochmal Lippenstift nach. Dann pack ich alle Sachen in den Rucksack zurück und schau den vorbeifahrenden Zügen zu. Das hab ich früher auch oft getan. Genau an dieser Stelle. Von hier aus ist es nicht weit zu Miriams Wohnung. Ich würde gerne einfach hingehen und sagen, hej, da bin ich. Aber wahrscheinlich ist sie eh nicht zuhause. Und wenn, dann würde sie wahrscheinlich sagen, dass ich gehen soll, weil sie sonst Ärger mit denen vom Jugendamt kriegt. Und denen vom Heim.

Am Anfang hab ich das noch manchmal gemacht, dass ich einfach nach der Schule wieder heim bin, statt ins Heim. Und dann hat sie mich meistens weg geschickt. Ganz selten hat sie mich aber auch da behalten. Aber das war auch noch in der alten Wohnung, wo sie dann ja bald ausgezogen ist. Und wenn ich dann dort hin kam, dann hat sie manchmal mit mir gespielt. Also so seltsame Spiele, die Miriam halt gerne spielt und ich auch und die sonst niemand außer uns versteht. Einmal zum Beispiel haben wir eine große Schüssel mit Wasser gefüllt und auf den Balkon gestellt. Wir haben "das kleine Meer" dazu gesagt. Dann haben wir ein Brett in die Schüssel gestellt und Murmeln über das Brett ins Wasser rollen lassen. Die Sonne hat schön auf dem Wasser geglitzert und die Murmeln sehen nass dunkler aus, als trocken und sie hinterlassen dann einen Wasserfilm auf dem Brett, wenn man sie wieder und wieder ins kleine Meer rollen lässt. Das haben wir stundenlang spielen können. Die Murmeln machen so schöne Geräusche, wenn sie ins Wasser plöbschen.

Ich wusste aber nie, wann ich willkommen war und wann nicht und als die im Heim gesagt haben, dass ich erst dann wieder an den Besuchswochenenden zu Miriam darf, wenn ich nicht mehr heimlich dorthin gehe, hab ich mich gefügt. Meistens jedenfalls. Zumal Miriam mich ja auch nicht immer haben will, weil ich so anstrengend bin. Ich frage mich immer wieder, was so anstrengend an mir ist. Ich hab ja nicht mal ADHS wie Robin. Und ich klebe auch keine Kaugummis unter Stühle wie Tamara. Eigentlich find ich mich nicht so schwierig. Aber ich hätte halt gern, dass sie da ist für mich und sie will das meistens nicht und dann fühlt sie sich bedrängt und dann verschwindet sie tagelang und damals hatte sie dann halt vergessen, dass ich nichts zu essen hab und dass mich jemand in die Schule schicken muss, weil ich sonst nur gehe, wenn es unbedingt sein muss oder an dem Tag meine Lieblingsfächer dran sind... und eigentlich ist das alles egal und lange her und deshalb steh ich jetzt auf und geh Richtung Schwanenpark, zumal ich keine Uhr hab und deshalb auch gar nicht weiß, wie spät es ist. Und dort wartet Mbye auf mich und der mag mich. Der mag mich sogar so sehr, dass er mir ein Kaninchen geschenkt hat.

Vielleicht liebt er mich sogar.

Ich gehe zurück durch den Bahnhof, nehme den Weg durch die Ebert-Anlage und komme schließlich im Schwanenpark an. Ich bin vermutlich noch zu früh. Es ist bestimmt noch nicht Mittag. Und Mittag ist sowieso keine richtige Uhrzeit. Ich setz mich auf die Bank, wo wir das letzte Mal saßen und warte. Die Schwäne sind heute auf der anderen Seite des Teichs. Ich hole nochmal meinen kleinen Spiegel aus der Tasche und kontrolliere mein Gesicht. Der Kajal ist ein bisschen verlaufen, aber ich lass das jetzt so. Ich hätte gerne ein Handy. Dann könnt ich gucken, wieviel Uhr es ist. Und ich könnte mit Mbye chatten. Und diese tolle Spiel spielen, was Jenny auf ihrem Handy hat. Das darf sie zwar auch nur in Ausnahmefällen benutzen, aber ich hab es mir mal mit angeguckt und da waren lauter kleine Schafe, die man füttern und putzen musste und das war sehr süß. Ob mich Mbye inzwischen als Facebook-Freundin angenommen hat? Und ob er wohl bei whatsapp ist? Oder bei snapchat? Vielleicht eher bei Instagram... Ich muss ihn unbedingt nachher fragen. Und dann muss ich unbedingt an ein Handy kommen. Denn immer nur über den Computer im Heim chatten zu können ist kein Zustand. Zumal man da null Privatsphäre hat und wenn Mbye weg geht... in dieses Waldheim... mir wird schlecht. Ich muss etwas essen. Ich steh auf und geh vor ins Einkaufszentrum. Von meinem letzten Geld kauf ich mir ein Mohnbrötchen. Kauend geh ich zurück. Mbye ist noch immer nicht zu sehen. Ich setz mich wieder auf die Bank. Plötzlich hält mir jemand von hinten die Augen zu. Ich kreische vor Schreck. Und Mbye lacht sich kaputt. Niemand lacht schöner als er. Er gluckst dabei und sein Adamsapfel hüpft aufgeregt hoch und runter, als bekäme er gleich ein Geschenk. Dabei kriegen Adamsäpfel nie Geschenke. Auch nicht so hübsche Adamsäpfel wie die von Mbye. Ich strahl ihn an. Endlich ist er da. Ich würd ihn gerne in den Arm nehmen, aber ich bin zu schüchtern. Zum Glück ist er nicht so schüchtern wie ich. Jedenfalls grade nicht. Und es ist furchtbar aufregend schön in seinen Armen zu sein und meinetwegen könnte man jetzt die Welt anhalten. Es fühlt sich an, als ob einem Schluckauf schwindelig wird. Mbye lässt mich los, bugsiert mich zur Bank und setzt sich neben mich. Er legt seinen Arm um mich. Ich trau mich nicht, mich zu bewegen, weil ich Angst hab, dass die Situation sonst platzt wie eine Seifenblase. Weil, die sind genauso schön und zerbrechlich.Und dann machts PLÖPP und der ganze Traum ist vorbei und dann wach ich vielleicht auf und lieg imHeim im Bett und unterm Bett ist kein Johnny, weil ich den auch nur geträumt habe und ich muss mich nun sofort zwingen aufzuhören mit diesen bösen Gedanken und ich sollte den Augenblick genießen und deshalb atme ich Mbye ein. Ganz tief. Ich presse mein Gesicht an seine Schulter und inhaliere ihn wie andere Leute weißes oder braunes Pulver, und die Wirkung ist vermutlich genauso stark oder zumindest so ähnlich. «They want me to move!» beginnt er plötzlich zu erzählen. «Ich weiß. Du sollst verlegt werden.»

«Verlegt? Whats that?»

«Ja, halt... in ein anderes Haus«

«I do not want. I do not want andere Haus, andere School! I do not want to go to school, I want to work. I wanna earn some money. My sister in Gambia,... Abidjee, barr... she needs to go to school, She needs an unifom, my mother needs money for food, I need to find a Job here. I will learn deutsch, ich try it, really, auch Schule, ok, aber I wanna work. Thats why I came here, you know?...«

Ich nicke. Ich hab aber eigentlich keine Ahnung.

«I really... its so hard... I miss my mum, I miss my family...and on my way to... In Libya, ... I thought, I will never come out again... they took all my money, they... they hit me...and I...» Er macht eine Pause und schaut in den Himmel. Und dann fängt er wieder an.

«They want me to learn deutsch, want me to go to school and so on, but they did not know anything... they did not know anything..." Mbye streichelt mir mit der Hand über meinen Arm. Ich kuschle mich noch enger an ihn. Eine Gruppe junger Männer geht an uns vorbei. Sie schauen uns böse an. Das hab ich mir nicht eingebildet diesmal. Auch Mbye hat es bemerkt.

«Ng katale, lets go, we should go!»

1,6180339887474989484820458

Miriam wartet vor der Schule auf mich. Ich freue mich riesig sie zu sehen. Aber ich merke gleich, das etwas nicht in Ordnung ist. Sie tut ganz fröhlich und locker und will mich spontan zum Eis essen einladen und ich freue mich, - sage, dass mir schon irgendeine Ausrede einfallen wird, wegen dem Heim- und komme mit. Drei Straßen weiter verschwinden wir im Capri. Unterwegs fragt sie mich die ganze Zeit Sachen, wartet aber keine Antwort ab und geht dann eilig zur nächsten Frage über. Wie wars in der Schule - wie sind die neuen Erzieher - was willst du in den Sommerferien machen - sollen wir zusammen verreisen - ich kann ja mal nach günstige Angeboten schauen - willst Du Dir die Haare jetzt lang wachsen lassen - Du hast sie schon so lange nicht mehr geschnitten das steht Dir - der Oma würde das auch gefallen und es ist sowieso eine Sauerei, dass sie Dir damals Deine schönen Haare einfach abgeschnitten haben - Du siehst ja auch mit kurzen Haaren gut aus, aber länger sieht jedenfalls auch gut aus - gibts was Neues im Heim - und hast Du inzwischen einen Freund- und ah schau da sind wir schon. Sie bestellt einen Schwarzwaldbecher mit zwei Löffeln und wir setzen und gegenüber an einen kleinen pastellblauen Tisch mit drei Beinen. Der Eisbecher wird serviert, ich greife nach dem Löffel, als Miriam plötzlich anfängt zu weinen.

«Wolfgang liebt mich nicht mehr!» Ich lege den Löffel wieder auf die Seite und streichle ihr über den Arm. «Er hat sich in eine andere Frau verliebt. Er sagt, das sei ihm auch zuviel, weil ich ja schon ein Kind habe und er einen eigenen Start ins Leben braucht. Ohne Anhängsel von anderen Typen.» Sie schneuzt sich. Sie greift nach ihrem Löffel und fängt an zu essen. Ich tu es ihr nach.

Wir essen schweigend. Der eiskalte Schwarzwald wird immer kleiner. Miriam klaut sich alle Kirschen. Sie weint wieder. Ihre Tränen tropfen aufs Eis. Es tut mir furchtbar leid, dass sie meinetwegen nicht geliebt wird. Sie ist eigentlich eine tolle Frau find ich. Sie ist hübsch und klug und nett. Zumindest meistens. Sie verliebt sich bloß immer in die Falschen... Wenn sie sich in einen netten Mann verlieben würde... einen, der vielleicht selbst keine Kinder bekommen kann und deshalb froh wäre, wenn es zumindest mich gäbe, dann könnten wir eine Familie werden. In manchen TV-Schmonzetten passieren manchmal solche Sachen.

Und in Büchern auch. Aber in echt hab ich das noch nie erlebt. Außer vor drei Jahren bei Fabienne. Die war auch erst im Heim, aber dann hat ihre Mama geheiratet und dann durfte sie wieder nach Hause. Aber später hab ich gehört, dass es dann trotzdem nicht geklappt hat und die Mutter sich von dem neuen Vater auch wieder getrennt hat und dann kam Fabienne wieder ins Heim, aber in ein anderes Heim... also vielleicht ist es ganz gut, dass Wolfgang nicht versucht hat Miriam zu heiraten. Und eigentlich ist auch gut, dass er aus ihrem Leben verschwindet. Dann hab ich sie vielleicht wieder mal ganz für mich am nächsten Elternbesuchswochenende... und im gleichen Moment schäm ich mich für den Gedanken, weil das egoistisch ist, so zu denken. Andererseits... wenn er sie so traurig macht, soll er weg gehen. Das Leben an sich ist schon traurig genug, man braucht keine zusätzlichen Traurigmacher. Plötzlich springt Miriam auf. Sie sieht eigentümlich cool aus. Als wär nicht eine Träne aus ihr geflossen. Irgendwie mechanisch. «Los, los, Du musst jetzt gehen Lumi, sonst gibts nur wieder Ärger vom Heim!». Sie zählt acht Euro auf den Tisch, der immer noch nur drei Beine hat und dessen Pastellblau im Weggehen aussieht, wie ein blasses Gesicht. Draußen verabschiedet sich kurz von mir. «Machs gut, Lumi!» sagt sie. Sie nimmt mich nicht in den Arm, dreht sich einfach um und läuft davon.

1,6180339887498948482045886

Robin sitzt heulend vorm Heim, als ich nach dem Eis essen zurück komm. «Was ist los?»

«Alles.» schluchzt er und fällt in meine Arme.

Ich streichle ihm über den Kopf.

«Ich bleib sitzen. Ich muss die Klasse wiederholen und Tamara hat gesagt, dass ich die nächsten Jahre immer wieder wiederholen werde, weil ich zu blöd sei die Klasse zu schaffen weil mein Gehirn plemplem sei und ich das eh nicht packen werde». Er schluckt. «Und dann hat sie gesagt, ich soll mich da besser dran gewöhnen, weil ich sonst ja jedes Jahr rumheulen würd und dass das dann alle nerven würde und man mich dann abschieben würde in ein Kinderheim, in dem die Kinder abends in den Mülltonnen schlafen müssen!».

Ich nehm ihn fest in Arme.

«Tamara hat keine Ahnung. Die sagt das doch nur, um Dich zu ärgern!»

«Aber was wenn doch?»

«Nein.» sage ich so laut und so bestimmt wie ich kann.

Er wischt sich die Tränen weg.

«Komm mit, ich zeig Dir ein Geheimnis!»

Robin springt auf. Ich nehme ihn mit hoch auf mein Zimmer. Ich schiebe den Stuhl unter die Türklinke und weise Robin an, sich auf den Fußboden zu setzen. Dann ziehe ich die Kiste mit Johnny unterm Bett hervor. Johnny springt sofort aus der Kiste.

Robin sagt garnix mehr. Vorsichtig streckt er die Hand aus, aber Johnny hoppelt wie wild durchs Zimmer. Er hat einen unglaublichen Bewegungsdrang. Kein Wunder, wenn man so viele Stunden eingesperrt unterm Bett sitzt. Den Karton hat er allerdings schon wieder angenagt. Ich muss dringend wieder einen neuen besorgen. Ich nehm die vollgekackten Küchentücher aus der Kiste, stopfe sie in eine Tüte und wickle die Tüte zu. So kann niemand sehen, um was für einen Abfall es sich handelt. Später bring ich es raus zum Restmüll.

Robin sieht total verzückt aus.

«Wie lange hast Du den schon? Wie heißt der?»

Robin hoppelt nun auch hasenartig hinter Johnny her. Und

er sieht dabei wieder richtig glücklich aus. «Seit ein paar Tagen. War ein Geschenk!»

«Wer hat Dir den geschenkt? Deine Mama?»

«Quatsch!»

«Wer dann?»

«Ein Freund» sag ich und dann verbesser ich mich: «Mein Freund» und das zu sagen fühlt sich an als würd ich High Heels tragen und eine elegante Zigarette zwischen meinen Lippen klemmen. «Du hast einen Freund?» Robin vergisst zu hoppeln, bleibt sitzen und starrt mich an. «Wer ist es? Der Marvin?» Ich bin völlig entsetzt. «Spinnst Du?» fahr ich ihn an und zwar so sehr, dass er ängstlich zurück weicht. «Ich sag Dir nicht, wer es ist. Du kennst ihn eh nicht» Robin wagt nicht, noch weiter zu fragen. Stattdessen fängt er wieder an, Johnny hinter her zu hoppeln. Dabei wirft er den Stuhl um, entschuldigt sich, stellt ihn hin und hoppelt so weiter, dass der Stuhl sofort wieder umkippt. Ich stell den Stuhl wieder vor die Tür und setz mich drauf. So kann vorerst nichts mehr passieren. Ich schau Robin und Johnny beim Spielen zu. Sie sind sehr lieb. Wenn ich mal erwachsen bin, dann will ich zwei Kinder mit Mbye haben. Einen Jungen und ein Mädchen. Und einen Hund und eine Katze und viele andere Tiere. Und die Kinder wären bestimmt sehr hübsch, weil Mbye so schön ist. Und sie sollen riechen wie er und wir könnten machen, was wir wollten und niemand könnte sagen du wohnst jetzt hier und du dort. Wie bei den Königskindern. Und dann fliegt mich die Traurigkeit an, aber ich beschließe sie weg zu schicken, weil ich jetzt mit Robin und Johnny glücklich sein. Schlimm genug, dass Miriam heute unglücklich ist wegen mir. Weil dieser Wolfgang gemerkt hat, dass ich ein schwieriges Kind bin, schon bevor er mich kennen gelernt hat... Johnny stellt sich auf die Hinterbeine und schaut aufs Bett hoch und dann saust er wie vom Blitz getroffen im Kreis rum. Und Robin juchzt vor Vergnügen und die Sonne scheint und wir sind alle Kaninchen. Wir sind alle Kaninchen. Kaninchen brauchen keine Schneckenhäuser.

1,6180339887498948482045868

Abends klopf ich an Mbyes Zimmer. «Ja» ruft es von drinnen. Ich drück die Tür auf und bin erstaunt wie leer sein Zimmer ist. Es ist das erste Mal, dass ich hier bei ihm bin, aber es sieht aus, als wär das Zimmer völlig unbewohnt. Außer ein paar Klamotten, die rumliegen, ist nichts Persönliches zu sehen. Keine Bilder, keine Sachen, kein Kissen-nichts. Mbye sitzt auf seinem Bett und starrt auf sein Handy. «Schaust Du nach Farafenni?» Mbye nickt. «Ich hab Dir übrigens ne Freundschaftsanfrage geschickt...auf Facebook... die musst Du mal annehmen, ok?» Wieder nickt er. Ich bleibe unschlüssig bei der Tür stehen, weil er nichts sagt. Ich weiß nicht, ob ich reinkommen darf. Mbye schaut auch wieder auf sein Handy. Ich beschließe, dass ich reinkommen darf und schließe die Tür hinter mir. «Und Deine Nummer musst Du mir noch geben, bevor Du gehst.» Mbye nickt wieder. Er tippt irgendwas ein. Instagram. Oder whatsapp? Ich kann es nicht genau sehen. Ich setz mich neben ihn aufs Bett. Endlich legt er sein Handy weg.

Ich möchte, dass er mich ansieht.

Ich möchte, dass er mich küsst.

Das tut er. Er lässt seine Hand über mein Bein unter meinem Rock nach oben fahren bis seine Hand am Rand meiner Unterhose ist. Ich fasse ihm unters Shirt. Sein Rücken ist warm. Ich streichle seine Haut. Seine Finger gleiten unter meine Unterhose auf meinen Hintern. Mit seiner Zunge öffnet er meinen Mund...

Es klopft.

Mbye lässt sofort von mir ab und auch ich setz mich hektisch hin. «Ja» sagt Mbye. Beate steckt den Kopf rein. Sieht mich. Wundert sich. Sagt dann: «22.00 Uhr - Zähneputzen und ab ins Bett!» Sie bleibt in der Tür stehen, so dass ich keine Chance mehr habe, mich alleine von Mbye zu verabschieden, für die Nacht. Aber ich werfe ihm einen Blick zu und er wirft mir ein Lächeln zurück und damit ist klar, dass wir uns wieder sehen... später. Erstmal tun wir so wie gewollt. Wir gehen Zähneputzen, ich mache mich bettfertig und als Beate kurz darauf gute Nacht sagt, tu ich so, als wär ich schon am einschlafen. Kaum hat sie die Tür geschlossen, schieb ich leise den Stuhl unter die Klinke, ziehe die Kiste unterm Bett vor und lass Johnny frei umher hoppeln. «Wir müssen nur ein wenig warten, Johnny! Dann besuchen wir Mbye. Ich zumindest!» Nach zwei Stunden ist es absolut ruhig im

Haus. Beate scheint sich auch im Betreuungszimmer hingelegt zu haben. Ich setz Johnny zurück in die Kiste und sag ihm Gute Nacht. Und dann schleich ich mich zu Mbye. Ganz leise klopf ich an, bevor ich die Tür öffne. Und er liegt da und grinst mich an, er hebt die Decke hoch und wartet auf mich. Er ist bis auf die Unterhose nackt. Ich hab nur mein Schlafshirt an. Ohne Unterwäsche. Ich kriech zu ihm unter die Decke. Er zieht mich sofort an sich und ich fühle mich wie ein kleiner Vogel im Nest. Seine Hände gehen auf meinem Körper spazieren. Jetzt, wo ich so nah neben ihm liege, versteh ich plötzlich, dass ich eine Frau bin. Also natürlich noch eine sehr junge Frau, aber eindeutig eine Frau. Unsere Körper sind so unterschiedlich. Er hat breite Oberarme, eine breite Brust und er fühlt sich irgendwie stark an und gleichzeitig wunderbar warm und kräftig. Er hingegen erkundet meine Taille, fasst unter mein Shirt und dann umfasst seine Hand meinen kleinen Busen. Unsere Lippen begegnen sich und wollen sich nie mehr verlassen. Er drängt sich an mich und schiebt sein Bein zwischen meine Beine. In meinem Kopf ist ein Karussell. Es dreht sich und macht die Schmetterlinge in meinem Bauch sehr glücklich. Ich streichle seine Haare; Mbye drückt seinen Unterleib an mich...

In dem Moment wird die Tür aufgerissen.

Beate knipst das Licht an und packt mich am Oberarm und zieht mich aus dem Bett. «Spinnt Ihr?» stammelt sie. «Ihr seid ja wohl komplett verrückt geworden! Lumi, Du bist zwölf Jahre alt! Was denkt Ihr denn? Das gibts ja wohl nicht! Sowas muss man vorher besprechen! Du gehst jetzt auf Dein Zimmer Lumi!» Und mit diesen Worten schiebt sie mich aus Mbyes Zimmer. Sie begleitet mich auf mein Zimmer und wartet bis ich darin verschwunden bin. Dann hör ich sie telefonieren. Ich verstehe nicht, was sie sagt, aber ich traue mich nicht aus meinem Zimmer zu gehen. Mbye traut sich offenbar auch nicht. Jedenfalls bleibt alles still.

Dann kommt sie zurück, klopft und kommt rein. «Lumi, wir müssen das morgen besprechen. Du kannst Dich nicht einfach nachts in das Zimmer von anderen Jungs schleichen. Und schon gar nicht kannst Du da solche Sachen machen. Du hast ja hoffentlich schon mal was von Verhütung gehört! Ich werd morgen Deine Mutter informieren und wir nehmen uns dann mal Zeit füreinander. Und Herr Mey wird sich da sicherlich auch nochmal mit Dir unterhalten.» Und dann verändert sich ihre steife Körperhaltung und wird etwas weicher. Sie setzt ihren P-Blick auf. Diesen Psycho- und Pädagogenblick, wenn sie einem das Gefühl geben wollen, dass sie einen verstehen. «Und nun versuch zu schlafen. Eigentlich ist es natürlich schön, wenn Du Dich verliebt hast. Aber alles mit Maß und Ziel, ok?» Sie steht auf und ich höre, wie sie in Mbyes Zimmer geht. Wahrscheinlich sagt sie ihm auch solche Sachen. Und dann guckt sie ihn bestimmt auch mit diesem P-Blick an. Ich fühl mich plötzlich schrecklich einsam. Ich greife nach Sir Toffel, meinem alten Stoffhasen, der immer in meinem Bett liegt. Eigentlich sollte man nicht mehr mit einem Stoffhasen schlafen, wenn man grade beinah mit einem Jungen geschlafen hätte. Johnny knabbert leise unterm Bett. Mach weiter kleiner, echter Hase. Mein Mbye-Baby.

Es ist gut einzuschlafen, wenn jemand neben Dir knabbert.

1,618033988749894848820458683

Am nächsten Morgen ist Mbye nicht zu sehen. Ich schmiere mir in der Küche ein Brot und lausche Richtung Beratungszimmer, wo Beate mit Annette die Übergabe macht.

Beate erzählt Annette was nachts passiert ist und sagt ihr, dass Mbye heut morgen nicht mehr in seinem Zimmer war, aber dass er sein Handy vergessen hat, von dem auch keiner was wusste und dass er, wenn er kommt, direkt ins Waldheim gebracht werden soll. Sie habe schon mit dem Leiter dort telefoniert. Er kann wegen der Umstände sein Zimmer dort früher beziehen. Dann sei das Problem erstmal gelöst.

Wenn man ein gelöstes Problem ist, kann man das Frühstücksbrot, was man sich geschmiert hat, nicht essen. Es geht einfach nicht. Ich packe es in eine Tüte, nehme mir ein Möhre und will mich in mein Zimmer verziehen, als Annette rein kommt. «Morgen Lumi, ich hab schon gehört, was heute Nacht los war. Da reden wir heute mittag drüber.» Dann schaut sie auf mein Proviant und sagt: «Ah, gut, Du hast Dir Dein Schulbrot schon gemacht. Dann viel Spaß erstmal und bis heut Mittag.» Ich geh zurück in mein Zimmer, schiebe den Stuhl unter die Klinke und hole Johnny aus seiner Kiste unterm Bett hervor. Ich geb ihm die Möhre. Er macht sich gierig drüber her. Dann setz ich ihn zurück in seine Kiste und schieb ihn wieder unters Bett. Und dann nehm ich meinen Rucksack, verabschiede mich für die Schule und gehe zum Schwanenpark. Ich bin mir sicher dort auf Mbye zu treffen. Vielleicht hauen wir zusammen ab. Ich kann es kaum erwarten ihn zu sehen.

1,6180339887498948482045868734

und dann sitzt Du da
und keiner kommt.
und Du sitzt im Regen
und Du sitzt in der Sonne
und Du sitzt
und die Schwäne
sind da
und der Teich
ist da
und Du
bist da
und die Einsamkeit auch.
aber das Einzige
das kommt ist die Hoffnungslosigkeit.
Die kommt immer, wenn jemand alleine am Teich sitzt und die Schwäne hören wollen, wie lautlos die Traurigkeit ist, wenn sie einen ermordet.
Am Nachmittag geh ich ins Heim zurück.
Das wird Ärger geben.
Es gibt Ärger.
Beate, Herr Brink und Herr Mey stehen im Flur und diskutieren. Und sind sofort still, als ich reinkomm. Beate ergreift als Erste das Wort: «Wo warst Du bitteschön? Wir warten seit drei Stunden auf Dich. In der Schule warst Du

auch nicht! Schon zum zweiten Mal, wie ich heute am Telefon erfahren habe! Wo kommst Du her?» Ich sage nichts. Ich lass mich in das Besprechungszimmer schieben. Herr Brink verabschiedet sich an der Tür und ruft mir zu: «Luminita, Du warst doch bisher ein ganz vorbildliches Mädchen. Verbaus Dir nicht noch!»

und dann zieht er eiligen Schrittes ab.

Wir setzen uns. Herr Mey schaut mich fragend an. Beate setzt wieder an: «Lumi, wir haben mit Deiner Mama telefoniert. Sie konnte nicht herkommen, weil sie eine wichtige Klausur schreibt, aber sie hat am Telefon auch sehr eindrücklich darauf gedrungen, dass man das besprechen muss. Vor allem die Verhütungsfrage. Ich habe jetzt schon einen Termin bei der Frauenärztin gemacht, da gehen wir in drei Tagen hin. Ich verstehe garnicht, wieso Du nicht mit mir oder Herrn Mey oder auch sonstwem darüber sprichst. Wir sind doch keine Unmenschen. Es ist ja grundsätzlich schön, wenn Du Dich verliebst, aber sowas muss man langsam angehen. Und Sex in Deinem Alter geht gar nicht! Mbye ist schließlich auch erst fünfzehn. Und Du bist zwölf!»

«Ich werde in zwei Wochen dreizehn.» werf ich trotzig ein.

«Dreizehn ist auch noch viel zu jung, um mit einem Jungen ins Bett zu hüpfen. Dafür bedarf es einer gewissen Reife. Wie oft red ich hier mit Euch Mädchen darüber, wie wichtig es ist, dass ihr Euch und Euren Körper erstmal kennen lernt und wert schätzt, aber es fruchtet nichts bei Euch!» Ich schaue auf den Boden. Ich kann den Sermon über Vertrauen und Verantwortung, der jetzt folgt, auswendig und hab keine Lust zuzuhören. Ich hab nur Lust bei Mbye zu sein. Und der ist nicht gekommen. Und ich hab nicht mal eine Telefonnummer von ihm. Nichts. Beate endet wie üblich mit den Worten, dass man da weiter konstruktiv dran arbeiten müsse und Herr Mey sagt schließlich, dass er ja dafür da sei und dass wir das in Ruhe am nächsten Tag in unserer Stunde besprechen würden. Damit gibt sich Beate zufrieden und ich darf auf mein Zimmer.

1,6180339887498948482045868343

Am nächsten Morgen mach ich mich auf den Weg zur Schule. Während ich noch überlege, ob ich zum Schwanenpark gehen soll oder lieber zur Schule, taucht plötzlich Miriam vor mir auf. Ich freu mich so, sie zu sehen, dass ich vergesse, dass ich sie eigentlich nicht umarmen soll. Ich falle ihr in die Arme und heule. Zu meiner großen Überraschung schiebt sie mich nicht zurück, sondern hält mich fest. Deshalb lass ich sie auch ganz bald wieder los und versuche mich einzukriegen. «Gratuliere Lumi!» strahlt sie mich an. «Ich freu mich, dass Du einen Freund hast. Das tut Dir bestimmt gut!» Ich nicke. Ich würd ihr gern sagen, wie kompliziert alles ist, aber ich hab Angst, dass ich ihr dann wieder zuviel bin und deshalb schweige ich lieber und warte ab. «Ich hab was für Dich» sagt sie und zieht ein Handy aus ihrer Tasche. «Ich habs schon eingerichtet. Hier ist Deine Nummer und die Gebrauchsanleitung.PIN und PUK. SIM-Karte ist drin und ich habs auch aufgeladen. Das musst Du künftig aber dann selbst machen von Deinem Taschengeld hier, ja? Und lass Dich nicht damit erwischen. Und wenn, dann sag nicht, dass ich es Dir geschenkt hab. Sonst hab ich die wieder an der Backe!» Ich nicke und bin sprachlos. Es ist ein gebrauchtes I-Phone. Kein Assophon wie Marvin all die Handys nennt, die nicht I- Phone oder Samsung sind. Aber das ist mir total egal, was für ein Handy es ist. Hauptsache ein Handy. Ich kann kommunizieren. Ich kann Mbye... -Nein, kann ich nicht.
Ich hab weder seine Nummer noch sonstwas... und sein

Handy hat er ja wohl auch vergessen.

Das kriegt er vermutlich erst wieder, wenn er aufgegriffen wird und ins Waldheim kommt. Da werden sie es ihm vielleicht hinschicken. Mit all seinen Sachen. Aber seine Nummer hab ich dann immer noch nicht... Miriam spricht weiter: «Aber kümmer Dich bitte wirklich um Verhütung Lumi. Ich hab kein Bock Oma zu werden, ich bin keine dreißig, alles klar? Außerdem kannst Du dann nichts mehr aus Deinem Leben machen mit Kind. Das siehst Du doch an mir, wie ich hier fest hänge deinetwegen.» Sie dreht sich um und geht wieder davon. Ich hätte sie gerne nochmal umarmt. Stattdessen streichle ich das Handy. Ich stell es auf lautlos und beeile mich in die Schule zu kommen.

Die erste Stunde ist Deutsch bei Herrn Lehmann. Er hat die Fabeln mittlerweile abgeschlossen und ist beim Thema Syntax. Er redet davon, wie wir die zentrale Bedeutung des Prädikats für den Satz erkennen können. Ich hingegen bin nur bei meinem Handy. Es ist lautlos und es ist in meiner Tasche und es ist meine Möglichkeit, zumindest irgendwann und irgendwie wieder mit Mbye in Kontakt zu kommen. Nach der Schule geh ich direkt zum Schwanenpark. Aber von Mbye ist wieder weit und breit nix zu sehen. Ich krame einen Stift aus der Tasche und schreibe meinen Namen und die Handynummer auf die Bank. Wenn Mbye hier her kommt, dann weiß er jetzt zumindest, wie er mich erreichen kann. Mit einem Handy kann man die Hoffnungslosigkeit im Teich ertränken. So einfach ist das manchmal.

1,6180339887498948482045868<mark>3</mark>436

Nachmittags bin ich unschlüssig, ob Herr Mey mit mir in den Tierpark oder seinen Garten fährt oder ob wir hier bleiben, wegen der neuen Situation. Ich geh also etwas früher los zu seinem Zimmer und warte davor. Als er raus kommt, ist er überrascht mich zu sehen. «Was machst Du hier? Ich dachte, wir treffen uns am Auto?» fragt er mich.

«Ich wusste nicht, ob das noch gilt...» sag ich.

«Aber logisch. Ist doch besser für Dich draußen, oder?» Ich nicke erleichtert.

Gemeinsam gehen wir zu seinem Auto und fahren los.

Diesmal wirkt der Garten ganz anders als beim letzten Mal. So ohne Regentropfen und Nebel sieht er viel größer aus, aber weniger geheimnisvoll. Die Kirschen sind deutlich röter geworden. Aber das Haus sieht immer noch wunderschön aus. Ich würde gerne draußen sitzen unter dem Baum auf der Wiese, aber Herr Mey schließt das Häuschen auf und ruft mich rein. Ich setze mich gleich aufs Sofa. Diesmal hantiert er auch nicht mehr im Nebenraum rum, sondern setzt sich gleich zu mir. Direkt neben mich, nicht gegenüber auf den Sessel.

«So, da wären wir also. Wie gehts Dir Lumi?»

«Gut» sag ich und bin stolz, dass ich mal so lässig antworten kann. Liegt daran, dass er eigentlich wirklich nett ist. Also im Verhältnis zum Rest jedenfalls. Er atmet hörbar ein und aus und es fällt ihm offenbar schwer das zu sagen:

«Wir müssen über die Geschichte mit Mbye reden.»

Scheiße.

«Du magst ihn sehr, hmm?»

Ich nicke.

«Das ist in Ordnung, Lumi. Es ist völlig normal sich nach Zuneigung und Zärtlichkeit zu sehnen. Das geht mir auch so. Das geht jedem so»

Ich weiß nicht, was ich dazu sagen soll, also sage ich nichts.

Er legt seinen Arm um mich und streichelt meinen Oberarm. Dann streicht er mir die Haare aus dem Gesicht. «Man muss halt aufpassen und ganz vorsichtig miteinander sein, damit nichts zerbricht.» Und dann fährt seine Hand unter mein Shirt. Und er fasst meine Busen an. Das darf er nicht. Ich erschrecke total. Warum macht er das? Und seine Hand ist anders als die von Mbye. Knochiger irgendwie. Und seine Hand hat da nichts verloren... denk ich. Aber ich weiß es plötzlich nicht mehr sicher. Und ich hab Angst. Eine ganz seltsame komische Angst. Einen dicken Kloß im Hals. «Ist Dir das unangenehm?» fragt er plötzlich und zieht seine Hand zurück. Er sieht enttäuscht aus. Ich fühl mich schlecht. Er rückt ein Stück von mir ab. «Da siehst Du. Mir geht es so wie Dir. Man sehnt sich nach Zärtlichkeit und wird zurück gewiesen.»

Ich weiß nicht, was ich sagen soll. Es ist grauenhaft unangenehm.

Er schaut mich traurig an.

Ich sollte ihn jetzt vermutlich in den Arm nehmen und trösten, aber ich kann mich nicht bewegen. Ich trau mich grad gar nichts mehr. Das ist mir grad zuviel. Ich raff das nicht... Warum hat er das gemacht? Das ist doch nicht normal...? Oder doch? Oder...ist er in mich verliebt? Aber er hat doch eine Frau. Oder ist das vielleicht doch normal, dass man so angefasst wird? Ich weiß es nicht, ich weiß gar nichts. Ich will weg. Einfach nur weg. Er sieht furchtbar traurig aus.

«Weisst Du Lumi, ich kenne das auch aus meiner Kindheit. Dass man nicht genug geliebt wird. Und dann bleibt da immer eine Riesenlücke zurück. Und den Umgang mit Liebe, mit angemessener Form von Liebe muss man üben, damit es gut gelingt. Du siehst ja, wie gut es mir heute geht. Ich habe eine Frau, ein Kind, einen Beruf und bin glücklich. Von diesem Glück möchte ich Dir gerne was abgeben, soweit mir das in meiner Position möglich ist. Verstehst Du?»

Ich nicke. Es ist gut, wenn er einfach freundlich mit mir

spricht. Das ist gut. Das ist gut. Das ist gut.

Das ist gut. Das ist gut. Das ist gut. Das ist gut. Das ist gut.

Das ist gut. Das ist gut. Das ist gut.

Das ist gut. Das ist gut.

Das ist gut.

Er sagt nichts mehr und schaut mich an. «Vielleicht sollten wir heute erstmal etwas anderes machen? Wie wärs mit Schnecken sammeln aus dem Salatbeet. So als vertrauensbildende Maßnahme. Und zur Rettung meines Kopfsalats?» Ich nicke wieder. Er steht auf, zieht mich hoch und an sich und küsst mich. Seine Lippen schmecken nach Kaffee. Und sie sind schmaler und spitzer als der weiche Mund von Mbye. Er lässt seine Hände auf meinen Hintern gleiten und presst meinen Unterleib an seinen. Dann gibt er mir einen Klaps und sagt: «Das dürfen wir schon. Das dürfen wir...Na dann komm. Keine Müdigkeit vortäuschen!» Er geht raus in den Garten, greift nach einem Eimer, der unter der Gartenbank steht und geht in die hintere linke Ecke des Garten, wo Gemüsebeete sind. Ich geh ihm nach. Meine Knie zittern. Mir ist flau. Er beugt sich runter und greift eine Schnecke und setzt sie in den Eimer. «Werte Frau Schnecke» scherzt er, «Gestatten Sie mir, Ihnen eine neue Bleibe vorzuschlagen?» Er lächelt mir zu. Ich lächle verhalten zurück, beuge mich auch runter und setze auch eine Schnecke in den Eimer. «Jetzt sind sie schon zu zweit!» sagt Herr Mey. «Gruppenumsiedelung. Die setzen wir nachher unterwegs wieder aus. Ich will die armen kleinen Viecher ja nicht umbringen mit Schneckenkorn oder sonst einem Gift. Die wollen ja schließlich auch leben.» Er setzt weitere Schnecken in den Eimer. Ich tu es ihm nach. Jetzt ist alles wieder normal. Halbwegs. Er ist jedenfalls wieder normal. Und ich suche Schnecken und setze sie in den Eimer. Und ich frage mich, ob hier wohl jemals eine meiner Schnecken auftaucht, die ich damals mit Edding beschrieben habe. Mit den hebräischen Buchstaben: Hol mich hier raus.

Wo sind diese Schnecken wohl geblieben?

Herr Mey macht wieder ganz heitere Späße. Er versucht die alte Normalität hinzukriegen. Ich bin erleichtert. Und irgendwie auch nicht mehr ängstlich. Und ein bisschen aufgekratzt und ich kann mir das alles nicht erklären. Aber... er versteht mich wenigstens. Offenbar weiß er, wie es ist, wenn man sich nach Liebe sehnt... auch wenn ich es komisch finde, dass er mir das so zeigen will... auf diese komische Weise. So will ich das nicht. Ich will das nicht. Er lacht und schimpft mit den Schnecken, weil sie den Salat fressen und nicht den Löwenzahn... die Situation ist irre. Ich bin gar nicht richtig in mir. Irgendwie häng ich drüber und schau mir zu...

Als wir das Beet entschneckt haben, steuert er mit dem Eimer aufs Auto zu. Ich geh ihm nach, greif unterwegs nach meinem Rucksack und setz mich auf den Beifahrersitz. Er stellt den Eimer auf den Rücksitz, klemmt sich hinters Steuer und fährt los. Irgendwann biegt er ab in einen Feldweg und brettert bis an dessen Ende, wo sich ein kleiner Waldteich befindet. Dort setzt er die Schnecken vorsichtig aus, verstaut den leeren Eimer im Kofferraum und setzt sich wieder zurück zu mir ins Auto. Aber er fährt nicht los. Er schaut mich an und fragt: «Wie war das heute für Dich? War das ok so? Wie ging es Dir heute mit mir und unserem Treffen?»

Er wartet. Ich muss jetzt irgendwas sagen. Sonst fährt er nicht weiter. Ich weiß das. Und ich habe Angst.

«Ich fands schön» sag ich und hoffe, dass das reicht, damit er den Motor wieder startet.

«Meinst Du wir können so weiter machen? Oder soll ich lieber beantragen, dass Du künftig mit einer Psychologin redest? So von Frau zu Frau?»

Und dann schaut er mich an. Der Mann kann so traurig und gleichzeitig eindringlich gucken, dass selbst einem Eisbär in der afrikanischen Sonne kalt werden würde. Ich beeile mich zu antworten: «Es ist alles gut. Ich bin froh, das ich hier mit Ihnen sein kann.»

«Mochtest Du meine Berührungen?»

Nein. Nein. Nein denk ich und zucke nur mit den Schultern. Er nickt.

«Ich will nur, dass Du lernst gut mit sowas umzugehen. Du hast ja niemanden, der Dir das beibringt. Nur mich. Und ich mag Dich wirklich sehr sehr gerne und bin sehr sanft und zärtlich.»

Jetzt nicke ich.

Vielleicht hat er Recht. Und ich hab eh keine Wahl...

Er streichelt mir übers Haar, stellt den Motor wieder an und bringt mich zurück.

1,6180339887498948482045868343365

Im Heim rette ich mich direkt in mein Zimmer. Ich stecke das Handy an das Ladekabel und schaue, ob jemand angerufen hat. Aber niemand hat angerufen. Ich melde mich im W-Lan des Heims an und schaue auf Facebook. Doch auch auf Facebook hat Mbye meine Freundschaftsanfrage nicht angenommen. Wo steckt er nur. Ich vermisse ihn. Unterm Bett rumort Johnny. Ich muss dringend eine neue Kiste besorgen. Aber ich will nicht mehr raus aus meinem Zimmer. Ich will nicht mehr raus aus meinem Bett. Ich will nirgendwo mehr hingehen. Eigentlich will ich nur bei Mbye sein. Oder bei Miriam. Aber lieber bei Mbye. Oder in einem Schneckenhaus. Ganz tief drinnen. Da wo das Meer wohnt.

Ich starre wieder auf das Handy. Vielleicht hat Mbye sich in der Zwischenzeit gemeldet. Vielleicht hat er sich ein neues Handy besorgt und meine Nachricht auf der Bank gefunden und meldet sich. Aber das Handy schweigt. In mir drin fährt die traurige Achterbahn wieder in den Keller. Das tut sie immer, wenn ich plötzlich so verzweifelt bin, dass die Einsamkeit in mir drin sich aufbläht und ich jeden Moment an Einsamkeit platze und in tausend Stücke zerfalle... immer dann kommt die traurige Achterbahn und fährt in den Keller und dann wird mein Bauch ganz hart... und mir wird schlecht.

Ich habe plötzlich Angst zu sterben.

Ich hasse dieses Heim. Jetzt hab ich mit Mbye endlich jemanden, der mich liebt und den ich liebe und dann nehmen sie ihn mir weg. Und der Mey will mich befummeln, weil er denkt, dass es das ist, was mir fehlt. Oder weil er selbst einsam ist. Oder weil er mich zu sehr mag. Aber wenn er mich so mag, warum adoptiert er mich nicht einfach? Das wird er nie tun, weil keiner von denen das je tut, weil wir nur Fälle sind und keine Kinder und weil wir schwierig sind und weil man uns nicht richtig lieben kann, sonst wären wir ja nicht hier, sondern zuhause.

Und dann denk ich an Miriam und beschließe, dass ich sofort mit ihr telefonieren muss.

Ich ruf sie an. Zum ersten Mal telefonier ich mit meinem Handy... es klingelt, es klickt, sie geht ran.

«Hi Lumi, was gibts?»

«Ich fühl mich so allein, ich hab Angst, dass ich sterbe.»

«Dann geh doch zu den anderen Kindern. Oder zu den Erziehern.»

Sie versteht es nicht. Dabei weiß sie garantiert genau, wie es sich anfühlt, aber weil ich es bin, die das fühlt, zählt es nicht. Ich schweige. Sie fährt fort:

«Weißt Du Lumi, dafür hab ich Dir das Handy nicht besorgt, dass Du mich jetzt dauernd anrufst. Ich dachte, Du hast jetzt einen Freund?»

«Den haben sie in ein anderes Heim getan. Und im Moment ist er eh weg.»

«Na, dann ruf den doch an.»

«Aber sein Handy ist doch noch hier und seine Nummer hab ich sowieso nicht!» ruf ich verzweifelt ins Telefon, weil ich merk, wie meine traurige Achterbahn nach oben fährt. Sie schweigt eine Weile. «Habt Ihr keinen Treffpunkt? Das kann ja wohl kein so großes Problem sein. Wichtiger ist, dass Du Dir die Pille besorgst. Ich hab das dieser Frau Mertens übrigens am Telefon gesagt, dass ich da sehr dafür bin. Sicherheitshalber. Und das hat sie mir auch zugesagt, aber sie meinte Du seist halt zu jung usw. Aber ich hab ihr gesagt, dass ich es richtig finde und das auch schriftlich bestätige. Sex ist wichtig. Probier Dich da ruhig aus, Du sollst nicht so streng und prüde aufwachsen müssen wie ich. Und wohin das bei mir geführt hat, sehen wir ja. Also mach nur wenn Du magst!»

Die traurige Achterbahn entgleist und fällt durch die Luft.

«Und ansonsten Lumi, wie gesagt, nicht dauernd hier anrufen. Ich hab echt genug zu tun mit dem Studium und so. Ich kann mich echt nicht um Dich kümmern. Du musst auch langsam erwachsen werden!»

Ich hör nicht mehr zu.

«Also, jetzt geh ein bisschen raus zu den anderen und lenk Dich ab und wenn es sein soll, dann meldet sich Dein Typ schon wieder. Sonst suchst Du Dir halt einen anderen. Ich muss jetzt!»

Ich höre sie tschüss sagen und lege das Handy weg.

Dann nehm ich es wieder hoch und starre auf den Bildschirm, ob sich Mbye gemeldet hat.

Aber nichts blinkt.

Ein Handy ist eine beschissene Sache.

Es schreit Dich dauernd an: keiner interessiert sich für Dich.

Es flüstert Dir: Niemand ruft Dich an. Es sagt: Du bist es nicht wert.

Du bist nichts wert.

Nichts.

1,6180339887498948482045868343656

Seit der verhinderten Nacht mit Mbye sind fünf Tage vergangen. Am Wochenende scheint man ihn irgendwo aufgegriffen und ins Waldheim gebracht zu haben. Ein Mitarbeiter von dort war nämlich hier und hat seine Sachen geholt. Ohne Mbye. Ich versuche rauszukriegen, wo das Waldheim ist. Und Google findet es am Rande eines Dorfes. Ziemlich weit weg. Da fährt nicht mal ein Zug hin. Ich überlege kurz, dort anzurufen, und nach ihm zu fragen, aber dann kriegen die das im Heim hier vielleicht mit und dann muss ich mir wieder Sachen anhören. Das pädagogische Gespräch war nämlich ziemlich scheußlich. Bla bla blabla blabla bla bla blaaa. Und dann der Frauenarzttermin. Und das Bla dort von wegen ungut in diesem Alter... ausnahmsweise wegen der besonderen Gefährdung... aber wichtig bla blaa.... Körper in der Entwicklungsphase bla blaaa.... und achte auf bla bla.

Aber jetzt hab ich die Pille. Trotz Blaablaa.

Wenn die alle nur halb so nett wären, wie sie blaen können, dann wäre die Welt ein besserer Ort. Ich nehm jetzt immer morgens meine Pille. Unter Aufsicht. Man achtet jetzt sehr darauf, wann ich wo hingehe. Nur mein Donnerstag bei Sophia ist geblieben. Auf den Gedanken, dass ich da seit Monaten nicht mehr bin, kamen sie garnicht. Zweimal bin ich in Freistunden zum Schwanenpark um zu gucken, ob Mbye da ist und ob man meine Nachricht auf der Bank noch lesen kann. Man kann. Aber Mbye war nie da. Und mein Handy ist still.

Ich habe mir eine App runtergeladen, mit der man eine Puppe quälen kann. Kick the buddy heisst die App und ich hab sie bei Tamara gesehen. Die Puppe ist ein haarloses braunes Wesen mit liebem Gesicht, aber man bekommt Geldpunkte, wenn man sie malträtiert. Dafür gibt es verschiedene Waffen: Lebensmittel, die man schmeißen kann, chemische Waffen wie Kakerlakenvernichtungsspray, Messer, Pistolen, Gewehre, Bomben oder den elektrischen Stuhl. Tamara macht ihre Puppe immer kaputt und findet es sehr lustig, wenn sie verbrennt, erstickt oder zerhackt wird.... Ich guck immer nur die Puppe an. Ich will ihr nichts tun. Aber durch sie fühl ich mich nun nicht mehr so einsam, wenn ich aufs Handy gucke, wo nie eine Nachricht ist. Weder von Mbye, noch von Miriam. Sonst kann sich ja keiner melden, weil niemand weiß, dass ich ein Handy habe. Ich verstecke es immer gut. Und abends, wenn die anderen ihre Handys abgeben, lieg ich im Bett und kann die Puppe angucken und surfen. Manchmal mach ich das und klicke mich durch Musikvideos oder lese was über Gambia. Ich google auch dauernd das Waldheim. Ich suche nach Bildern, aber es gibt nix. Mbyes Profilbild bei Facebook hab ich mir runtergeladen aufs Handy. Aber er scheint seinen account nie zu nutzen. Ich warte sehnsüchtig auf Donnerstag, damit ich nachmittags zum Schwanenpark gehen kann. Vielleicht treff ich wenigstens seine Freunde. Und vielleicht wissen die seine Telefonnummer. Morgen dann.

1,6180339887498948482045868343 6563

Ich flüchte förmlich aus der Schule. Donnerstag. Mein freier Nachmittag. Endlich. Ich hab mir Kajal nachgezogen. Lippenstift eingepackt. Mein Handy in der Tasche. Und große Sehnsucht. Vielleicht kommt Mbye heute. Kaum im Schwanenpark angekommen setz ich mich auf die Bank und warte.

Und warte.

Warte.

Betrachte die Handypuppe.

Kick the buddy.

Vielleicht sollte ich die Puppe doch auch mal malträtieren...

Ich klicke die Funktionen an und lass den Button sofort wieder los. Ich fühl mich sofort schlecht. Und gleichzeitig sind mir meine Gefühle peinlich. Sich wegen einer programmierten App mies fühlen, ist so abartig, dass ich mich wirklich schäme. Trotzdem kann ich es nicht ändern. Ich mag die Puppe. Ich hab Gefühle für dieses virtuelle Scheißding. Immerhin ist es zuverlässig da, tut mir nichts, verlässt mich auch nicht und will nichts weiter von mir. Die Puppe ist eigentlich mein einziger Freund...

Ich warte weiter.

Es tut sich endlos nichts.

Jedenfalls kommt es mir so vor.

Ich will schon aufgeben, da kommen zwei junge Schwarze. Sind das seine Freunde von letztem Mal? Ich bin nicht sicher. Aber sie erkennen mich wieder. Sie nicken mir zu und setzen sich auf die Bank eins weiter. Jetzt müsste ich mich rüber trauen und nach Mbye fragen. Aber ich trau mich nicht. Ich sitze wie festgenagelt auf der Scheißbank und fange an mich zu hassen. Warum bin ich nicht in der Lage, einfach rüber zu gehen und zu fragen... aber warum kommen sie auch nicht her zu mir? Vermutlich finden sie mich doof. Zu jung oder so. Und ein Mädchen bin ich auch noch. Andererseits ist das doch genau das, was sie eigentlich anmachen sollte... weil ich die Spannung nicht mehr aushalte, steh ich auf und geh Richtung Stadtmitte davon.

Und fühl mich wie ein Versager.

Wie ein heftiger Versager.

Einen kurzen Moment hoffe ich, dass sie mir vielleicht doch was hinterher rufen oder nach kommen. Aber niemand ruft mir nach, keiner ist hinter mir her. Niemand will mich haben. Ich beschließe mit der nächsten Straßenbahn zum Kehler zu fahren. Seit Mbye mir Johnny gebracht hat, war ich nicht mehr dort. Aber jetzt weiß ich nicht, wohin ich gehen soll. Also geh ich dahin, wo ich früher schon immer war. Zu den Tieren. Das ist ja fast mein Zuhause.

Aber vorm Kehler hat mich die Angst so sehr im Griff, dass ich mich nicht hinein wage. Vielleicht sehen sie mir an, dass ich ein geklautes Kaninchen habe...

Die Angst ist eine böse Krake mit vielen Händen. Man entkommt ihr nicht...

Stattdessen gehe ich zurück zum Bahnhof und unter die Brücke auf der Südseite. Dort sind höchstens mal ein paar Obdachlose, aber meist hat man den Ort dort für sich. Ich will jetzt allein sein. Ganz allein. Vielleicht krieg ich mich dann wieder ein. Als ich ankomme und auf die Uhr am Bahnhof schaue, merke ich, dass ich eigentlich schon wieder zurück ins Heim müsste. Zum Abendessen. Aber ich mag nicht. Ich mag einfach hier sitzen bleiben und den vorbeifahrenden Zügen zu schauen. Es ist ungeheuer beruhigend zu sehen, wie Menschen an einem vorbeifahren. Lauter kleine Geschichten. Lauter Gesichter. In einem ICE, der langsam einfährt, sitzt ein kleiner Junge am Fenster und winkt mir zu. Ich winke zurück. Die Mutter neben ihm lächelt. Noch bevor ich zurücklächeln kann sind sie schon vorbei. Langsam beruhige ich mich. Ich versuche mir einzureden, dass ich bisher ja auch ohne Mbye klar gekommen bin. Dass ich ja eigentlich mein eigener Mensch bin. Dass ich ihn nicht dringend brauche und er mir, falls wir wirklich füreinander bestimmt sein sollten, wieder übern Weg laufen wird. Aber als ich aufstehe um ins Heim zu gehen, merke ich, dass das alles nicht stimmt. Solange ich reglos da saß, hab ich mir das einreden können. Aber jetzt, wo ich mich bewege, tut es wieder überall weh. Und jeder Schritt ist wie ein Stich: Mbye ist weg. Keiner will Dich. Du bist allen zuviel.

Mbye ist weg. Keiner will Dich. Du bist allen zuviel.

Mbye ist weg. Keiner will Dich. Du bist allen zuviel.

Mbye ist weg. Keiner will Dich. Du bist allen zuviel.

Mbye ist weg. Vielleicht hat er längst eine neue Freundin. Du wirst zu spät kommen. Mbye ist weg. Mbye ist weg. Ich renne gegen den Schmerz an und komme dennoch viel zu spät im Heim an. Aber es ist gar nicht aufgefallen. Weil eine Vertretung da ist, die für Annette eingesprungen ist, die krank geworden ist. Und die Vertretung hat keine Ahnung von möglichen Sonderregelungen und deshalb glaubt sie mir auch sofort, als ich sage, dass das ausgemacht gewesen sei, dass ich heute länger bei meiner Freundin Sophia bleiben durfte. Ich kann ohne weitere Probleme in mein Zimmer. Zu Johnny. Der zumindest ist mir geblieben.

1,6180339887498948482045868343 65638

Das Problem ist, dass Miriam meine einzige Verwandte ist. Und sie ist nicht nur meine einzige Verwandte, sondern auch meine einzige Mutter. Das ist ganz besonders dann blöd, wenn die Sommerferien näher rücken und man die Erlaubnis bekommt, zwei Wochen Ferien mit der eigenen Familie zu machen. Ich hab Miriam angerufen. Und ich hab ihr gesagt, dass ich zwei Wochen Ferien mit ihr haben darf. Aber sie hat gesagt, sie braucht die Ferien, um sich von mir zu erholen. Es sei schließlich anstrengend, eine alleinerziehende Mutter zu sein. Auch wenn man sich nicht dauernd sieht. Schließlich habe sie die Verantwortung. Sie braucht die Ferien ganz für sich. Höchstens ein Wochenende oder mal drei Tage könne ich zu ihr kommen. So als Kompromiss. Sagt sie. Ich hab das dann den Erziehern gesagt. Jetzt wollen sie mich überreden, in eine Freizeit mitzugehen. Aber ich will nicht.

Ich freue mich trotzdem auf die Ferien, weil ich da immerhin dann ein Wochenende und drei Tage lang ein normales Kind bin.

Falls Miriam es sich nicht anders überlegt.

1,6180339887498948482045868343656381

Herr Mey verspätet sich etwas, hastet zum Auto und sagt dann aber: «Heute müssen wir hier bleiben, Lumi, weil ich direkt nach Dir einen Termin habe zum Übergabegespräch wegen Tamara.» Ich bin enttäuscht und erleichtert zugleich. Ich folge ihm nach drinnen in das schöne Büro und wie immer kann man von hier aus die Jungs auf dem Bolzplatz beobachten. Robin hat Streit mit einem Jungen aus der großen Gruppe und stampft wütend mit dem Fuß auf. Er will auf den Jungen losgehen, aber der ist viel größer und hält ihn am Kopf zurück. Robin gibt auf und zieht sauer vom Platz. Herr Mey setzt sich mir gegenüber. «Und? Wie geht es Dir, Lumi?»

Ich kann nicht sprechen. Ich weiß einfach nie, was ich sagen soll. Es ist alles so viel. Und vor allen Dingen: wenn man den Sack aufmacht, dann bricht alles raus... Im Ethikunterricht haben wir letzte Woche von der Büchse der Pandora gehört. Weil man die aufgemacht hat, ist alles Übel in die Welt gekommen. Und als letztes Übel sei die Hoffnung in der Dose übrig geblieben und das sei eigentlich ein Trost, aber irgendein Philosoph fand, dass es das schlimmste Übel sei und ich finde, er hat recht. Jedenfalls ist es mit meiner Seele so, wie mit dieser Büchse. Wenn ich die aufmache, kommt die ganze Scheiße raus und man kriegt die Dose nicht mehr zu und keiner weiß, wie man mit all dem Üblen umgehen soll und weil bei mir ganz unten nicht mal Hoffnung drin ist, hat das Ganze gar nichts Positives und jeder würde beim Anblick dieser Seelendose bestimmt wegrennen... ich jedenfalls würde es tun. Es ist einfach zuviel.

Ich schau wieder raus. Die anderen Jungs spielen ohne Robin weiter. Der Ball fliegt hoch und trifft beinah das Tor. Toralf, der Sozialarbeiter, der die Jungsgruppe unterm Dach betreut, hält den Ball.

«Was ist hier so viel anders als draußen? Möchtest Du mit mir über Mbye sprechen? habt Ihr Euch nochmal gesehen»"

Ich schüttle den Kopf.

«Lügst Du mich an?» fragt er mich und schaut mir direkt in die Augen.

Schön wärs, denk ich und schüttle wieder den Kopf. Ich hab ihn nicht mehr gesehen. Und nicht mehr gehört und auch online nirgends gefunden. Und er hat entweder nicht nach mir gesucht. Oder er konnte nicht nach mir suchen. Ich weiß nicht, ob er je im Schwanenpark war und dort auf unserer Bank meine Nachricht mit meiner Nummer entdeckt hat. Vielleicht ist dieses Waldheim auch mehr wie ein Gefängnis, wo man nicht so gut raus kommt. Das wäre logisch, weil er ja so oft weg gelaufen ist. Vielleicht hat er aber auch dort eine neue Freundin gefunden. Jenny sagt immer, dass Jungs nicht richtig treu sein können. Und ich hab einfach zu wenig Ahnung, um das zu beurteilen.

«Verheimlichst Du mir was? »

Ich schüttle den Kopf.

«Du vermisst ihn sehr, oder?»

Ich zucke mit den Achseln.

Er steht auf, zieht mich hoch und nimmt mich in den Arm.

«Das tut Dir gut, oder?»

Wieder nicke ich. Und es ist nichtmal gelogen. Es ist wirklich grad gut in seinen Armen. Aber lange hält er mich nicht. Er fordert mich auf, mich wieder hinzusetzen. Und setzt sich auch.

«Hast Du nochmal gekifft? Oder irgendwelche anderen Drogen genommen? - Ich muss Dich das fragen Lumi!»

«Nein.»

«Was willst Du in den Sommerferien machen?»

«Hier bleiben.»

«Immerhin sprichst Du wieder.» lächelt er mich an.

«Meine Umarmung wirkt wie ein Sprachöffner, oder?»

Ich lächle zurück. Aber ich sag jetzt lieber nichts weiter. Er schaut ohnehin auf die Uhr. «Ich muss heute ja sehr pünktlich Schluss machen, wegen der Übergabe, aber sag mir trotzdem noch eins, bitte: Hast Du mit Mbye geschlafen? Bzw. hast Du überhaupt schon mal mit jemandem geschlafen?»

Es ist mir ungeheuer peinlich, dass er fragt.

Ich fühle mich plötzlich sehr nackt. Und sehr ausgeliefert. Mein Blick schweift nach draußen zu den Jungs auf dem Bolzplatz. Werden Jungs sowas eigentlich auch gefragt? Oder will man das nur von uns Mädchen wissen...? Ich frag das doch auch nicht... Ich weiß nicht wieviele Minuten seit der Frage vergangen sind...

«Ich muss das wissen, Lumi. Sonst musst Du künftig vielleicht woanders hin, wenn Du Dich mir nicht öffnest und dann sehen wir uns nie wieder und dann muss ich die Kirschen in meinem Garten ganz alleine ernten.»

Ich denke an seinen Garten und sehe seine traurigen Augen

vor mir. Und ich will nirgends woanders hin und gleichzeitig will ich grade ganz weit weg sein.

Ich reiss mich zusammen.

«Ich habe nicht mit ihm geschlafen. Noch nie... mit niemandem...» ich breche mitten im Satz ab, weil meine Stimme völlig erschöpft ist. Herr Mey nickt.

«Das dacht ich mir. Das ist auch sehr klug, Lumi. Heb Dir das auf für jemand Besonderen. Und für den richtigen Augenblick.»

Ich will widersprechen, dass Mbye derjenige ist, mit dem ich das tun will, weil er was ganz Besonderes ist und zwar in jedem Augenblick, aber ich bin mir gar nicht sicher, ob das stimmt und außerdem ist Widerspruch eh sinnlos. Sie tun dann immer sehr verständnisvoll und am Ende machen sie das, was sie wollen... Herr Mey ist nicht so viel anders fürchte ich. Sonst würd er nicht so gemeine Sachen sagen...

Es klopft energisch.

«Herein!» ruft Herr Mey. Annette steckt den Kopf durch die Tür.

«Entschuldigung, aber kannst Du dann doch schon rüber kommen? Wir müssen noch zwei Sachen vorab klären!»

«Ich komm gleich!»

Er bleibt sitzen, bis Annette die Tür hinter sich geschlossen hat. Er schaut mich an.

«Es ist gut, dass Du so ehrlich zu mir bist. So kann ich Dir am ehesten helfen.»

Ich will nur nach oben in mein Zimmer.

«Bis nächste Woche!» sagt er.

Und ich verlasse sein Büro.

1,618033988749894848204586834365638 11

Als ich in mein Zimmer komme erschrecke ich. Johnnys Kiste ist unterm Bett vorgezogen. Aber Johnny ist nirgends zu sehen. Ich schaue unterm Bett nach, hinterm Vorhang, zwischen den Heizungsrohren,- aber er ist verschwunden. Ich starre zur Tür. Die Tür war zu, als ich kam. Ganz sicher. Es muss jemand hier gewesen sein und ihn geholt haben. Mbye? Ausgeschlossen... oder hat einer der Erzieher ihn entdeckt? Aber dann hätten sie mich garantiert gleich geholt... grade als ich panisch werden will, geht meine Tür auf. Vor mir steht Robin, pitschnass, im Bademantel. Und unterm Bademantel hat er etwas versteckt. Etwas mit sehr nassem Fell. «Ich glaub es stimmt was nicht mit Deinem Hasen» sagt Robin und setzt sich auf mein Bett und legt das tote, triefende Tier aufs Kissen. «Ich wollte nicht alleine baden. Und da hab ich mir den Johnny mitgenommen und ihm gezeigt wie man taucht, und er hat auch ganz gut mit den Beinen gestrampelt, wie man das eigentlich so macht beim tauchen, aber dann ist er nicht wieder aufgetaucht... und... ich hab ihm gesagt, wie das geht... aber...ist der jetzt seekrank?»

Wenn man Schneckenhäuser zertritt, sind sie kaputt.

Ich schreie nicht. Ich schlage auch nicht um mich. Ich sage nur einfach, wir müssen Johnny jetzt heimlich beerdigen. Und Robin springt fröhlich auf und sagt ich helf Dir und dann rennt er raus in sein Zimmer und kommt nach wenigen Minuten zurück und ist angezogen und schaut mich erwartungsvoll an und ich lege den nassen toten Johnny in seine Kiste und schleiche mich mit Robin runter und raus und dann gehen wir zum Hintereingang raus, und den Feldweg hoch und schlagen uns dort am Waldrand in die Büsche. Wir versuchen mit unseren Händen ein Loch zu graben, aber die Erde ist hart und eine Schaufel haben wir nicht. Nach einiger Zeit haben wir immerhin eine kleine

Kuhle. Ich lege den Hasen rein und wir decken ihn mit Ästen und Zweigen zu. «Sollen wir jetzt noch was singen oder beten oder so?» fragt Robin.

Ich schüttle den Kopf.

«Aber dann ist es doch gar keine richtige Beerdigung!» wendet Robin ein.

Aber ich habe mich längst weg gedreht und bin auf dem Weg zurück ins Heim. Unschlüssig bleibt er stehen, dann rennt er mir nach. Und schweigt, bis wir im Heim sind. Aber er greift nach meiner Hand.

1,61803398874989484820458683436563811 7

Abends kann ich nicht einschlafen. Ich starre dauernd auf mein Handy. Vor Johnny war mir nie aufgefallen, wie wahnsinnig laut die Stille hier im Heim ist. Jetzt, wo er nicht unter mir rumknabbert und merke ich das erst. Und es ist mir unheimlich. Ich öffne die kick the buddy-App. Da ist sie. Die kleine hässliche Puppe. Es ist gut, dass es solche Apps gibt. Sonst wäre mein Handy ganz umsonst. Und dann würde ich es vermutlich irgendwann gar nicht mehr mögen, weil es mir nur zeigt, wie einsam ich bin... ich schaue der Puppe eine Weile zu, wie sie in einer Kiste rumhampelt. Dann klicke ich die Puppe weg und öffne die Photos. Ich hab nur zwei Photos. Ein Selfie von mir und Mbyes Bild, dass ich mir runtergeladen habe. So kann ich ihn immer angucken. Auch wenn ich kein W-Lan in der Nähe habe. Ich frage mich, warum er sich nicht meldet. Wenn er mich suchen würde, dann müsste er mich doch irgendwie und irgendwann gefunden haben. Einmal bei Facebook reingeguckt und dann würde er mich unter den Freundschaftsanfragen sehen. Und ich hab inzwischen immerhin ein Photo hochgeladen. Das muss er doch finden. Er muss mich doch auch irgendwie vermissen. Das war doch etwas ganz Besonderes zwischen uns. Das hab ich doch gespürt. Er könnte doch auch seine Kumpels fragen, die im Schwanenteichpark sind, ob da eine Nachricht ist. Das kann er sich doch denken, dass ich warte und mich nach ihm sehne. Ich kann ihm doch nicht so scheißegal sein... ich halte das Display ganz nah vor mein Gesicht. Ich versuche mich zu erinnern, wie er gerochen hat. Wie warm und weich seine Lippen waren, wie seine Hände über meinen Körper gestreichelt haben... ich schließe die Augen...

Tock...Tock... Jemand wirft Steinchen an mein Fenster. Mbye. Das muss Mbye sein. Ich stürze zum Fenster. Endlich. Endlich... Aber unten steht nur Miriam. Ich bin tatsächlich ein bisschen enttäuscht. Ich winke ihr zu und schleiche mich runter und leise über die Terrassentür raus. Sie setzt sich auf die Bank und sagt: «Wozu hab ich Dir eigentlich ein Handy geschenkt, wenn Du nie drauf guckst und es offenbar lautlos geschaltet hast. Dann muss ich ja immer noch die alte Steinchenmethode anwenden, wenn ich Dich mal kurz sprechen muss.» Ich nicke schuldbewusst. Offenbar war ich eingeschlafen. «Was gibts denn?» frag ich und sie strahlt mich an. Sie holt einen kleinen BH aus ihrer Tasche in dunklem lila mit pinken Sternen drauf. «Für Dich! Weil Du doch jetzt einen Freund hast!» Mir steigen Tränen in die Augen. «Aber er ist doch weg. Er ist nicht mehr da und er hat auch nicht mehr nach mir gesucht!» Miriam schaut mich mitleidig an. «Achso, ich dachte, das hättet Ihr längst geklärt.» Ich fange an hemmungslos zu weinen und kann mich kaum beherrschen, was aber wichtig wäre, weil ich sonst zu laut bin. Miriam sitzt unschlüssig neben mir. Streichelt mir über den Kopf und zieht die Hand aber gleich wieder zurück. Schließlich sagt sie: «Dann musst Du eben zu ihm gehen. Das kann ja wohl nicht so schwer sein, oder?» Ich schlucke und versuche mich zu beruhigen. Der BH ist wirklich hübsch. Eigentlich brauch ich noch nicht unbedingt einen, aber es ist toll jetzt einen zu haben.

«Oder Du suchst Dir nen neuen Freund. Jedenfalls solltest Du dem nicht nach heulen. Wenn Du ihn unbedingt willst, dann such ihn. Wenn er Dich dann auch will, prima. Falls nicht, schreib ihn ab und such Dir einen anderen. So macht man das. Man sollte sich nie abhängig machen von Männern, merk Dir das. Die brechen einem sonst nur das Herz! Außerdem ist es wichtig, unabhängig zu sein. Unabhängigkeit und Freiheit, das sind die wichtigsten Dinge im Leben, Lumi!»

...Und Liebe und Treue und Zuverlässigkeit und Geborgenheit und Erdbeerpudding ergänze ich in Gedanken, nicke und versuche ein Gesicht zu machen, dass verständig und dankbar aussieht. Es gelingt mir. Sie lächelt wieder.

«Was ich Dir übrigens noch sagen wollte war, dass ich vielleicht mit Günther zusammen ziehe. Also, den kennst Du noch nicht, aber der ist echt nett. Und er hat einen Hund. Wenn Du mich, also uns dann mal besuchen kommst, dann kannst Du mit dem Gassi gehen!»

Ich bin sprachlos.

«Wie lange kennst Du den schon?»

«Schon ewig, aber wir sind erst seit ein paar Tagen zusammen. Die besten Beziehungen ergeben sich ja aus langjährigen Freundschaften. Da ist dann schon die Basis da und man spart sich das mühsame Verliebtsein und so weiter.»

Das klingt seltsam für mich. Es passt nicht zu Miriam. Ich frage mich, was das soll, sage aber nichts. Erstens weil sie eh nie auf mich hört und zweitens, weil sie mich freiwillig besucht und mir ein Geschenk mitgebracht hat. Und drittens, weil ich die Idee schön finde, mit einem Hund Gassi zu gehen. Egal was das für ein Typ ist. Wenn er einen Hund hat, dann mag ich ihn. Zumindest wenn es ein netter Hund ist.

«Ich muss dann langsam auch wieder!» sagt Miriam und greift nach ihrem Motorradhelm. Ich greife nach ihrem Ärmel.

«Bitte bleib noch ein bisschen da. Bitte!»

Aber Miriam verzieht genervt das Gesicht.

«Lumi, echt. Du bist ja wohl alt genug, Dich alleine zu beschäftigen. Außerdem ist ja eigentlich Schlafenszeit. Ich bin nur kurz her gefahren, um Dir eine Freude zu machen... und Du machst gleich wieder Theater!»

-Jetzt packt mich die Verzweiflung völlig. Ich fange an zu weinen: «Bitte bleib da. Oder nimm mich mit. Bitte. Ich halts hier nicht mehr aus. Mein Kaninchen ist heute gestorben. Eigentlich wurde es sogar umgebracht, aber der Junge kann nix dafür, weil er es nicht bös gemeint hat, aber... aber... ich bin hier so allein....bitte»...

Miriam weicht zurück.

«Lumi, ich hab echt bald kein Bock mehr auf Dich. Jedesmal - echt jeeeedesmal versuchst Du Dich an mich zu hängen wie eine Klette und versuchst mir ein schlechtes Gewissen zu machen. Dabei bin ich doch grade da. Ich geb Dir echt, was ich geben kann. Mehr geht nicht. Du musst Dir das woanders suchen. Das, was Du brauchst. Ich bin dafür nicht zuständig. Ich war schon so erleichtert, als ich gehört hab, Du hast einen Freund, aber jetzt isses wieder nix. Ich hab echt kein Bock mehr auf den ganzen Scheiß!» Sie dreht sich um und geht eisig davon. In mir brennt es. Ich sitze da und weine lautlos vor mich hin. Am Ende ist der neue BH in meinem Schoß genau so nass wie der tote Johnny ein paar Stunden vorher. Man ertrinkt immer, wenn man liebt. Irgendwann ertrinkt man daran...

1,6180339887498948482045868343656381177

Am nächsten Morgen fühl ich mich krank. Beate, die Morgendienst hat, sagt ich soll im Bett bleiben und entschuldigt mich in der Schule. Ich verkriech mich unter der Decke. Da liegt der lila BH mit den pinken Sternen, den Miriam mir heute Nacht geschenkt hat. Und

mein Handy liegt da auch. Der Akku ist fast leer. Ich muss nachher versuchen, es heimlich aufzuladen. Ich berühre den Bildschirm und sofort wird es hell unter der Decke. Wie eine kleine Höhlenbeleuchtung. Als Lampe ist das Handy toll. Aber ich habe immer noch keine neuen Nachrichten. Ich gewöhne mich langsam daran. Vermutlich würd ich vor Aufregung und Schreck sofort tot umfallen, wenn da doch mal etwas aufblitzen würde. Ich merke, wie müde ich bin. Ich mach das Handy wieder aus und stecke meinen Kopf unter der Decke vor und schlaf sofort wieder ein.

Mittags weckt mich Beate. Ich soll zum Essen kommen. Ich stehe auf, wasch mich und zieh mich an. Unten sind schon einige Kinder da. Jenny hat gemeinsam mit Robin diese Woche Küchendienst. Ich hab heut eigentlich nochmal Strafdienst beim Hausmeister, aber ich vermute, das wird verschoben, weil ich so kaputt bin. Beate fragt mich, wie es mir geht und ich sage: besser, setze mich an den Tisch und esse die Maultaschen, die es zum Mittag gibt. Robin setzt sich mir gegenüber und tritt mich unterm Tisch, weil er mit seinen Beinen rumschlenkert. Ich schau ihn an. Er hört auf, seine Beine zu schlenkern und fängt zwei Sekunden später wieder damit an. Diesmal berührt er mein Bein aber nur mit den Zehenspitzen. Damit kann ich leben. Er ist heute noch aufgeregter als sonst. Als ich fertig bin, hält Beate mich auf.

«Warte mal Lumi. Komm mal kurz mit ins Büro.»

Ich folge ihr. Ich frage mich, was gleich passiert. Haben sie das mit Johnny vielleicht doch mitgekriegt und ich krieg eine neue Strafe? Aber dann hätten sie mich bestimmt schon früher geholt... oder sie will mir sagen, dass ich den Hausmeisterdienst heut doch machen muss. Das wär auch ok. Am besten sag ich ihr das gleich: «Ich pack das schon heute mit dem Hausmeisterdienst. Herr Grabowski weiß ja, dass ich komme. Es geht mir schon wieder besser!» Beate guckt irritiert. Offenbar ist was anderes.

«Gut, Lumi, aber ich hab Dich hier her gerufen, weil ich mit Dir besprechen wollte, was wir übernächste Woche an Deinem Geburtstag machen sollen. Willst Du dieses Jahr mal Kinder einladen? Wir backen Dir auf jeden Fall einen Geburtstagskuchen und ich möchte wissen, was Du Dir zum Geburtstag wünschst. Du weisst ja, wir haben pro Geburtstag und Kind 35 Euro, die wir ausgeben können. Also falls Du einen Wunsch hast, dann sag mal!»

Ich bin gerührt. Ich hatte garnicht mehr an meinen Geburtstag gedacht. Dabei war der für mich als Kind immer ungeheuer wichtig. Als Miriam und ich noch bei der Oma lebten, hat die Oma immer eine Geburtstagsgeschenkejagd mit mir gemacht. Sie hat Zettelchen gemalt. Der erste lag auf meinem Teller und sagte mit einem gemalten Bildchen, wo ich nächstes schauen sollte, zum Beispiel auf der Kommode und auf der Kommode lag dann wieder ein Zettel, wo ich als nächstes schauen sollte und das Spiel ging sehr lange bis irgendwann irgendwo ein Geschenk war. Ich habe das geliebt. Und es gab immer Marmorkuchen mit Schokoladenglasur und manchmal hat Miriam mit mir und Oma Karten gespielt. Die Erinnerung kommt mir vor wie ein Film aus einer sehr fernen und sehr fremden Welt. Bei Miriam später war es sehr unterschiedlich... mal hat sie an meinen Geburtstag gedacht und was ganz Großes mit mir unternommen. Einmal ist sie mit mir auf dem Motorrad in einen Freizeitpark gefahren und wir sind auf den Karussells gefahren und haben Schokobananen gegessen und Lose gekauft und mit Pfeilen auf Ballons geworfen und lauter Plastikspielzeug gewonnen und das war alles toll. Aber im Jahr drauf hat sie ihn komplett vergessen und war dann auch nicht da und kam erst Tage später wieder...

«Was für einen Kuchen wünschst Du Dir denn?»

«Egal.» sag ich und denk daran, dass ich nie mehr Omas Marmorkuchen bekommen werde, weil sie gestorben ist ohne ein Rezept zu hinterlassen. Und weil, selbst wenn man das Rezept hätte, es niemals der gleiche Marmorkuchen wäre. Weil es eben nicht die Oma wäre, die den Kuchen für mich backt.

«Gut, wir schauen mal. Vielleicht ein Zitronenkuchen? Die nächsten Wochen soll es ja noch heißer werden. Und hast Du einen Wunsch? Oder willst Du einfach Geld kriegen, um selbst shoppen zu gehen? Vielleicht mit Sophia?» Ich nicke.

«Ja, das wäre gut.»

«Und was ist mit Schulfreunden? Magst Du nachmittags jemanden einladen?»

«Nein»

«Und Deine Mama? Kommt die? Sollen wir mit ihr Kontakt aufnehmen und sie für Dich einladen?» Ich denke an die letzte Nacht und daran, wie bedrängt sich Miriam von mir gefühlt hat und schüttle den Kopf.

«Nein, die hat zu viel zu tun fürs Studium und so.»

«Aber das ist doch Dein Geburtstag. Der dreizehnte noch dazu. Ab dann bist Du ein echter Teenager! Das will sie ja vielleicht doch mit Dir feiern, meinst Du nicht? Falls sie es dann nicht schafft zeitlich, dann ist das halt so, aber einladen könnte man sie doch, oder? Was meinst Du, Lumi? Womit fühlst Du Dich wohl?»

Ich hasse diese P- Formulierungen.

«Ist mir egal. Nein, eigentlich lieber nicht. Ich mag dann gerne einkaufen gehen. Sophia kann mich ja begleiten.» Ich bin gut. Sehr gut. Beates Gesicht hellt sich merklich auf, als ich Sophia erwähne. Sophia- die stabile Verbindung nach draußen. Das Mädchen aus geordneten Verhältnissen. Beate nickt fröhlich.

«Ja, das ist eine schöne Idee! So machen wir das.»

Endlich darf ich gehen. Oben in meinem Zimmer steck ich das Handy ans Ladekabel an und verstecke es unterm Kopfkissen. Ich setz mich aufs Bett. Ich werde dreizehn. Ich hatte es tatsächlich fast vergessen, dass ich Geburtstag habe. Dreizehn ist immerhin ein kleines Stückchen näher an achtzehn. Und achtzehn bedeutet Freiheit. Da kann mich niemand mehr aufhalten. Ich werde dann meine Koffer packen und hier raus spazieren. Es sei denn, Miriam hält ihr Wort und ich darf mit sechzehn doch schon zu ihr ziehen. Weil ich dann ja erwachsen genug bin. Sagt sie immer. Aber falls sie sich das anders überlegt... ich merke, wie müde ich schon wieder bin. Diese Grübeleien sind Gift für mich. Dabei war ich doch grade ein klitzekleines bisschen gut gelaunt. Weil ich Geburtstag haben werde. Und weil ich Geld bekomme und einen freien Nachmittag. Ich könnte versuchen, mit dem Geld zu diesem Waldheim zu kommen, um Mbye zu sehen. Mbye. In meinem Bauch krampft sich alles zusammen. Und gleichzeitig kitzelt mich sowas wie Hoffnung unterm Kinn. Plötzlich fühl ich mich sehr leicht. Die Vorstellung, dort hin zu fahren, beschwingt mich irgendwie. Als Herr Grabowski, der Hausmeister, mich ruft, bin ich sogar so gut gelaunt, dass ich an der Treppe drei Stufen auf einmal runter hüpfe. Und dass ich den Schnitt der Ligusterhecken am Zaun aufsammeln soll, beschwingt mich nur zusätzlich. Es ist ein guter Tag. Ich habe bald Geburtstag. Und ich werde Mbye wieder sehen.

1,61803398874989484820458683436563811772

Er ist Punk. Er hat einen grünen Irokesenschnitt, eine Jeansjacke mit fast hundert Buttons und eine Sicherheitsnadel im Ohr. Ich find ihn ziemlich cool, obwohl er in Mbyes Zimmer gezogen ist. Für Tamara kam ein Mädchen, das auch Tamara heisst, aber viel jünger ist. Sogar jünger als ich. Elf Jahre alt, um genau zu sein und die gleich am ersten Tag verkündet hat, dass sie nicht lange hier bleiben wird, weil ihre Eltern sie ganz bald zurück holen nach Hause und mir tut sie ein bisschen leid, weil das so viele denken am Anfang, aber die meisten klug genug sind, das für sich zu behalten und es nicht raus zu posaunen, weil es dann ja zwangsläufig peinlich wird, wenn die eigenen Eltern einen dann doch nicht rausholen... aber so weit denkt sie nicht, weil sie nicht besonders helle ist und offenbar noch nie im Heim war. Wir nennen sie Tamarazwei, obwohl die große Tamara ja jetzt weg ist. Aber einfach nur auch Tamara zu ihr zu sagen, käme uns komisch vor. Der Punk heisst Leon und ist schon 17. Marvin ist sauer, weil er nun nicht mehr der älteste Junge ist und lässt seinen Unmut über den Neuen freien Lauf. Leon nimmt das aber alles ganz cool. Er kommt auch nicht direkt von zuhause, sondern aus einem anderen Heim, wo es irgendwelche Probleme gab, weswegen er wechseln musste. Unser Leiter Herr Brink hatte die Vorstellungsrunde damit abgeschlossen zu sagen, dass er hofft, dass Leon seine neue Chance zu nutzen weiß und Leon hat gewinnend und charmant gelächelt. Das fand ich sehr cool. Jedenfalls ist er ein bunter Vogel und ich finde es ziemlich gut, dass er jetzt bei uns wohnt. Obwohl er in Mbyes Zimmer gezogen ist. Aber da kann er ja nix für. Seit ich weiß, dass ich zu meinem Geburtstag Geld bekomme und damit zu Mbye ins Waldheim fahren kann, habe ich gute Laune. Ich starre zwar immer noch mehrmals täglich aufs Handy, aber es deprimiert mich nicht mehr ganz so sehr. Nur Johnny fehlt er mir sehr. Und ich weiß nicht, wie ich Mbye erklären soll, was mit dem San-ngo, also seinem Häschen passiert ist. Aber ich verdränge den Gedanken.

Es dauert drei Tage, bis Leon und Marvin ihren ersten großen Streit haben. Am Frühstückstisch. Marvin sagt Leon, dass er es eklig findet, wie er isst und er solle sich gefälligst woanders hinsetzen, wenn er sich aufführen würde wie eine Drecksau beim Essen. Und Leon ist einfach aufgestanden und hat Marvin den Kakao, den er vor sich stehen hat, übern Kopf gekippt und Marvin hat geschrien wie am Spieß und behauptet, dass Leon ihn umbringen will und so getan, als habe er Verbrühungen wie Robin und er hatte sich auf dem Boden gewälzt und gejammert, als hätte ihn jemand abgestochen und Leon hat sich kaputt gelacht, weil er kalten Kakao getrunken hat und dann kam Annette rein und war genervt von Beiden und hat Herrn Brink angerufen und dann haben sie zu viert ein P-Gespräch geführt im Büro und beide mussten sich entschuldigen und sich wieder vertragen und Leon muss künftig bei Herrn Mey Stunden nehmen wegen Impulskontrolle, was auch so ein P-Wort ist, und Marvin soll sich zusammen reißen. Aber es ist völlig klar, dass die Beiden ziemlich bald wieder aneinander geraten werden.

Ich versuche immer wieder in Leons Nähe zu sein, aber er ignoriert mich meistens. Dafür hängt Robin immer mehr an mir. Vor allem seit er aus dem Krankenhaus wieder da ist. Er war nur eine Nacht dort und sein Arm und seine Hand sind nun in einem dicken Verband und hängen in einer Schlaufe um seinen Hals, weil er sie möglichst nicht zu sehr bewegen soll, weil sonst die transplantierte Haut nicht anheilt. An seinem Oberschenkel hat er auch einen Verband, aber den sieht man nur, wenn er in der Unterhose rumläuft, was er aber, seit er aus dem Krankenhaus wieder da ist, vermehrt tut, weil er gerne will, dass er allen leid tut. Mich nervt er mittlerweile aber sehr, weil er sich so wichtig nimmt und weil er Johnny umgebracht hat und weil er mich nicht in Ruhe lässt. Als er am Abend wieder anklopft und bei mir im Zimmer sein will, sag ich ihm, was Miriam mir immer sagt: «Du musst für Dich selbst sorgen, Robin. Ich bin nicht für Dich zuständig und außerdem muss ich mich von Dir erholen!» Er fängt sofort an zu schluchzen und dann merk ich, wie gemein ich war und renn ihm nach und hol ihn zurück und lass ihn meine letzte Schokolade essen, weil ich will, dass er wieder glücklich ist. Weil er doch auch sonst niemanden hat. Und dann merk ich, dass ich nicht wie Miriam bin und nicht wie sie sein kann und dann vermiss ich sie plötzlich trotzdem furchtbar arg, weil sie eben trotz allem meine Mutter ist und die einzige, die ich hab...

1,618033988749894848204586834365638117720

«Weil Du immer so schwer ins Reden kommst, und derzeit doch ziemlichen Bedarf hast, haben wir künftig Doppelstunden, Lumi!» begrüsst mich Herr Mey am Auto. «Heute noch nicht, aber ab nächster Woche dann.» Er öffnet die Türverriegelung und ich steige ein. Er schaltet das Radio ein. Ich wundere mich immer ein bisschen, wenn Erwachsene die gleiche Musik hören wie wir Kinder im Heim. Jason Derullo dudelt seinen neusten Hit. Als er fertig gesungen hat sind wir da und steigen aus. Herr Mey schließt das Häuschen auf und holt zwei Schaufeln.
«Wir graben heute das alte Kürbisbeet um. Dabei kann man prima reden.» sagt Herr Mey fröhlich. Das Kürbisbeet ist nicht besonders groß und liegt direkt rechts am Eingang

zum Garten. Die Kirschen am Kirschbaum sind mittlerweile beinah ganz rot. Nächste Woche kann man die sicher ernten. Ich fange an, mich zuhause zu fühlen in dem Garten. Und da ich ohnehin gute Laune habe, mache ich mich sofort ans Werk. Schaufel in die Erde stechen, mit dem Fuß ein wenig tiefer drücken, umdrehen, fertig. Nächstes Stück.

«Was gibts Neues Lumi? Du wirkst so heiter heute!»

«alles ok.» sag ich und würde ihm sogar gern erzählen, dass es mir ziemlich gut geht, weil ich mich darauf freue, Mbye wieder zu sehen, aber das trau ich mich nicht, denn letztlich weiß man nie, was diese P-Leute mit so einer Info anfangen und ich will nicht riskieren, dass ich dann an meinem Geburtstag kein Geld kriege und dann nicht zu Mbye kann.

«Und warum geht es Dir gut, Lumi?»

Ich grabe weiter. Was sage ich nun?

«Ich hab bald Geburtstag!»

«Und warum freust Du Dich so über Deinen Geburtstag?»

Jetzt antworte ich nicht mehr. Er lenkt ein.

«Das freut mich sehr, dass es Dir besser geht. Aber ich habe den Eindruck, dass es Dir nicht wirklich besser geht. Beate hat mir gesagt, Du willst Deine Mutter an Deinem Geburtstag nicht sehen. Warum willst Du das nicht? Du hast mir doch gesagt, dass Du sogar wieder zu ihr ziehen willst, sobald das möglich ist?»

Ich grabe weiter.

Er wartet.

Schließlich sag ich: «Es ist, weil sie zuviel zu tun hat und sich ja auch mal erholen muss von mir.»

«Aber wieso sollte sie sich denn erholen müssen von Dir? Sie sieht Dich doch kaum?»

Scheiße.

Der will ihr nur wieder absprechen, eine gute Mutter zu sein. Dabei ist Miriam eine gute Mutter. Sie kann nur nicht so viel auf einmal von mir ertragen. Ich verteidige sie sofort: «Es ist nicht einfach, wenn man so jung Mutter wird und noch Ziele hat und sie studiert ja noch... übrigens Psychologie und Ethnologie und sie will noch was erreichen in ihrem Leben und da ist es eben besser, wenn sie sich erstmal darauf konzentriert und mich irgendwann dann zu sich holt, wenn alles gut läuft.»

«Siehst Du das wirklich so?» fragt Herr Mey und hält meine Schaufel fest, damit ich nicht weiter graben kann.

«Natürlich!» sag ich ungewöhnlich laut und lass die Schaufel los.

Der Typ ist ein Arschloch. Ich hatte gute Laune und er kommt her und puhlt in meinen Wunden rum und will, dass ich etwas zugebe, was ich nicht zugeben kann, weil sonst meine Hoffnung kotzen würde und eine kotzende Hoffnung ist wie ein Einhorn ohne Regenbogenhaare... Ich drehe mich abrupt um und gehe zum Häuschen und setz mich davor auf die Bank.

«He, was ist los? Ich dachte wir graben das Beet um?» ruft er mir nach.

Also steh ich auf und komm zu ihm zurück.

Er gibt mir meine Schaufel wieder und wir graben weiter.

«Hast Du inzwischen wieder Kontakt zu Mbye?»

«Nein»

«Gibt es jemand Neues in Deinem Leben?»

«Nein»

«Ich frag nur, weil Du so gute Laune hast. Die muss ja irgendwo herkommen?»

Ich schweige.

«Oder bist Du etwa in mich verliebt?»

Ich starre ihn entsetzt an. Wie kommt er auf sowas? Will er jetzt wieder...?

«Das ist ganz normal, dass man sich in seinen Therapeuten

verliebt» erklärt er freundlich weiter. «Das passiert allen. Ist eine ganz normale Reaktion. Da musst Du Dir auch weiter keine Gedanken machen, Lumi! Ich pass auch gut auf Dich auf!»

Er ist mir peinlich. Wieso denkt er sowas... ich würde mich niemals in einen Psycho verlieben. Ich weiß, dass sie einen nur professionell mögen und dass das keinerlei Bedeutung hat. Und verliebt bin ich schon gleich garnicht. Ich mag ihn. Er ist einigermaßen nett, wenn auch ziemlich seltsam zwischendurch und sehr anders als die bisherigen Psychos, aber verliebt?... Ich weiß nicht, was ich sagen soll.... ich grab einfach weiter...

Nach einiger Zeit ist das Beet umgepflügt. Er räumt die Schaufeln weg und geht Hände waschen. Er ruft mich und fordert mich auf, ebenfalls die Hände zu waschen. Er reicht mir ein Handtuch. Ich trockne meine Hände ab und fühl mich plötzlich seltsam beklommen... Aber er ist längst am Auto und wartet auf mich. Dann fährt er mich zurück ins Heim. Er wirkt nachdenklich, und, als ich mich verabschiede, geradezu abwesend.

1,6180339887498948482045868343656381177203

Heute bin ich in der Bücherei. Ich muss meine geliehenen Bücher zurück bringen. Ich lasse die Bücher abscannen, die Bibliothekarin lächelt mir freundlich zu und ich verkrümel mich danach zwischen die hohen Bücherregale. Mein Zuhause. Mein zweites Schneckenhaus. Ich atme den Duft ein. Ich mag es wie Bücher riechen. Sie duften nach einer Mischung aus Sandkastenkuchen, Yasmin und ausgelesenen Zeitungen. Ich habe die letzte Zeit zu wenig gelesen. Ich habe abends immer nur auf das Handy geguckt und gewartet. Dabei haben mich Bücher doch immer gerettet. Sie sind besser als Mütter, sie holen einen raus aus dem Heim. Man klettert mit ihnen Felsenküsten entlang, kämpft gegen Drachen und verliebt sich. Aber ich weiß nicht, ob es mir je gelingt, wieder in ein Buch reinzufinden. Die letzte Zeit war der Schmerz zu groß. Wenn es zu sehr weh tut, innen drin, oder man zu nervös ist, dann nutzen Bücher nix mehr. Dann braucht man härtere Sachen. Sowas wie Gedichte zum Beispiel. Das geht immer, weil man sich nicht lange konzentrieren muss und gleich das Wesentliche gesagt bekommt. Gedichte sind heftiger als Bücher, aber sie wirken nicht so lang. Das ist wie mit verschiedenen Drogen. Bücher sind smooth, aber echte Lyrik pustet Dir kurz das Hirn zu, aber der Rausch ist dann ganz fix wieder vorbei und danach hat man eine Art Kater, weil man sich noch leerer fühlt als vorher. Aber im Moment hab ich ja wieder Hoffnung. Und mit Hoffnung kann man auch wieder lesen. Ich streife durch die Regale und schmökere in verschiedene Bücher rein. Heut ist die nette Bibliothekarin da. Die, bei der man auch als Kind Erwachsenenbücher ausleihen darf. Die andere, die guckt immer streng die Bücher durch, sagt dann sowas wie das ist aber noch nichts für dich, verkleinert dann den Stapel solange, bis nur noch die Kinder- und Jugendbücher übrig sind und die leiht sie einem dann aus. Den Rest behält sie hinter der Theke. Aber die, die heut da ist, ist nett. Die guckt nicht nach, scannt einfach ein, lächelt und ist still. Ich habe irgendwann sieben Bücher beisammen, die ich heute mitnehmen will. Ich will grade vor an die Theke gehen, da seh ich plötzlich eine Frau und ein kleines Mädchen, die mir seltsam bekannt vor kommen. Die Frau hat ein Bilderbuch in der Hand und führt das kleine Mädchen zu einer Leseinsel. Die Leseinseln sind riesige große runde Kuschelkissen, auf die man sich setzen kann und wo man gemütlich Bücher anlesen oder vorlesen kann. Die Frau nimmt das kleine rotlockige Mädchen auf den

Schoß und kitzelt sie. Das Mädchen lacht. Jetzt bin ich mir sicher, dass ich die Beiden kenne, aber ich weiß immer noch nicht woher. Statt zur Ausleihtheke zu gehen, versteck ich mich hinter einem Regal und linse durch die Bücher rüber zu dem Duo. Die Frau liest dem Mädchen vor. Ich kann nicht genau verstehen was, aber das Mädchen hört aufmerksam zu und zwischendurch fragt sie nach. Dann springt das Mädchen auf und rennt zu einem Regal. Die Frau ruft ihr nach «Wir müssen erst das Buch wieder richtig zurückstellen, Kira!» Und dann weiß ich, wer die Beiden sind.

Es ist die Frau von Herrn Mey und seine Tochter. Kira. Ich bin plötzlich sehr aufgeregt. Die Beiden bringen das Buch zurück und suchen sich ein Neues aus. Dann kommen sie zurück zur Leseinsel und schauen sich wieder gemeinsam das Buch an. Ich zergehe vor Neid. Was ist das nur für ein glückliches Kind. Hat eine wunderschöne Mama, einen klugen Papa und einen Garten. Fasziniert starre ich zu den Beiden rüber. Sie kommen mir vor wie eine Erscheinung aus einer anderen Welt. Die Frau streicht sich immer wieder ihre blonden langen Haare aus dem Gesicht und Kira hat eine Blumenspange im Haar, die ihre zierlichen rotblonden Löckchen bändigen sollen. Sie gucken sich noch drei weitere Bücher an, dann suchen sie sich Bücher aus, die sie ausleihen und mit nach Hause nehmen wollen. Ich folge ihnen unauffällig durch die Regale. Als sie sich an der Theke anstellen, stell ich mich direkt hinter sie. Jetzt könnte man fast denken ich gehöre dazu. Kira dreht sich um zu mir und fragt: «Was leihst Du Dir aus?»

Ich bin so erschrocken über die plötzliche Ansprache, dass ich nur «Bücher» antworten kann, was so ziemlich das Blödeste ist, was man antworten kann in einer Bücherei...

«Wir haben nochmal den Regenbogenfisch ausgeliehen und das Buch Fabelhaftes Meer und noch viel mehr Meerbücher, weil wir bald ans Meer fahren und jetzt gehen Mama und ich noch Eis essen und Du?»

Frau Mey dreht sich zu mir um, mustert mich kurz und sagt zu ihrer Tochter: «Jetzt lass mal das große Mädchen in Ruhe.»

«Ist schon gut» sag ich schnell, weil ich Angst hab, dass Kira mich wirklich in Ruhe lassen könnte. «Was ist denn Deine Lieblingseissorte?» frag ich, um das Gespräch nicht abbrechen zu lassen, während Kiras Mutter ihre Bücher über die Theke reicht.

«Ähm, Spaghettieis. Und Stracciatella. Und das Heidelbeerryoghurteis von der Oma Gerda, das ist bio, das schmeckt auch gut, aber das gibts nicht bei uns in der Eisdiele» erzählt sie weiter...

«Und Deine?»

«Ich mag Erdbeereis am liebsten» sag ich und fange dummerweise an zu hoffen, dass wir dann gleich direkt zusammen in eine Eisdiele gehen. Dann könnt ich vielleicht sagen, dass ich ihren Garten und ihren Papa kenne. Aber vielleicht würden sie dann sofort weglaufen. Wahrscheinlich sogar. Ich hab grad wieder vergessen, dass ich ein problematisches Kind bin. Die Bücher sind fertig gescannt und Kira und ihre Mama sagen Tschüss und machen sich auf den Weg nach draußen. Ich schieb meine sieben Bücher über die Theke und hoffe, dass es schnell geht mit dem scannen, aber sie macht es in ganz normalem ruhigen Tempo. Und als sie sie mir endlich über den Tresen schiebt, schnapp ich sie und renne raus. Draußen schau ich in alle möglichen Richtungen, ob ich die Beiden noch sehe. Ich könnte ja ganz zufällig in die gleiche Eisdiele gehen. Aber sie sind weg. Nirgends zu sehen. Ich halt mich an den Büchern fest. Und dann fährt ein Mann mit einem großen Hut auf einem Fahrrad an mir vorbei und ruft unentwegt Bonjour Merci Au Revoir Bonjour Merci Au Revoir Bonjour Merci Au Revoir...

1,6180339887498948482045868343465563811772030

Ich räume die Spülmaschine ein. Diese Woche hab ich Küchendienst und eigentlich macht mir das nichts aus, aber heute ist Samstag und die Sonne scheint und würde mich lieber raus setzen auf die Schaukel und in Ruhe ein Buch lesen. Stattdessen spül ich Müslischalen vor und stell sie dann kopfüber in die Spülmaschine. Als ich endlich fertig bin, geh ich nach oben in mein Zimmer. Kaum bin ich drinnen, klopft es und gleichzeitig geht die Türe auf. Wie immer: Robin. In der Hand hält er einen Strauß Gänseblümchen und Pusteblumen, wobei Letztere einen Großteil ihrer Schirmchen unterwegs wohl bereits verloren haben.

«Gehen wir Deinen Johnny besuchen?»

Ich starre ihn fragend an.

«Man besucht doch die toten Leute auf ihren Gräbern und bringt Blumen. So macht man das doch! Auch bei einem Hasen!» beharrt er. Ich seufze. Ich kann ihn jetzt nicht einfach wegschicken. Ich kann das einfach nicht. Also nicke ich und wir machen uns auf den Weg nach hinten zum Feldweg am Waldrand, wo wir den Hasen begraben haben. Unterwegs verliert Robin einen Großteil der Blumen, weil er dauernd auf und ab hüpft. Dort angekommen hat er eigentlich nur noch ein paar Löwenzahnstengel in der Hand und zwei Gänseblümchen, die aussehen, als wär ihnen sehr schlecht. Wir finden die Stelle, wo die Zweige über dem toten Tier liegen. Es fliegen unzählige Mücken rum. Robin legt den Rest seines Straußes oben drauf und faltet die Hände und sagt Amen. Ich wäre lieber nicht her gekom-

147

men. Grade wird mir sehr bewusst, wie tot Johnny ist. Zwischendurch hab ich mir vorgestellt, er sei garnicht tot gewesen, sondern nur erschöpft vom Bad und ich hätte ihn im Wald in die Freiheit entlassen. Das funktioniert manchmal ganz gut, ... das ... sich Dinge schön reden. Wenn man sich das fest genug vorstellt, dann kann man im Kopf sehen, wie der Hase aufsteht, sich schüttelt und dann in den Wald hinein hoppelt. Aber wenn man dann hier steht, dann platzt das Bild im Kopf wie eine Seifenblase. Wenn man dann pustet, fliegen die erstmal durch die Luft und platzen dann halt nach einem kurzen Seifenblasenleben. Aber manche Seifenblasen platzen schon, bevor sie überhaupt losfliegen können. Das ist dann besonders traurig, obwohl es eh schon traurig ist, wenn man eine Seifenblase ist. Robin schaut mich erwartungsvoll an.

«Gehen wir jetzt noch in den Wald?»

Ich denke dran, dass wir eigentlich im Heim Bescheid sagen müssen, wenn wir weg gehen, aber ich habe keine Lust, jetzt den ganzen Weg wieder zurück zu latschen, nur um dann zu hören, dass wir zwar gehen dürfen, aber nur auf dem einen Weg und nur bis da und dahin und dass wir dann um so und soviel Uhr wieder da sein sollen. Vielleicht haben wir ja Glück und niemand bemerkt, dass wir nicht da sind und dann können wir den Wald erkunden und niemand hat Stress deswegen. Wir verlassen sofort den Weg und schlagen uns durchs Unterholz. Es riecht immer so schön im Wald. Robin entdeckt einen Hochsitz. Wir klettern hoch und setzen uns hin. «Wenn Du ganz leise bist, kommen vielleicht Tiere, die wir beobachten können!» Aber Robin ist nie leise. Weil er einfach garnicht leise sein kann. Er hält mir seinen Arm hin, der immer noch einen Verband hat und sagt: «Der Arzt hat gesagt, dass der neue Arm so schön aussehen wird, dass mich jede Frau sofort heiraten will!»

Ich schaue durch die Bäume. Die Sonne glitzert an einigen Stellen und der Waldboden sieht an den bemoosten Stellen wie ein Teppich aus.

«Wenn ich mal heirate» sag ich, «dann will ich keinen roten Teppich haben, sondern einen aus Moos. Und ich will barfuß heiraten, weil Moos so schön weich ist an den Füßen!» Robin nickt. «Ich auch!» sagt er zustimmend und baumelt mit den Beinen. Und dann erzählt er was er alles werden will, wenn er groß ist. Feuerwehrmann, Bausparvertragsausmacher, weil die so hübsche Krawatten mit Mickey Maus drauf haben, Bademeister im Sommer und Skilehrer im Winter und außerdem Arm-Arzt, also einer, der Arzt ist und Arme operieren kann und sein Spezialgebiet wären Verbrennungen und Verbrühungen und er würde dann eine neue Methode erfinden, wo man aus Waldmoos neue Haut machen könnte und man müsste das Moos nur auf die Wunde legen und der Rest würde dann quasi automatisch gehen und er will noch Psychologe werden wie der Herr Mey, weil der so ein cooles Auto hat und außerdem echte Nike-Turnschuhe. Ich zieh mein Handy aus der Tasche und schau auf die Uhr.

«Wir müssen zurück.»

«Seit wann hast Du denn ein Handy?» staunt Robin.

«Eine Weile, aber wehe Du plauderst das aus!» raunz ich ihn an. Eigentlich bin ich sauer auf mich. Ich weiß doch wie geschwätzig Robin ist... andererseits hat er das mit Johnny ja auch für sich behalten. Dann hält er hier vielleicht auch dicht. Wir klettern den Hochsitz wieder runter. Robin jammert etwas wegen seines Arms, aber er schafft es dann doch. Auf dem Rückweg nervt er ununterbrochen, ob er sich das Handy mal ausleihen darf. Oder wenigstens mal näher angucken. Oder nur mal drauf gucken. Aber ich bleib unerbittlich. Im Heim ist es glücklicherweise nicht aufgefallen, dass wir weg waren.

Den Rest des Tages lese ich.

Abwechselnd.

In einem Buch und in meiner Seele.

Beim Buch steht die Geschichte in Buchstaben auf den Seiten.

Bei der Seele steht sie auf dem leeren Display meines Handys.

Die Geschichten sind beide nicht gut.

Aber ich bin tapfer wie eine Seifenblase.

Plöpp.

1,618033988749894848204586834365638117720309

Ich frage mich, ob ich ihm sagen soll, dass ich seine Frau und seine Tochter getroffen hab. Ich habe keine Ahnung. Weil ich nicht weiß, wie er das finden wird. Ich entschließe mich, es für mich zu behalten. Sonst fühlt er sich vielleicht bedrängt wie Miriam immer. Obwohl ich ja nix dafür kann, dass ich ihnen begegnet bin. Aber man weiß ja nie... Er kommt mit Beate aus dem Heim. Die Beiden unterhalten sich. Vor der Tür bleiben sie stehen. Beate winkt mir zu. Dann kommt Herr Mey zu mir an den Wagen.

«Hallo Lumi! Alles klar mit Dir?»

Ich nicke und steige ein. Diesmal macht er kein Radio an. Stattdessen fängt er an zu reden: «Die Kirschen sind reif. Wir können heute ein paar pflücken und ernten. Ab heut sind ja Doppelstunden! Magst Du? Oder wird Dir das zuviel und wir sollen lieber in den Tierpark fahren. Oder doch hier bleiben? Du suchst aus!»

Ich bin begeistert. Kirschen pflücken klingt großartig. Das habe ich noch nie gemacht: «Kirschen!» Lächelnd fährt er los.

«Als wir den Garten vor zehn Jahren gepachtet haben, war der Kirschbaum ziemlich krank und es sah erst so aus, als müssten wir ihn fällen, aber dann hat meine Frau in einem alten Fachbuch gelesen, dass man bei diesem Pilzbefall dem Kirschbaum mit Brennesseltee gießen soll. Und zwar richtig massiv. Und das haben wir dann auch tagelang gemacht. Ach was red ich! Wochenlang. Einen ganzen Sommer lang ist jeden Tag einer von uns rausgefahren, um den Baum zu retten. Wir haben literweise Brennesseltee gekocht und an den Baum ran geschüttet. Und am Ende des Sommers wussten wir nicht, ob es was geholfen hat. Erst im Frühling des nächsten Jahres dann haben wir gesehen, dass sich unsere Mühen und Anstrengungen gelohnt hatten. Die Blätter waren frisch und grün und kräftig. Wir hattens geschafft. Und seither beschenkt uns der Baum mit reicher Ernte!»

Ich höre ihm gerne zu. Die Geschichte mit dem Baum rührt mich. Irgendwie ist er für mich ein Held. Wenn man so lange kämpft, ohne zu wissen, ob man gewinnen kann und dann trotzdem nicht aufgibt... das gefällt mir. Er fährt fort: «So ähnlich geht es mir in meinem Beruf als Psychologe. Ich kämpfe um Eure kleinen Seelen und versuche Euch zu retten und manchmal gelingt es auch und das macht mich dann sehr froh!»

Er schaut rüber zu mir und hat diesen P-Blick. Aber er lächelt dabei und deshalb lächel ich zurück. Es ist wirklich sehr schön sich vorzustellen, man sei ein kranker Kirschbaum und der tapfere Herr Mey kämpft um einen...

Wir steigen aus und die Kirschen sind mittlerweile tatsächlich rot. Herr Mey gibt mir die Schlüssel in die Hand und sagt: «Schließ schon mal auf!»

Ich fühle mich, als ob ich seine große Tochter wäre. Ein schönes Gefühl. Ich darf schon mal voraus gehen und aufschließen. Er vertraut mir. In mir drin kichert ein Glückskäfer, so fröhlich macht mich das. Er öffnet derweil den Kofferraum seines Wagens und holt zwei Erntekörbe raus. Sie haben beide ein Lederband, so dass man sie sich quer über die Schulter hängen kann. Ich schließe die Tür auf und stelle meinen Rucksack neben der Couch ab. Den Schlüssel lege ich auf die Kommode vor das Bild seiner Frau und seiner Tochter. Kira, die jetzt vielleicht grade das Buch Fabelhaftes Meer anguckt und sich auf die Ferien mit Mama und Papa freut...

«Lumi?»

«Komme!»

Draußen stellt Herr Mey zwei verschiedene Leitern an den Baum, gibt mir meinen Korb und sagt: «Naschen ist übrigens ausdrücklich erlaubt!»

Ich nicke und klettere die Leiter hoch bis ich ganz oben bin. Ein bisschen unheimlich ist das. Wunderbar aufregend eigentlich. Ich pflücke die ersten Kirschen und stecke mir sofort eine in den Mund. Sie schmeckt köstlich. Süß und warm, weil die Sonne drauf scheint. Den Stein spucke ich aus. Herr Mey schaut mir zu. Er steht auf der anderen Leiter und steckt sich jetzt ebenfalls eine Kirsche in den Mund. Den Stein aber spuckt er auf mich und grinst, weil er mich getroffen hat. Er ist wirklich lustig und nett. Der beste Baumretter der Welt. Und nun will er meine Seele retten. Das ist eigentlich so süß wie eine Kirsche. Ich pflücke fleißig weiter, als er sagt: «Eigentlich sollten wir auch was reden und nicht nur Kirschen ernten, Lumi. Also sag mal, wie es Dir geht!» Ich kaue grade auf einer Kirsche und spucke den Stein in seine Richtung, aber der Stein fällt runter, bevor er ihn getroffen hat.

«Mir geht es nicht so gut, weil ich im Kirschkernspucken nicht so gut bin wie mein Psycho!»

Er lacht. Und fragt nicht weiter. Nach einer Viertelstunde ist mein Korb schon halb voll und ziemlich schwer. Herr Mey ruft mich runter, stellt die beiden Körbe in den Kofferraum und ruft mich ins Haus. «Jetzt haben wir uns eine Pause verdient!» sagt er und lässt sich aufs Sofa fallen. Ich setz mich auf den Sessel aber er klopft mit seiner Hand aufs Sofa und deutet mir an neben ihm Platz zu nehmen. Ich setz mich rüber zu ihm. Er legt seinen Arm um mich und zieht mich zu sich ran. Er streichelt meinen Rücken und küsst mein Ohr.

... die große Tochter platzt wie eine Seifenblase.

Plöpp... Plöpp.. Plöpp.

Er schiebt mir seine Zunge ins Ohr. Das ist feucht und fühlt sich irgendwie bedrohlich an. Die ganze Situation fühlt sich plötzlich bedrohlich an. Ich versuche mich aus seinem Arm zu winden, aber er hält mich fest. «Magst Du das nicht?» fragt er. Ich trau mich nicht etwas zu sagen. Ich liege in seinen Armen so regungslos wie Johnny in meinen gelegen hatte, als ich ihn zu seiner Beerdigung getragen hab. Herr Mey lässt mich los. Er setzt sich aufrecht hin und starrt vor sich auf den Boden.

«Was haben Sie denn jetzt?» frag ich nach einiger Zeit.

«Ich bin traurig, weil Du mich nicht magst!» sagt er und blickt mich an.

Ich beiße auf meine Lippe.

«Ich mag Sie doch.» sag ich.

«Dann zeigs mir!»

Einen Moment weiß ich nicht, was ich tun soll, dann seh ich, wie meine Hand sich hebt und ihm unbeholfen und starr über den Kopf streichelt. Er zieht mich wieder zu sich und schiebt mir seine Zunge in meinen Mund. Er zieht mir mein Shirt aus, zieht mir den dann den Rock runter und schließlich auch die Unterhose. Er küsst mich, legt sich auf mich und fährt mit seinen Fingern zwischen meine Beine. Mir wird schlecht. Ich habe das Gefühl, er drückt mir alle gegessenen Kirschen wieder raus aus meinem Bauch. Er drückt sich an mich und stöhnt. Dann steht er auf, knöpft seine Hose auf und zieht den Reissverschluss runter. Er holt ihn raus. Ich drehe mein Gesicht weg, aber er dreht es zurück und fährt mir mehrmals mit seinem Schwanz durch mein Gesicht. Ich habe das Gefühl von tausend Kirschsteinen im Bauch. Vielleicht träume ich nur, vielleicht kann ich aufwachen... aber ich wache nicht auf. Ich flüchte mich an die Zimmerdecke. Dort in die Ecke am Rand vom Fenster, wo man beinah draußen ist. Ich klebe an der Zimmerdecke. Ich klebe an der Zimmerdecke. Er dringt in mich ein und es tut scheußlich weh. Er bewegt sich hektisch und wild und dann kommt es ihm, er schreit meinen Namen und dann zieht er ihn aus mir raus und ich fühle wie sein Sperma aus mir raus und mir über die Schenkel läuft, obwohl ich eigentlich noch immer oben an der Zimmerdecke klebe. Die Situation kommt mir völlig unwirklich vor. Er steht auf und zieht sich die Hose wieder hoch.

«Das war jetzt sehr schön mit Dir Lumi! Das ist jetzt unser Kirschengeheimnis!»

Ich nicke. Er gibt mir einen Kuss auf die Stirn.

«So macht das Ernten Spaß, nicht wahr? Und so dürfen wir das auch! Das ist ja eine Art vertrauensbildende Maßnahme, meine Süße, nicht?»

Ich nicke wieder. Mechanisch ziehe ich mich an.

«Ich mach uns noch einen Tee!» sagt er und verschwindet nebenan. Ich sehe den Fleck auf dem Sofa. Ein bisschen Blut. Nicht viel. Ist es überhaupt welches? Oder hat Sperma so eine Farbe? Ich klebe nicht mehr an der Zimmerdecke. Ich klebe nicht mehr an der Zimmerdecke. Ich klebe nicht mehr an der Zimmerdecke. Ich klebe nicht mehr an der

Zimmerdecke. Ich klebe nicht mehr an der Zimmerdecke. Ich sitze auf dem Sofa. Mir ist schlecht. Die Schlüssel liegen vor dem Bild von seiner Frau und seiner Tochter Kira. Die mag am liebsten Spaghettieis und Stracciatella. Ich mag am liebsten Erdbeereis. Erdbeereis und Mbye. Ich klebe nicht mehr an der Zimmerdecke. Nach einer Weile kommt er mit zwei Tassen zurück. Er setzt sich neben mich und reicht mir eine Tasse rüber. «Siehst Du Lumi, so schön kann Liebe sein. Wenn man sich wirklich vertraut und einander sehr mag und mit Respekt begegnet, dann wird auch so eine intime Begegnung etwas ganz Besonderes. Und bei Dir erwacht dieses Begehren ja grade erst. Umso besser wenn ich Dir zeige, wie Du behutsam damit umgehst. Findest Du nicht?»

«Doch, danke!» sag ich und trinke wieder viel zu schnell den heißen Tee und verbrenn mir wieder den Mund. Und dann erzählt er wieder vom Kirschbaum. Welche Sorte es ist und wofür sich die Früchte eignen und wofür nicht.

«Marmelade sollte man eher nicht aus denen kochen, aber einmachen im Glas geht gut!» endet er schließlich. Dann steht er auf.

«Ich bring Dich jetzt zurück ins Heim.»

1,6180339887498948482045868343656381177203091

Ich rufe Miriam an.

Aber sie geht nicht ans Telefon.

Ich schicke ihr eine whatsapp.

Bitte melde Dich dringend bei mir. Es ist etwas passiert!.

Ich warte.

Aber ich höre zwei Tage nichts von ihr.

1,6180339887498948482045868343656381177 2030917

Das Display meines Handys zeigt eine neue Nachricht an.

Miriam. Sorry, hatte zu tun. Was ist denn passiert? Ich antworte sofort: Bitte komm. Einige Minuten tut sich nix, obwohl
die zwei blauen Häkchen anzeigen, dass Miriam meine Nachricht gesehen hat. Dann schreibt sie Bin in einer halben Stunde oben am Waldrand. Ich bin so erleichtert, dass ich sofort losgehe. Ich renne förmlich aus dem Heim. Ich renne aus dem Hinterausgang raus, den Feldweg entlang und bleibe am Waldrand stehen, wo auch der tote Johnny begraben ist. Ich setze mich an den Rand und lehne mich an einen Baumstamm. Es dauert ewig, bis Miriam endlich auftaucht. Erst höre ich das Motorrad auf dem Waldparkplatz und dann die Schritte in meine Richtung. Ich springe auf und renne ihr entgegen. Sie lässt sich kurz umarmen. Dann läuft sie neben mir her und wir gehen den Waldweg entlang.

«Also, was ist?»

«Der Herr Mey.»

«Dein Psychologe mit den Locken und der Brille? Der ist nett. Was ist mit dem?»

«Er... ist nett, ja. Aber er ist.... er hat... er hat mich mitgenommen in seinen Garten und dort .... er.... also.... er ..... er hat mit mir geschlafen.»

Miriam bleibt kurz stehen.

«In seinen Garten? Warum denn das?»

«Weil ich sonst nicht reden kann»

«Wie... du kannst nicht reden?»

«Ich komm eher draußen ins reden... Mann, ist doch auch egal! Jedenfalls hat er mit mir...»

«Das darf der eigentlich nicht. Aber wenn Du da nichts dagegen hast, dann ist es ja eigentlich ok. Oder war das gegen Deinen Willen?»

«Ja, also nein. Ich hab mich nicht gewehrt. Aber ich wollte

das eigentlich nicht.Ich... Er hat mich irgendwie dazu gebracht...»

Miriam denkt eine Weile nach. Dann sagt sie: «Also eigentlich darf er nix Privates mit Dir machen und Sex haben darf er schon gleich garnicht mit Dir, aber ich versteh nicht, warum Du das machst, wenn Du doch nicht willst? Oder wolltest Du eigentlich und jetzt fühlt es sich doch falsch an? Ich hab den ja kennen gelernt, ich fand den eigentlich ganz nett. Verglichen mit den anderen Trullas und Typen hier noch einer der angenehmsten, oder? Bist Du verliebt in ihn?»

«Ich... nein... Er ist halt eigentlich so nett und ich fühl mich bei ihm wohl und dann hat er mir so leid getan, weil er gemerkt hat, dass ich nicht wollte und dann hab ich es eben doch gemacht, aber ich fühl mich total schmutzig, es war eklig und ich will nicht mehr mit ihm in seinen Garten. Ich will, dass er mich in Ruhe lässt.»

«Na, dann sag ihm das doch einfach das nächste Mal.»

Miriam schweigt eine Weile und fährt dann fort:

«Sag ihm einfach dass Du nicht mehr in seinen Garten willst und dass Du nicht mit ihm schlafen willst. Dann könnt Ihr Euch über Eure Beziehungsebene austauschen. Das kann auch sehr lehrreich sein. Wenn er für sich erkennt, weshalb er seine Grenzen überschritten hat wegen Dir. Und Du lernst auf diese Weise Selbstbehauptung! Das kann man sowieso nicht früh genug lernen. Sich abzugrenzen gegen andere und seine Grenzen laut und deutlich zu vertreten. Nein zu sagen, wenn man nicht will. Verstehst Du?»

Ich nicke.

Das klingt immer alles so logisch und klug bei Miriam.

Und doch fühlt es sich so falsch an.

Ich krieg das einfach nicht übersetzt. Mein Kopf versteht, was sie sagt, aber mein Herz rafft nix... meine Seele ist zu doof, klug zu fühlen, ...zu doof, richtig zu reagieren... Warum ist das so...?

«Du musst ihm einfach sagen, was Du magst und was nicht. Dann könnt Ihr Beide daran wachsen! So dramatisch find ich das jetzt irgendwie nicht...» fährt sie ihre Ausführungen fort... und schweigt dann auch wieder.

Sie schaut auf die Uhr.

«Ich muss jetzt langsam. Aber ich bin mir sicher: wenn Du Deine Grenzen richtig benennst und wahrnimmst, dann wird er Dir nix tun. Dafür ist der viel zu sanft. Vielleicht ist es ja auch eine Art paradoxe Intervention und er will Dir auf diese Weise irgendwas beibringen. Besprich es mit ihm. Da gehört es hin. Und tu nur, was Du willst.»

Sie dreht um und ich begleite sie zum Waldparkplatz.

«Übrigens wird Dir Günther gefallen. Hab ich Dir schon von seinem Hund erzählt? Wir gehen heut Abend noch essen. Er ist auch schon neugierig, Dich irgendwann mal kennen zu lernen, aber jetzt brauchen wir erst mal Zeit für uns als Paar. Es dauert ja dann doch, bis man sich als Paar findet.Das verstehst Du doch, Lumi?»

Dann sind wir am Waldparkplatz.

Dort setzt sie sich ihren Helm auf, dort startet sie ihr Motorrad, dort braust sie davon.

Und dort bin ich plötzlich sehr alleine.

Eigentlich noch mehr als vorher.

1,61803398874989484820458683436563811772030 9179

Leon und ich sind gemeinsam mit mir zum Wäsche sortieren eingeteilt. Wir müssen die gewaschene und getrocknete Wäsche auf die Körbe der Kinder verteilen. Jedes unserer Wäschestücke hat ein farbiges Etikett mit unserem Namen drin. So ist das im Heim. Eigentlich müssen wir also nur lesen und in den jeweiligen Korb werfen. Leon setzt sich auf die Waschmaschine und zündet sich eine Zigarette an. Ich fange an zu sortieren. Es ist mir egal, ob er mithilft. Ich habe keine Lust mit ihm zu streiten.

«Macht Dir das Spaß?»

Ich antworte ihm nicht.

Er schaut an die Decke, stellt sich schließlich mit seinen riesigen Springerstiefeln auf die Waschmaschine und hält seine Zigarette in unmittelbare Nähe des Feuermelders.

«Soll ich einen Alarm auslösen? Dann müssen wir den Scheiß hier nicht machen und es wär mal wieder richtig was los?» feixt er.

Ich bin nur genervt.

«Nein danke. Ich hab kein Bock mit den ganzen Nasen draußen im Hof rumzustehen und dann in zwei Stunden doch wieder hier weiter machen zu müssen. Ich hab echt anderes zu tun.»

«Was denn?»

«Geht Dich nix an!»

«Na Du bist ja echt die Obercoole hier.»

Leon springt von der Waschmaschine, schaut mir eine Weile zu und drückt dann die Zigarette an der Wand aus und schmeisst die Kippe hinter den Wäschetrockner. Eigentlich find ich ihn immer noch cool, aber seit der Sache mit Herrn Mey hab ich keinen Nerv mehr für irgendwas. Das scheint ihn aber grade zu reizen. Sonst ist er es ja gewohnt, dass ihn alle anhimmeln und cool finden. Er stellt sich neben mich und fängt nun ebenfalls an die Wäsche zu sortieren. Das stimmt mich versöhnlicher.

«In welchem Heim warst Du vorher?» fragt er mich.

«Zuhause. Ich war vorher zuhause. Dann eine Nacht in der Inobhutnahmestelle und danach schon hier. Seit drei Jahren. Und Du?»

«Ich hab schon viele durch. Erst war ich im Paulusheim, dann bei zwei Pflegefamilien, aber die waren scheiße, dann war ich im Schifferkinderheim und dann ne Weile auf der Straße, dann in der Kinder- und Jugendpsychiatrie und dann in der Flexibus-Wohngruppe und nun bin ich hier. Wird vermutlich meine letzte Station. Im Winter werd ich achtzehn und dann hasta la vista!»

«Und was ist mit Deiner Familie?»

«Welche? DIE versoffene Alte oder DER versoffene Alte?»

«ok.»

«Hast Du schon mal Flammenwerfer gespielt? Deo andrücken und Feuerzeug davor? Is meeegaaa, -hat mich aber meinen letzten Heimplatz gekostet. Sie haben es nicht so gern, wenn man ihnen das Dach von der Bude anzündet!»

Er lacht.

Ich mühe mich mit einer Socke, die sich partout nicht auf links drehen lassen will, aber in den Socken sind die Etiketten innen vernäht, ich kann nur da sehen, in wessen Korb sie gehört. Als ich das Etikett endlich draußen hab les ich Marvin und will die Socke grade in Marvins Korb werfen, da nimmt Leon sie mir aus der Hand: «Der feine Herr Marvin braucht dringend mal ein paar Brandlöcher in seiner Wäsche.» Er holt sich eine weitere Zigarette aus der Packung, zündet sie an und brennt nach und nach kleine Löcher in die Socke. Ich sortier einfach weiter. Ich hab kein Bock auf diese Spielchen, die hier alle mit allen spielen. Sich ärgern, sich Sachen kaputt machen, -das alles ist so unendlich langweilig und blöd. Als ich die gesamte Wäsche verteilt hab ist Leon mit dem Durchlöchern fertig und legt die Socke etwas versteckt unter die anderen Wäschestücke in Marvins Wäschekorb. Jetzt bin ich diejenige, die sich auf die Waschmaschine setzt: «Hast Du mal ne Kippe für mich?»

Er hat. Und setzt sich neben mich.

Und wir reden.

Als wären wir ganz normal.

Als wär alles ganz normal.

... aber ich kleb schon wieder an der Zimmerdecke...

und schau mir und uns von oben zu. Wie wir da stehen und uns unterhalten.

ich.

in klein.

oben an der Zimmerdecke.

1,6180339887498948482045868343656381177203091798

Am Donnerstag nachmittag geh ich wieder in den Schwanenpark. Ich fahre mit dem Edding auf der Bank meine Nachricht an Mbye nach. Und dann setz ich mich hin und starre abwechselnd aufs Handy und den Teich. Ich warte. Jetzt sind es nur noch sieben Tage bis zu meinem Geburtstag. Und dann fahr ich zu Mbye. Ich habe die Route mit den öffentlichen Verkehrsmitteln auf meinem Handy gespeichert, so dass ich auch offline drankommen kann. Und die Fahrkarte kostet nur 17 Euro. Dann hab ich von meinem Geburtstagsgeld noch was übrig. Ich versuche mich zu freuen, aber das gelingt mir nur sehr matt. Seit dem Vorfall im Gartenhaus vom Mey fühl ich mich insgesamt wie unter einer Glasglocke. Nichts fühlt sich mehr real an, alles ist irgendwie wattig und meine Bewegungen scheinen langsamer zu sein als sonst. Ich frage mich, ob das normale Nebenwirkungen sind, wenn man das erste Mal mit jemandem geschlafen hat, aber ich habe noch nie irgendwo von sowas gelesen. Das wär ja auch irgendwie seltsam... ich glaube, es liegt eher daran, dass da was zerbrochen ist in mir. Als er auf mir lag. Als er in mir war. Das war nicht das, was ich wollte. Ich wollte das mit Mbye tun. Nur mit Mbye. Mit Herrn Mey wollte ich das nicht tun. Auch nicht aus psychologischen oder pädagogischen oder therapeutischen Gründen. Ich denke an seine schöne Frau und daran, dass sie mich bestimmt hassen würde, wenn sie davon erführe. Aber es bleibt ja unser Kirschengeheimnis, hat er gesagt.

Plötzlich hab ich Lust mich zu betrinken. Oder zu kiffen oder mich sonstwie weg zu beamen...

Eine kleine Pause vom Leben.

Ich überlege, wie ich jetzt an Alkohol oder Drogen kommen könnte. Ich schaue mich um. Niemand hier sieht so aus, als würde er Drogen verkaufen. Und ich hab im Moment ja auch gar kein Geld mehr. Dann fällt mein Blick auf die Parkbank gegenüber. Auf ihr schläft ein Mann. Und vor ihm auf dem Boden steht sein Rucksack- und eine Flasche Schnaps oder Wodka oder sowas. Ich beschließe mein Glück zu versuchen und schleiche mich um den Teich an seine Bank ran. Er schnarcht tief und fest. Ich schaue mich um, ob mich jemand beobachtet, aber da niemand guckt, greife ich nach der Flasche und stecke sie rasch in meinen Rucksack. Dann eile ich davon. Ich kann auf gar keinen Fall alleine hier im Schwanenpark trinken. Viel zu öffentlich. Ich laufe unter die Brücke am Bahnhof, wo man meistens ungestört ist. Und wo man den Zügen zuschauen kann. Unterwegs denke ich über diesen, - meinen ersten, Diebstahl nach und schäme mich ein bisschen. Ich hab jemanden beklaut und noch dazu einen obdachlosen Menschen, der bestimmt sehr, sehr arm ist. Und dann verachte ich mich und versuche mich zu beruhigen, weil der Mann ja bestimmt zuviel Alkohol trinkt und dann ist es vielleicht ein Segen, dass ich ihm die Flasche weggenommen hab... aber während ich mir diesen Gedanken zurecht lege und merke, wie er mir gefällt, merke ich eben auch, wie wenig er stimmt.

Kaum angekommen unter der Brücke schau ich mir das Etikett an. Wodka Gorbatschow. Das haut einen bestimmt um. Ich hab bisher wenig Alkohol getrunken. Bei Miriam ein zweimal, weil sie das cool fand und ich mochte es auch ein bisschen, das betrunken sein, aber irgendwie mochte ich es auch nicht. Aber grade will ich es. Ich nehme einen großen Schluck. Es brennt ziemlich und schmeckt scheußlich.

Gleich nochmal.

Das Lieblingseis von Kira ist Spaghettieeis und Stracciatella.

Ich nehme noch einen Schluck.

Die Kirschen eignen sich nicht für Marmelade.

Du musst Dich einfach abgrenzen lernen.

Geh halt nicht mit das nächste Mal.

Noch einen tiefen Schluck.

Das nächste Mal ist morgen.

Ich nehm noch einen Schluck.

Ein Regionalexpress fährt vorbei. Dann ein TGV. Der fährt bestimmt nach Paris. Man muss nur einsteigen und drei Stunden später wieder aussteigen und dann kann man zum Eiffelturm gehen und hochklettern und runter fallen und dann ist man tot und das wäre spektakulär und alle würden denken: sie war lieb.

eigentlich.

1,6180339887498948482045868343656381177203091798 0

Diesmal war ich klüger. Ich war zwar sehr betrunken, aber ich habe an den Kaugummi gedacht und niemand hat was gemerkt. Und heute hab ich zwar Kopfschmerzen, aber es war wunderschön. Das mach ich unbedingt wieder mal.

Irgendwann.

Pause vom Leben.

Heute mittag hab ich wieder Herr Mey.

Sag doch einfach, dass Du nicht mehr mit willst hat Miriam gesagt...

ich werde wütend...als ob das so einfach wäre.

Zumal wir ja immer schon am Auto verabredet sind...

«Luminita! Rationale Zahlen! Aufpassen bitte!»

Herr Degenhard klopft mit seiner Hand auf meinen Tisch. Ich erschrecke und weiß nicht, ob ich jetzt erklären soll, was rationale Zahlen sind, oder ob das nur ein Hinweis sein sollte, was wir grade machen... Ratlos schau ich ihn an. Herr Degenhard hebt die Augenbrauen.

«Geh mal an die Tafel!»

Ich stehe auf und gehe vor.

Ich greif mir die Kreide.

«Erläutere mal an einem Rechenbeispiel, was eine periodische Dezimalzahl ist! Denk Dir was aus und erklärs!»

Ich habe keine Ahnung, was eine periodische Dezimalzahl ist. Also mal ich stattdessen eine Katze an die Tafel. Ich male gerne Katzen. Die kleinen spitzen Ohren, die Schnurrbarthaare, die Tatzen. Herr Degenhard kommt nach vorne und nimmt mir die Kreide weg. Dabei war die Katze noch gar nicht fertig. Bauch und Schwanz fehlen noch. Herr Degenhard schickt mich an meinen Platz.

«Periodische Dezimalzahlen entstehen zum Beispiel, wenn man zehn Euro gerecht auf drei Schüler verteilen will. Martin, komm mal vor an die Tafel und rechne uns das vor, sowohl als Bruchrechnung als auch mit Dezimalzahlen.»

Herr Degenhard wischt meine angefangene Katze weg und Martin fängt an zu rechnen.

Heute mittag treff ich Herrn Mey. An seinem Auto. Das Klassenzimmer hat auch eine Zimmerdecke.

1,618033988749894848204586834365638117720309179805

Ich mach mir fast in die Hose vor Angst. Und das Schlimme ist: er verspätet sich. Als er endlich kommt, nehm ich all meinen Mut zusammen und sage: «Ich fänds besser, wenn wir hier bleiben!» Er starrt mich an. Erst sieht er wütend aus. Dann ratlos. Dann traurig. So richtig traurig. Scheiße, kann der Mann traurig gucken. So, dass man sich vorkommt wie ein großes gräßliches gefühlloses Monster.

«Was hab ich denn falsch gemacht?» sagt er und schaut mir tief in die Augen.

Er sieht fast wie ein kleiner Junge aus. Ein kleiner Junge, der in einem viel zu großen Körper steckt... Jetzt tut er mir leid... sehr leid. Ich frage mich, ob ich nicht zu heftig reagiere... er meint es vermutlich wirklich gut, wenn er mit mir... Ich öffne die Tür und steig ein. Er tut es eben so.

Erst schweigt er eine Weile und startet das Auto nicht, aber dann sagt er: «Wir fahren heute einfach erstmal wieder zum Wildpark, ok?»

Ich nicke. Das ist gut. Wir fahren schweigend.

Am Wildpark steigen wir aus. Herr Mey sieht angespannt aus. Wir gehen schweigend unsere alte Route.

«Also, Lumi. Was ist los?»

Ich weiß nicht, was ich sagen soll. Ich schäme mich unglaublich und bin außerdem sauer, weil ich eigentlich glaube, dass er ganz genau weiß, weshalb ich nicht mehr mit ihm in seinen Garten will.

«Ist es, weil wir intim geworden sind?»

Ich würde am liebsten in einem Erdloch verschwinden.

Weil ich nichts sage, fährt er fort: «Schau Lumi, Du vertraust mir doch, oder?»

Ich nicke.

«Ich will Dir nichts Böses. Im Gegenteil. Ich mag Dich sehr sehr gerne.»

Er macht eine Pause.

«Du bist etwas Besonderes. Anders als die anderen Kinder. Du bist begabt, klug und außerdem sehr schön, auch wenn Du Dir Deiner Wirkung noch nicht bewusst bist. Vielleicht sogar grade deshalb. Und unglaublich erwachsen. Und Du bist nun in einem Alter, in dem das sexuelle Begehren erwacht. Ich dachte, es tut Dir gut, das mit mir zu erleben. Weil ich mir große Mühe gebe, zärtlich zu sein. Und weil Du ohnehin zu wenig in den Arm genommen wurdest. Weil Du insgesamt zu wenig geliebt wurdest. Genau wie ich. Ich hatte nämlich auch keine schöne Kindheit, Lumi. Mich hat man sehr vernachlässigt, als ich klein war. Ich war viel allein. Und mein Vater hat mir immer für alles die Schuld gegeben. Auch für den Tod meiner Mutter, die schon früh gestorben ist. Ich weiß deshalb auch genau, wie verlassen und einsam Du Dich fühlst.»

Jetzt hab ich keinen Boden unter den Füßen mehr. Er hat so eine unglaublich warme mitfühlende Stimme und wenn es stimmt, was er sagt, dann ist er mir tatsächlich nah...und ähnlich...

Er räuspert sich und streicht mit seiner Hand übers Kinn. Er bleibt stehen und schaut auf das Rotwild, was heute wieder ganz weit hinten im Gehege steht...

«Alles in Dir schreit nach Liebe. Du vermittelst das sehr, wie bedürftig Du bist. Und wie sehr Du Zuwendung brauchst, Lumi. Im Grunde habe ich mich nur Deiner Sehnsucht gebeugt. Aber das habe ich sehr gerne getan, denn Du bist eine sehr leidenschaftliche junge Frau. Und eigentlich sind solche Begegnungen zwischen uns natürlich nicht vorgesehen. Aber Du bist mir wichtiger als irgendwelche Vorschriften!»

Jetzt fangen meine dummen Tränen an zu kullern. Wie konnt ich so gemein sein zu ihm... er scheint mich einfach wirklich sehr zu mögen...

anders als ich das mag...

aber immerhin mag er mich...

wenigstens er...

Er breitet seine Arme aus und ich lass mich von ihnen umschließen. Und dann weine ich in seinen Arm. Laut und hemmungslos und er hält mich fest und wiegt mich hin und her wie ein kleines Baby. Ich komme mir unglaublich klein und verlassen vor. Und es ist gut, dass er grade da ist. Obwohl er ist, was er ist. Aber immerhin scheint er mich irgendwie zu lieben. Nicht wie die anderen, die einen nur professionell mögen und dann wieder an der Garderobe abgeben, wenn sie ihren Mantel nehmen und weitergehen...

Das ist neu. Es fühlt sich fremd an.

Bedrohlich und beruhigend zugleich.

Nach einer Weile lässt er mich los und greift in seiner Tasche nach einer Packung Tempotaschentücher. Er hält mir eins hin, ich schneuze mich und steck das Tempo in die Rocktasche.

«Ist jetzt alles wieder gut zwischen uns?»

«Ja.... danke.» sag ich und meine es auch genau so.

Er nimmt mich an der Hand und zieht mich weiter. Er zeigt mir Bäume und sagt mir, wie sie heißen, er zeigt mir Käfer und erzählt, welche Besonderheiten sie haben und schließlich verlassen wir den Wildpark auf der anderen Seite und sind auf einem Spielplatz. Wir setzen uns auf die Schaukeln. Ich fühle mich plötzlich sehr wohl und sehr geborgen neben ihm. Er lächelt mir zu.

«Ich bin sehr froh, dass es Dich gibt, Luminița!»

Jetzt hat er mich erstmals bei meinem vollen Namen genannt.

Und er hat ihn sogar richtig ausgesprochen. Ich komme mir plötzlich sehr weiblich, sehr wichtig und sehr erwachsen vor. Ich fühle mich insgesamt viel besser.

Vielleicht bin ich doch kein kleines Licht.

Trotzdem hab ich abends das Gefühl, als wär ich mit einem dünnen schwarzen Bleistift auf dunkles Papier gemalt worden. Und in der Badewanne versuch ich mich im tiefen warmen Wasser wegzuradieren...

1,618033988749894848204586834365638117720309179 8057

Leon sitzt vorm Heim auf einer Bank und dreht einen Fidget Spinner. Robin steht daneben und bettelt, dass er auch mal will, aber Leon lässt ihn nicht. Erst als er mich sieht lässt er Robin damit spielen. Er kommt auf mich zu und fragt, ob wir eine rauchen gehen wollen, draußen am Waldrand. Er habe grade genug Kippen und kein Bock alleine... und bevor er zuende sprechen kann, machen wir uns schon auf den Weg. Am Rand des Waldwegs, wo Johnny begraben liegt, setzen wir uns auf eine Bank. Er hält mir die Kippen hin, ich nehm eine und warte bis er mir Feuer gibt. Wir rauchen schweigend.

«Hast Du schon mal mit jemandem gepoppt?» fragt er mich plötzlich und ohne jede Vorwarnung. Ich fall fast vor der Bank vor Aufregung.

Was sag ich denn jetzt? Ja? Nein? Wenn ich ja sag, will er vielleicht wissen mit wem und was sag ich dann? Und wenn ich Nein sag, dann wirk ich wahrscheinlich wie ein totales Kleinkind... andererseits, ich bin noch zwölf... da kann man eigentlich noch gut unerfahren sein... mit 16 ist das vielleicht peinlich, wenn man noch nie hat...aber bevor ich irgendwas stammeln kann fährt er fort: «Also, ich hab noch nie mit jemandem geschlafen und will das demnächst mal ausprobieren und da hab ich gedacht, ...vielleicht hast Du auch Lust? Weißte, es ist nämlich so, ich bin in ein Mädel verliebt, aber wenn ich mit der ins Bett geh, will ich schon wissen, wie es so ist, verstehst Du?»

...das ist krass, - echt. Versteh ich das grad richtig... er will mich ausprobieren, um eine andere dann zu beeindrucken...?... Ich weiß immer noch nicht, was ich sagen soll.

«Ich geb Dir auch Geld dafür, wenn Du magst.»

Jetzt bin ich sauer:

«Spinnst Du? Dann geh doch zu ner Nutte!»

Ich will aufspringen und zurück laufen, aber er hält mich am Arm fest.

«Jetzt sei doch nicht gleich beleidigt. Ich will nicht zu ner Nutte, das hab ich ja wohl auch nicht nötig. Aber ich würd das eben erstmal gerne mit Dir ausprobieren. Du bist niedlich.»

Niedlich.

Mich hat noch nie jemand niedlich gefunden. Ganz kurz freu ich mich. Aber nur kurz. Dann packt mich die Wut. Ich steh auf und geh zurück zum Heim. Diesmal greift er nicht nach meinem Arm.

Er will eben auch nicht mich. Mich will niemand.

Als ich durchs Tor geh, ruft Robin mir zu:

«Duuuu, Lumiiii, -ich glaube, der will was von Dir.»

1,61803398874989484820458683436563811772030917980576

Es duftet nach Zitronenkuchen. Sie backen ihn heute schon, damit er morgen nach der Schule gleich gegessen werden kann. Und mein Geburtstagsgeld werd ich morgen sicher in einem roten Umschlag mit Schleife geschenkt bekommen. Ich fange an mich zu freuen. Ich weiß genau, um wieviel Uhr ich zu Mbye fahren kann und welchen Bus ich nach welcher S-Bahn nehmen muss und das Geld müsste für Zigaretten und die Fahrkarte reichen. Und vielleicht lädt Miriam mir mein Handy auf zum Geburtstag, falls sie ihn nicht vergisst. Und falls doch, macht sie es vielleicht später. Man weiss das nicht. Ich bin nervös und fange an mich wirklich zu freuen. Mbye.

Ich fange an mich zu freuen.

Ich fange an mich zu freuen.

Ich fange an mich zu freuen.

Ich fange an mich zu freuen.

1,61803398874989484820458683436563811772030917980 5762

Sie wecken mich mit einem Lied. Also Beate, Robin und Tamarazwei.

Zu dritt stehen sie an meinem Bett und singen.

Und Miriam hat mir eine Geburtstagswhatsapp geschickt.

Mit einem Torten-gif. Sie hat an mich gedacht. Ein Glück.

Unten auf dem Frühstückstisch wartet an meinem Platz eine Kerze. Die Kerze brennt und flackert dabei fröhlich, weil sie nicht weiß, dass sie sich selbst verbrennt und am Ende nicht mehr da sein wird. Ob sie sich wohl gegen die Flammen entscheiden würde, wenn sie wüsste, dass sie dann ewig leben würde? Oder zumindest solange wie das Wachs hält? Ich glaub, ich würd lieber verbrennen, als öde vor mich hinstehen zu wollen. Wenn ich eine Kerze wär. Ich bin aber keine Kerze. Ich bin ein Geburtstagskind, nein, kein Kind. Ab heute bin ich ein Teenager. Thirteen. Das ist etwas Besonderes. Ich hüpf ins Bad. Ich ziehe meinen BH an, den mir Miriam geschenkt hat. Mein kleiner Busen passt rein.

Und sitzt perfekt. Ich drehe mich vor dem Spiegel hin und her. Sieht hübsch aus. Und meine Haare bekommen langsam auch Länge. Kein Zweifel. Ich werde langsam ein weibliches Wesen. Ich zieh mein T-shirt über und meinen Jeansrock an. Schade, dass ich keine Ballerinas oder Stöckelschuhe hab. Die Turnschuhe passen nur mittelgut dazu. Gleich bekomme ich unten meinen Umschlag mit dem Geld. Und dann tu ich, als ginge ich zur Schule und fahr stattdessen zu Mbye. Ich checke nochmal den Weg, den ich im Handy gespeichert hab. Ich freue mich riesig. Endlich zu Mbye.

Kaum unten angekommen, herrscht trotz meines Geburtstags das übliche Durcheinander. Robin hat erst aus Versehen und dann mit Absicht sein Milchglas umgestoßen, weil Tamarazwei behauptet hat, dass das erste Mal schon mit Absicht gewesen sei und er das nicht hat hinnehmen wollen und ihr zeigen wollte, wie das aussieht, wenn er ein Milchglas mit Absicht umwirft und Tamarazwei heult, weil die Milch jetzt schon zum zweiten Mal über ihre Klamotten gelaufen ist und sie nix anzuziehen hat und Beate sagt zu Robin, dass er jetzt einen Extra Wäschedienst machen muss zur Strafe und Robin heult, weil er sich zweimal zu Unrecht beschimpft fühlt. Marvin hat währenddessen Leon Salz in seinen Tee geschüttet und Herr Mey wird angerufen, weil Marvin und Leon heute ein Krisengespräch bei ihm haben sollen, weil das so nicht mehr weiter gehen könne und weil sonst einer der Beiden die Unterkunft verlassen muss. Aber mir macht das alles nichts aus, weil ich an meinem Geburtstagsplatz diesen wunderbaren Umschlag sehe und in die Hand nehme und öffne...

und erstarre.

Es ist kein Geld.

Es ist ein Kaufhausgutschein. Mit einem Kaufhausgutschein kann man keine Fahrkarten kaufen.

Beate scheint meine Fassungslosigkeit zu bemerken.

Sie gratuliert mir nochmal und sagt: "Wir haben im Team entschieden, dass es doch besser ist, Dir einen Gutschein statt Bargeld zu schenken, weil wir uns noch nicht sicher sind, ob wir Dir vertrauen können. Dein Drogenkonsum ist ja noch nicht so lange her und in diesem Kaufhaus findest Du auf jeden Fall eine Jacke, wie Du Dir ja besorgen wolltest!" ...

...

Es gibt da diese schwarzen Löcher.

Nicht die im All.

Die auf der Erde, die keiner sieht.

Auch derjenige nicht, der grade rein stürzt.

Der spürt nur den freien und unglaublich schnellen Fall ins schwarze Loch.

Es stimmt, dass schwarze Löcher jedes Licht verschlingen.

Auch kleine Lichter. Sogenannte Lumis...

1,61803398874989484820458683436563811772030917980 57628

Nach der Schule geh ich in den Schwanenpark. Auf der Bank steht immer noch die message an Mbye. Und meine Nummer. Aber Mbye hat sich nicht gemeldet. Auch sonst niemand,- dabei kann man die Nummer gut lesen. Anscheinend bin ich nicht interessant. Und ich komm heute nicht ins Waldheim. Weil man bei der Bahn keine Fahrkarten mit einem Kaufhofgutschein bezahlen kann. Kein bisschen.

Ich hab in der Schule versucht den Gutschein gegen Bargeld zu tauschen. Aber niemand wollte ihn haben. Nicht mal für die Hälfte des Geldes.

Ich weiß überhaupt nicht wohin mit meiner Traurigkeit.

Ich fühle mich schrecklich verlassen und allein.

Ich überlege, ob ich mich ertränken soll. Ich könnte in den Schwanenteich gehen. Aber hier sind zu viele Leute. Vermutlich würde man mich retten, um mich dann wieder zu verstoßen.

Denn wirklich retten tut einen ja niemand.

Sie hindern einen nur am sterben.

Beim Leben helfen sie einem nicht.

Das darf sich grausam an einem austoben.

Ich starre wieder auf das Handy. Aber es tut sich nix.

Ich warte auf Mbyes Freunde. Aber keiner kommt.

So verbringe ich meinen Geburtstag alleine auf der Bank.

Selbst die Schwäne lassen sich nicht blicken.

Als ich abends ins Heim zurück komme fragt Annette, ob ich erfolgreich gewesen sei. Ich zeig ihr den Gutschein, damit keine weiteren Fragen kommen und erkläre ihr, dass ich demnächst nochmal schauen gehe. Dann will sie wissen, ob es schön war mit Sophia und ich sage ja und lüge dann sogar noch rum, dass mich Sophia zu einem Eisbecher eingeladen hat und dass der sehr lecker war. Und sie sagt, das sei ja toll und dass sie mir noch einen schönen Abend wünscht und ich gehe auf mein Zimmer und hab das Gefühl, dass unter meinem Bett ein totes Kaninchen wohnt, was sich jeden Tag vermehrt und lauter neue tote Karnickel gebiert...

1,6180339887498948482045868343656381177203091798 0576286

Als alle schlafen, schleich ich mich zu Leons Zimmer. Ich klopfe nicht. Ich zieh die Tür einfach auf und schlüpfe ins Zimmer. Ich rüttel ihn wach. Erst starrt er mich völlig schockiert an, aber dann reisst er sich zusammen.

Und schaut mich fragend an.

Er streicht sich die Haare aus dem Gesicht und fragt:

«Wasn los?»

«Also von mir aus können wir miteinander schlafen!»

«Was?»

«Du kannst mich ficken.»

«Wie jetzt?... Und woher der Sinneswandel?»

«Ich brauch Geld für eine Fahrkarte.»

Er starrt mich ungläubig an.

Dann nickt er.

«Ok. Und wann?»

«Jetzt von mir aus.» sag ich und zieh mein Shirt übern Kopf.

Er richtet sich auf. Und starrt auf meinen BH.

Dann setzt er sich hin und greift in die Schublade neben seinem Bett.

«Ok, ich hab Kondome!»

Es geht viel schneller als bei Herrn Mey.

Leon kommt sehr schnell.

Ich war grade schon oben in der Zimmerdecke.

Und es war nicht so schlimm. Weil ichs vorher gewusst hab.

Und weil ich jetzt Geld hab.

Jetzt kann ich zu Mbye fahren.

1,6180339887498948482045868343656381177203091798 05762862

Am nächsten Morgen hab ich verschlafen. Beate rüttelt mich wach. «Lumi, steh auf. Du hast den Wecker nicht gehört!» Sie zieht die Bettdecke weg. «Oder bist Du plötzlich krank?» Ich reibe mir die Augen.

Ich bin nicht krank, ich bin eine Nutte.

Und die schlafen aus. Die arbeiten nämlich nachts. Aber das sag ich nicht. Das ist nur das Erste, was ich denke. Und dann muss ich mich übergeben. Ich schaffs grad noch so auf die Toilette. Mein Mund schmeckt bitter und sauer und kurz hab ich das Gefühl, als wäre der Boden aus Watte. Aber Laminat ist nicht weich. Und Kacheln auch nicht. Ich spüle den Mund mit Wasser aus, schaue in den Spiegel und sehe jemanden, den ich nicht mehr kenne.

Aber ich beschließe taff zu sein. Ich gehe in mein Zimmer zurück, ziehe mich an, greife nach dem Geld und geh runter zum Frühstückstisch. Heute wartet keine Kerze mehr auf mich. Erst nächstes Jahr wieder, wenn ich vierzehn werde. Ich gieße mir einen Tee ein und schmiere ein Brot.Ich wickle es in Küchenpapier, statt es in die Brotdose zu stecken. Dann geh ich hoch, stopfe das Brot in meinen Rucksack, verstau die Schulsachen unterm Bett und mach mich auf zum Bahnhof. Heute fahr ich ins Waldheim. Heut werd ich Mbye wieder sehen. Ab heute wird alles gut. Ich verlasse das Heim pünktlich zum Schulbeginn und steige am S-Bahnhof in die Bahn. Am Bahnhof kauf ich mir die Fahrkarte zum Waldheim in Hohausen. Ich zögere einen Augenblick, nehme dann aber doch Hin und Zurück.

Und dann kommt der Zug.

Und ich steige ein.

Und finde einen Fensterplatz.

Als der Zug losfährt tanzen Schmetterlinge in meinem Bauch.

Draußen fährt die Landschaft an mir vorbei. Bäume, Häuser, Autos und wieder Bäume.

Ich liebe es Zug zu fahren.

Nichts ist schöner, als hinter einer Scheibe zu sitzen und irgendwohin gebracht zu werden. Weit weg. Überhaupt unterwegs sein. Das ist viel besser als an einer Stelle zu stehen. Wo man immer wieder gefunden wird. Ich fühl mich wie ein Elektron. In Physik haben wir gelernt, dass die kleinen Elektronen dauernd unterwegs sind um den

Atomkern. Und dass sie nie stehen bleiben. Und ich hab mir sofort gewünscht ein Elektron zu sein. Immer in Kontakt mit einem Kern in der Mitte. Immer dabei. Immer ganz nah umkreisen. Nix kann einen aus der Bahn werfen...- außer einem Atomunfall. Aber sowas gibts normalerweise ja nicht. Wobei, wenn ich ein Elektron wäre, würde sich mein Atom vermutlich in einer Forschungseinrichtung befinden und vermutlich würde man mich von meinem Kern trennen und dann wäre ich ein Elektron im nichts, und ohne zuhause. Und furchtbar radioaktiv. Wobei ich garnicht weiß, ob ich dann radioaktiv wäre. Dafür hab ich im Unterricht zu wenig aufgepasst. Und im Unterricht geht es ja nur um den Kern und nicht um die Elektronen drumrum. Wie im Leben.

Der Schaffner kommt. Mir wird immer sofort ganz heiß und kalt. Selbst wenn ich eine Fahrkarte hab. Ich hab immer Angst, dass ich sie nicht finde, oder sie mir runter fällt oder

sie aus irgendeinem Grund nicht gültig ist oder mich derjenige fragt, warum ich nicht in der Schule bin und was ich im Zug verloren habe und so weiter... aber diesmal geht alles gut. Der Schaffner scannt das Ticket. Es macht piep und alles ist gut. Keine Fragen, keine Sprüche. Er geht einfach weiter. An der nächsten Haltestelle setzt sich eine Frau zu mir. Ich habe das Gefühl, dass sie mich anstarrt. Gleich wird sie mich fragen, ob ich keine Schule hab oder sowas...

Ich steh auf und verlasse das Abteil. Im nächsten Abteil setz ich mich auf einen Klappsitz im Fahrradbereich. Grad fahren wir über einen kleinen Fluß. Ich mag es wirklich sehr, hier zu sitzen.

Ich frage mich, wie Mbye wohl reagieren wird, wenn er mich sieht.

Ich ziehe mir die Lippen mit dem Lippenstift nach. Ich hol

mein Handy raus und stelle die Kamera auf Selfieposition. Jetzt kann ich meine Lippen betrachten. Ich forme einen leichten Kussmund und mach ein Selfie davon. Ich seh sehr verführerisch aus, find ich. Das ist hübsch. Und durchaus erotisch. Ich nehme das Bild als neues Profilbild bei whatsapp. Und dann schau ich wieder raus. Draußen liegt ein Dorf. Viele kleine Häuser, in denen immer genau eine Familie Platz hat. Ein Dorf, das ist wohl sowas wie ein Märchen in Architektur. Nur das Schloss fehlt. Aber alles andere schreit dauernd Es war einmal... Ich würde furchtbar gerne auf einem Schloss leben. Wir haben mal mit unserer Wohngruppe einen Ausflug auf ein Schloss gemacht. Das war wunderschön. Es lag auf einem kleinem Berg, direkt an einem grünen See und hatte einen riesigen Garten mit schönen Bäumen auf der Hinterseite. Innen waren die Räume riesig hoch und mit lauter schönen Bildern an den Wänden und an der Decke. Ich kleb an der Decke. Ich kleb an der Decke. Ich kleb an der Decke. Und es gab einen goldenen Tisch und goldene Stühle und ein Himmelbett und wenn man aus den großen geschwungenen Fenstern geschaut hat, hat man die ganze Stadt gesehen. Ich bin damals ganz vorsichtig durch das Schloss gelaufen. Ich habe versucht zu schreiten, wie das Könige und Prinzessinnen so tun, aber das hat keiner verstanden und sie haben mich angemeckert, ich soll nicht so trödeln. In einem dieser Dörfer werd ich bald aussteigen und dann werd ich ich auf einen Bus warten, der mich quer durch die Pampa zu einem noch kleinern Dorf bringen wird und dort werd ich dann bis an den Rand fahren und dann werd ich am Waldheim aussteigen und dann werde ich Mbye sehen...

Die Schmetterlinge in meinem Bauch tanzen.

Und dann steig ich aus. Und finde sogar die Bushaltestelle.

Und warte auf den Bus. Und steige ein. Es sind nur zwei ältere Frauen im Bus. Ich fahre zum Waldheim.

Und dann steig ich aus.

Und dann weiß ich nicht weiter.

Ich hab nämlich nicht ordentlich zu Ende gedacht. Ich kann ja schlecht klopfen oder klingeln und sagen Hallo, ich will Mbye besuchen. Da sind ja Pädagogen. Und die wissen, dass jemand wie ich um diese Uhrzeit in der Schule sein müsste. Und Mbye ist ja vermutlich auch irgendwo in irgendeiner Schule hier. Muss er ja. Das heisst, er ist vermutlich noch gar nicht da. Ratlos geh ich erstmal in den Wald neben dem Heim. Dort setz ich mich unter einen Baum. Von hier aus kann ich das Heim in Ruhe angucken, ohne selbst gesehen zu werden. Es ist ein hübsches altes Haus, dieses Waldheim. Vermutlich könnte man da drin glücklich sein, wenn es kein Heim wäre. Der Garten rundum steht voller alter Bäume. Und auf der linken Seite ist eine hübsche Veranda. Das sieht sehr schön aus. Sogar riesige alte Trauerweiden stehen da. Das sind Bäume, die immer versuchen, noch trauriger zu sein als man selbst, und die deswegen hilfreich sind, wenn man traurig ist...

Nach einer Weile werde ich nervös. Und ich fange an mich zu hassen, weil ich mich so mies vorbereitet hab. Ich wäre besser am Wochenende zu kommen. Wenn Mbye nicht in der Schule ist. Und wenn dann da Leute wären, die raus kommen und denen man dann sagen könnte, ich will zu Mbye, holt ihn raus... oder sowas.

Ich denke an Herrn Mey und dann an Leon und seinen Irokesenschnitt. Und an die Penisse. Zwischen meinen Beinen klebt immer noch das Sperma von Leon. Ich hab mich nicht mal mehr geduscht heute morgen... und dann bin ich an der Zimmerdecke aber der Himmel hier hat keine Decke und ich versuche zu atmen und nicht durchzudrehen und ich konzentriere mich auf die Bank, auf der ich sitze und bohre meinen Daumen in eine Kuhle im Holz bis es weh tut und dann geht es wieder.

Ich hol die Zigaretten raus, die ich bei Leon habe mitgehen lassen und nun bin ich dreizehn Jahre und einen Tag alt und habe schon zweimal was gestohlen, nämlich eine Flasche Wodka und eine Schachtel Zigaretten und ich habe einen anderen Menschen zu einem Diebstahl angestiftet, nämlich Mbye zu einem Kaninchenraub und jetzt zünde ich mir die Zigarette an und beobachte weiter das Heim und versuche mich zu konzentrieren. Ich habe Hunger und esse das Brot, dass ich mir morgens gemacht habe. Dann zieh ich mir die Lippen wieder nach. Ich schaue wieder zum Waldheim. Sieht aus, als wäre niemand da. Ich könnte es mir ja vielleicht doch mal aus der Nähe anschauen. Ich schleich mich hinten über die Bäume langsam näher. Hinter dem einen Fenster sitzt jemand in einem Büro. Das ist doch zu gefährlich. Ich trete den Rückzug an. Ich schaue aufs Display meines Handys. Keine neuen Nachrichten und erst 12.36 Uhr. Das wird noch dauern, bis Mbye kommt. Falls er überhaupt kommt. Und wie mach ich auf mich aufmerksam?

Und was mach ich, wenn er sich gar nicht freut mich zu sehen? Vielleicht bild ich mir ja nur was ein... wie bei der Psychologin damals, wo ich dachte, sie mag mich, also sie mag wirklich mich und dann wars aber doch nicht so...
Ich schäm mich noch immer dafür...
Aber bei Mbye ist das nicht so... hoffe ich mal. Ich schau wieder aufs Display. 12.37 Uhr. Wie langsam kann Zeit vergehen? Ich mach ein paar Selfies und schau wieder auf die Uhr. Immer noch 12.37 Uhr. Ich denke an Harry Potter. Um genau zu sein denk ich an Hermines Zeitumkehrer. Eine kleine Sanduhr an einer Kette, die Hermine um den

Hals trägt und mit der man die Zeit rückwärts spulen kann. Vielleicht auch vorwärts. Jedenfalls kann man mit der Zeit was machen und ist ihr nicht so hoffnungslos komplett ausgeliefert wie ich jetzt hier grade. 12.38 Uhr. Ich muss irgendwas machen, sonst dreh ich durch. Ich beschließe, ein Stück in den Wald rein zu gehen. Aber nach drei Schritten trau ich mich plötzlich nicht mehr weiter und dreh wieder um. 12.39 Uhr. Endlich tut sich was am Heim. Eine Frau kommt raus mit einem Beutel Müll. Sie geht zum Mülleimer, wirft ihn rein und geht zurück ins Haus. 12.39 Uhr. Ich rufe die Kick-the-buddy-App auf. Die Sackpuppe sieht aus wie ich mich fühle. Ich überlege, ob ich sie nicht doch mal zerstören soll. Mit einer Waffe erschießen. Ich klicke mich durch das reichhaltige Repertoire an Schusswaffen. Dann durch das Repertoire an Stichwaffen. Dann durch die chemischen Kampfmittel. Und dann klick ich die Waffen wieder weg und erzähle dem kleinen Sackbuddy, dass ich ihn am liebsten aus dieser Scheissapp befreien würde und mit ihm durchbrennen würde... es ist 12.42 Uhr. Miriam hat mir mal erzählt, dass sie als Kind immer bei der Zeitansage angerufen hat. Das war eine kostenlose Telefonnummer, bei der einem eine Computerstimme immer exakt angesagt hat, wieviel Uhr es grade ist. Ich frage mich, warum man sowas macht. Vielleicht war sie auch viel allein. Aber die Oma war doch eigentlich immer da. Und außerdem... wenn sie einsam war und weiß, wie es sich anfühlt, warum lässt sie mich dann immer so viel alleine. Sogar an den Wochenenden, wenn ich mal bei ihr sein darf...

Diese Gedanken sind schlecht.

Ganz ganz schlecht.

Ich muss an was anderes denken. Am besten an Mbye. Wie er wohl reagieren wird, wenn er mich sieht? Und dann erwischt mich wieder die Erinnerung der letzten Nacht. Ich hab inzwischen mit zwei Männern geschlafen. Also einem Mann und einem Jungen. Zweimal Sex. mit gerade mal dreizehn. Das würde Mbye sicherlich nicht gefallen... was mach ich, wenn er es merkt? Vielleicht merkt man mir das ja irgendwie an...vielleicht kann man es riechen... und wieder merk ich, wie dumm meine Gedanken sind. Sie haben diese Wendeltreppenwirkung. Man kullert innerlich steil bergab, immer im Kreis, wie bei einer Wendeltreppe eben und die Stufen sind steinig und hart. Ich muss das irgendwie bremsen. Sonst fang ich an zu heulen und das wär doof, wo doch jeden Augenblick... und hier ist keine Zimmerdecke...und kein Schneckenhaus... -Da biegt ein VW-Bus ein. Er hält an und sechs Jungs steigen aus. Zwei sind so dunkel wie Mbye. Aber Mbye ist nicht dabei. Die Jungen und der Fahrer gehen ins Haus. Jetzt gibt es endgültig kein Halten mehr. Die Scheißtränen drängen sich aus meinen Augen. Ich hab das Gefühl keine Luft mehr zu kriegen. Und dann denk ich an das Sonnensystem und die Planeten, besonders an Saturn, weil der so viele Monde hat und ich wäre gerne der Saturn oder wenigsten ein Saturnmond, weil man dann nie alleine wär und überhaupt... Die dummen Tränen tropfen aus meinen Augen.

Der Kajal verschmiert. Und die Jungs sind nicht mehr zu sehen...

Ich bin immer noch ratlos, was ich machen soll. Vor mir liegt das Waldheim. Und vielleicht ist Mbye da drin. Vielleicht auch nicht. Aber ich kann doch nicht einfach den ganzen Tag hier sitzen bleiben und nichts tun...? In dem Moment öffnet sich die Tür des Heims. Zwei Jungs kommen raus und stellen sich neben den VW-Bus. Dann passiert wieder nichts. Dann geht die Tür wieder auf und ein weiterer Junge kommt. Danach kommt ein Mann, der den VW-Bus aufschließt. Einer der Jungen steigt schon ein, die anderen warten noch. Und dann passiert es. Mbye kommt aus der Tür. Ich springe auf und renne so schnell ich nur kann zum Waldheim. Ich stürme durch das Tor und rufe «Mbye!»

Mbye dreht sich zu mir um. Schaut mich ungläubig an, lächelt dann und kommt auf mich zu. Er nimmt mich in seine warmen weichen Mbyearme und streichelt mir übers Haar. «Lumi! Kairabee? What are you doing here?» fragt er.

Er freut sich. Das sieht man.

«Dich besuchen, weißt du? I miss you.»

Die anderen Jungen steigen ins Auto. Der Mann kommt auf uns zu.

«Ich wusste gar nicht, dass Du eine Freundin hast, junger Mann!» sagt der Mann zu Mbye und mustert mich kritisch. Dann sagt er zu mir: «Du kommst ungünstig. Wir müssen jetzt los zum Nachmitttagsunterricht. Vielleicht solltest Du ein andermal vorbei schauen? Am besten rufst Du aber vorher an und machst einen Termin» Und dann schiebt er Mbye in den Wagen.

«We meet soon at Schwanenteich, ok? Ng`ee kanu baake!» ruft Mbye mir noch zu. Und ich nicke und winke während das Auto den Hof verlässt. Und dann renn ich dem Auto nach bis es verschwindet... und dann stell ich mich an die Bushaltestelle, wo irgendwann ein Bus kommt, der mich wieder Richtung Heimat bringt. Und dann setz ich mich auf die Bank und warte...

- und dann fällt es mir ein: ich habe ihm wieder meine Telefonnummer nicht geben können. Und seine hab ich auch nicht.

1,618033988749894848204586834365638117720309179 8057628621

Die Gruppensitzung am Abend ist der Horror. Herr Mey ist

da, Beate, Annette und die anderen und Tamarazwei heult die ganze Zeit, weil sie nicht an der Gruppensitzung teilnehmen will, weil sie nach Hause will zu ihrer Mama und das steckt Robin an, der auch plötzlich heult und nach Hause will, und er behauptet steif und fest, dass seine Mama nicht mehr böse sei und bestimmt wieder besser auf ihn aufpassen kann und Herr Mey sagt, dass man alles der Reihe nach und am besten auch in Einzelgesprächen klären muss und dass heute Abend das angespannte Verhältnis zwischen Marvin und Leon auf dem Plan stünde und dass jetzt alle mal konstruktiv Rückmeldung geben sollen, wie es gelingen kann, dass Marvin und Leon sich besser vertragen in Zukunft und ich hab gar keine Idee dazu und auch keine Lust und ich bin müde und verzweifelt, weil ich heute den ganzen Tag unterwegs war, um Mbye zu sehen und ihn dann letztlich nicht mal zwei Minuten für mich hatte, geschweige denn, dass ich die Nummern hatte austauschen können und die ganze Welt ist ein beschissener Ort und hier ist die Zentrale und ich hab überhaupt keine Nerven, mich jetzt mit Leon und Marvins Problemen zu beschäftigen. Und Herrn Mey mag ich grad auch nicht sehen. Aber es wird wieder mal reihum gefragt und jeder soll was sagen. Und Jenny zuckt nur die Achseln und Paul sagt, dass er einfach genervt ist von allen und Robin sagt: «Ich finde Leon besser als Marvin.» und dann bekommt er erklärt, warum das eine dumme, -also sie sagen es in pädagogisch: keine kluge Äußerung war und dass sie nicht konstruktiv und zielführend ist und warum es das nicht ist, aber Leon steht auf und klopft Robin auf die Schulter, streckt ihm die Ghettofaust hin und sagt: Gib check Alter! und Robin strahlt und Beate sagt, dass Leon sich wieder hin setzen soll, und dass das so nicht geht und dann erklärt sie noch wortreich, warum das so nicht geht. Und Leon sagt, seinetwegen könne man ihn ruhig in ein anderes Heim verfrachten, er habe ja schließlich eh bald alle durch und da käme es auf eins mehr oder weniger nicht mehr an und Herr Mey sagt, dass weglaufen keine Lösung sei und dass man hier gemeinsam versuchen soll zu einer guten oder zumindest akzeptablen Haltung zu kommen und dass es jetzt vor allem darum gehe, dass Leon und Marvin einmal gespiegelt bekommen sollen, was ihre ständigen Streitereien atmosphärisch in der Gruppe anrichten und Jenny klebt ihren Kaugummi untern Stuhl, wo noch der von letzter Woche klebt und ich starre aus dem Fenster und Leon wirft mir einen seltsam vernichtenden Blick zu und Marvin guckt mich garnicht an und Robin popelt in der Nase und schaut sich seine Popel an und Tamarazwei heult noch immer leise vor sich hin und die Pädagoginnen sind noch sehr pädagogisch und der Psychologe ist noch sehr psychologisch und das unterscheidet sich nicht und dann ist die Runde beendet und ich darf endlich in mein Zimmer, wo mir das leere Display erklärt, dass ich eine völlig unfähige dumme Kuh bin und das ist noch die konstruktive Variante... und ich hab Mbye gesehen und doch nichts bewirkt und nie habe ich ein echtes Schneckenhaus, wenn man mal eins braucht...

1,618033988749894848204586834365638117720309179 8 0576286213
Am Samstagnachmittag darf ich ein paar Stunden raus. Ich fahre zum Schwanenpark. Ich fühle mich hier mittlerweile fast zuhause. Ich setze mich auf die Bank und warte auf Mbye. Aber er kommt nicht. Statt dessen kommt ein älterer Mann, der sich neben mich auf die Bank setzt, obwohl eine Bank weiter niemand sitzt. Ich finde das unheimlich. Er schaut mich an. Lächelt. Er hat ein nettes Lächeln. Vielleicht ist das nur ein netter Großvater, der ein bisschen re-

den will. So wie der Almöhi aus Heidi. Aber, der wollte nie reden. Und schon garnicht mit anderen. Der Mann streckt mir ein Stück Brot hin. Ich bin irritiert. Was denkt der? Dass ich ein Straßenkind bin und Hunger leide? Offenbar kann er Gedanken lesen, denn er sagt: «Hier, gib das mal den Schwänen. Du magst die doch bestimmt füttern!»

Ich tue, was man mir sagt. Ich steh auf, nehm das Brot und reiß es in kleine Stücke, die ich in den Schwanenteich werfe. Tatsächlich kommen die Schwäne angeschwommen. Und einige Spatzen und Tauben lassen sich um mich nieder. Der Mann lächelt noch mehr.

«Siehst Du. Das mögen sie. Jedes Geschöpf auf Erden mag es, wenn man ihm was Gutes tut!» Ich reiße immer kleinere Stückchen von dem Brot ab, weil ich will, dass es möglichst lange dauert und ich versuche das Brot möglichst gerecht auf alle Vögel zu verteilen.

«Das ist verboten!» herrscht mich eine Frau an, die ich gar nicht bemerkt hatte.

Vor Schreck lass ich den Rest vom Brot fallen und ein Schwan schnappt sich das große Reststück und schwimmt damit auf den kleinen See raus. Die Frau zetert weiter: «Deshalb gibts hier so viel Ungeziefer und Ratten und diese vielen ekligen Tauben. Weil Leute wie Du die füttern. Dabei ist das verboten! Eine Sauerei ist das! Den Ordnungsdienst sollte man rufen. Elendes Gesocks!»

Sie geht weiter und lässt mich stehen. Der Mann winkt mich zu sich. Ich setze mich wieder neben ihn. Wir schauen den Vögeln zu, die sich noch immer um die Reste balgen.

«Ich war früher Zoowärter!» sagt er mir und fährt fort «Im Vogelhaus vor allem. Bei den Flamingos und den Papageien, den Sittichen und den Aras.»

Er fährt sich sinnierend übers Kinn.

«Die Vögel sind klüger als die Menschen!»

Er schaut mich an: «Du bist auch ein schräger Vogel, oder?»

Ich mag ihn irgendwie und lächle ihn an.

«Wusstest Du, dass manche Vögel mit offenen Augen geboren werden? Gänse zum Beispiel. Die sind so neugierig, dass sie gleich in die Welt gucken, kaum dass der erste Lichtstrahl durchs Ei fällt. Und dann gibt es Vögel, -der Kiwi zum Beispiel- die sind fast blind. Und eine Menge Vögel können nicht fliegen. Nicht nur der Kiwi, sondern zum Beispiel auch die Eulenpapageieen. Die bauen ihre Nester zwar in den Bäumen, aber sie können nur klettern. Nicht fliegen.»

Er macht eine Pause und prüft in meinem Gesicht, ob er mich langweilt, -das tut er aber nicht. Ganz und gar nicht. Er fährt fort: «Verstehst Du, was das bedeutet? Das bedeutet, man muss nicht fliegen können, um auf Bäumen zu wohnen.... - . Am erstaunlichsten aber sind natürlich die Pinguine. Sie können auch nicht fliegen, paaren sich nur einmal im Jahr und haben genau ein Ei. Und sie schreiten aufrecht wie wir Menschen. Sie haben jeder einen unglaublichen Charakter! Es war ein leichtes damals, als ich noch gearbeitet hab, die Tiere auseinanderzuhalten.»

Vor uns landet eine Taube und gurrt in unsere Richtung als wollte sie uns auffordern, ihr noch was zu geben.

«Und Tauben - die ja von solche Leuten, wie dieser Frau eben - oft als Luftratten bezeichnet werden,.... die Tauben können ihre Eier nur dann legen, wenn sie andere Tauben sehen. Ist das nicht erstaunlich? Sie brauchen andere Tauben, um ihre Eier legen zu können. Sie wollen gemeinsam sein, wenn sie Kinder großziehen. Das erzählt doch viel über diese wunderbaren Geschöpfe, nicht wahr?»

Ich nicke. Ich will nicht, dass er aufhört zu erzählen. Aber er schweigt und schaut zu den Schwänen auf dem Teich.

Dann holt er aus seiner Tasche eine Tafel Schokolade. Sie ist ziemlich weich, weil es so heiß ist. Er reisst sie auf und bricht eine Viererreihe für mich ab und hält sie mir hin. Jetzt ist er mir wieder unheimlich. Warum ist er so nett zu mir? Was will er? Ich nehm die Schokolade trotzdem und stopfe sie mir fast komplett in den Mund, weil sie mir die Finger versaut. Die Schokolade schmeckt irgendwie nach verheulten Nüssen. Ich schluck sie trotzdem runter. Dann steht der Mann auf.

«Willst Du mit zu mir kommen? Ich habe einen sprechenden Raben zuhause. Das einzige Tier, was mir noch geblieben ist und ich wohne direkt da vorne neben dem Einkaufszentrum.»

Ich zögere einen Augenblick. Geh nie mit fremden Männern mit wird einem ja ein Leben lang eingebläut. Und der Mann ist nett zu mir, also unheimlich. Aber er mag Tiere, insbesondere Vögel. Und er kann so schön erzählen... ich bin hin und her gerissen. Aber dann ist mein Misstrauen größer als meine Sehnsucht nach einem netten Opa. Ich schüttle den Kopf, steh auf und renn weg.

1,618033988749894848204586834365638117720309179805762862135

Schon beim Weglaufen merk ich, dass ich einen dummen Fehler begangen habe. Der Mann hat ganz entsetzt geguckt, als ich so davon gerannt bin. Es muss schlimm sein, wenn man so abweisend behandelt wird, wenn man nur freundlich ist. Ich fühle mich plötzlich sehr arg viel schlimm hundsmiserabelmies.

Ich verlangsame meine Schritte und überlege, ob ich umdrehen soll und mich entschuldigen oder sowas... aber ich schäm mich zu sehr... Aber vielleicht hab ich ja auch richtig gehandelt... andererseits... was hätte jetzt noch passieren sollen, was nicht eh schon passiert ist... und umgebracht hätte der mich bestimmt nicht. In dem Alter ist man kein Mörder mehr. Glaub ich. Und selbst für einen Vergewaltiger war der eigentlich zu alt... oder vielleicht auch nicht. Ich weiß nicht, in welchem Alter Kriminelle in Rente gehen... aber eigentlich war er ja Tierpfleger... oder Zoowärter... bei den Vögeln im Zoo. Das war bestimmt nicht gelogen. Dafür hat er zuviel Sachen gewusst. Jetzt fühl ich mich endgültig schlecht. Warum bin ich nicht mitgegangen? Oder warum hab ich nicht wenigstens höflich Nein Danke gesagt? Vielleicht wär er ein Freund geworden... Und ich hätte sitzen bleiben sollen. -Schon allein, weil ich ja noch immer auf Mbye hoffe. Er hat gesagt, er wird mich hier treffen wollen. Er muss nur aus diesem Waldheim weg kommen. Und jetzt ist

Samstag. Da wird er ja wohl hoffentlich auch freie Zeit haben dürfen.

Ich drehe mich um und geh zurück zum Park.

An meiner Bank ist niemand mehr. Der alte Zoowärter ist gegangen. Die andere Bank ist auch leer. Die Sonne bruzzelt auch sehr von oben. Normalerweise sollte man bei diesem Wetter im Schwimmbad sein. Ich schiebe den Gedanken weg und halte nach Mbye Ausschau. Irgendwann muss er doch kommen. Ich setze mich wieder und hole mein Handy raus. Nichts. Auch Miriam hat sich seit meinem Geburtstag nicht mehr gemeldet. Auf whatsapp kann ich sehen, wann sie zuletzt online war. Vor einer halben Stunde. Ich versuche, nicht schon wieder traurig zu werden. Ich hab noch immer den Geschmack der verheulten Nüsse von vorhin, aus der Schokolade, im Mund. Aber die Sonne scheint. Und Mbye hat gesagt, wir treffen uns hier. Dummerweise hat er nur nicht gesagt wann. Und dummerweise hab ich nicht gesagt, wie meine Telefonnummer geht... wieder mal wie bei den zwei Königskindern. Die konnten auch nicht zusammen kommen, weil das Wasser zu tief war. Dabei war das gar nicht das größte Problem. Das größte Problem war die böse Nonne, die die Kerze ausgelöscht hat. Und deshalb sind sie nicht nur nicht zusammen gekommen, sondern er war am Ende tot. Und sie dann ja auch, weil sie seine toten Lippen geküsst hat und so viel Traurigkeit hält man nicht aus als Königstochter... vielleicht ist der Zoowärter jetzt auch traurig. Und verfüttert die restliche Schokolade an seinen sprechenden Raben.

«Wenn ich Dich nochmal erwische, dann ruf ich den Ordnungsdienst der Stadt an! Das wird nämlich bestraft. Da muss man ein hohes Ordnungsgeld bezahlen!» werd ich plötzlich angeschrien. Die Frau von vorhin ist offenbar auf dem Rückweg und hat mich wieder entdeckt. Und offenbar ist das Füttern ihr größtes Problem. Sie baut sich vor mir auf und will weiter schimpfen, da entschließe ich mich ein zweites Mal wegzulaufen. Ich mag mich jetzt nicht nochmal anschreien lassen. Der Tag ist auch ohne diese furchtbare Frau schon doof genug gelaufen bisher...

1,6180339887498948482045868343656381177203091798 057628621354

Mbye ist das ganze Wochenende nicht am Schwanenteich aufgetaucht. Sonst hätte er mich sicher angerufen oder hätte sich eben sonstwie gemeldet.. . Aber offenbar war er nicht dort. Vielleicht hat er das ja auch nur gesagt, um mich abzuwimmeln. Andererseits hatte ich den Eindruck, dass er sich gefreut hatte, mich zu sehen.

Wirklich richtig gefreut.

Aber was versteh ich schon.

Vermutlich nicht viel.

Jedenfalls bestätigt mir das mein leeres Handy jeden Tag

mehrmals. Die Tage vergehen schleppend. Nur Leon ist zahm wie ein Hündchen. Er ist furchtbar nett zu mir und erzählt mir, wie weit er mit dem anderen Mädchen ist. Ich will das garnicht hören, weil ich die ganze Sache vergessen will, aber er grabscht mir immer wieder an den Busen oder zwischen die Beine. Offenbar denkt er, er habe nun ein Dauerabo da drauf. Ich bin immer froh, wenn wir grade nicht alleine sind und er sich am Riemen reißen muss...

Heute hab ich wieder meinen Herr Mey Termin. Den hatte ich die letzten Tage völlig vergessen. Um drei Uhr steh ich pünktlich an seinem Auto. Herr Mey kommt aus dem Heim. Er öffnet die Autotür und ich steige ein.

«Hallo Lumi!»

«Hi»

«Wo möchtest Du heute hin? In den Wildpark oder lieber in den Garten?»

«Garten».

Wir steigen ein.

Wir fahren los.

In den Garten.

Garten.

Ich habe Garten gesagt. Ich bin also selbst schuld, wenn wieder was passiert. Miriam hat gesagt, ich soll da nicht hingehen, wenn ich das nicht will. Und ich will das ja eigentlich nicht. DAS. Aber ich will auch nicht, dass er wieder so traurig guckt. Und er mag mich ja irgendwie. Und immerhin ist er mehr auf meiner Seite als die Psychos vorher. Das ist ja auch was. Und er hat ja auch eine traurige Kindheit gehabt, sagt er. Und dass ich was Besonderes bin. Dafür ist DAS dann ja vielleicht auch ok. Also es ist nicht ok. Ich weiß das. Aber theoretisch ist vieles nicht ok. Das ganze Leben ist eigentlich nicht ok. Ich hab Bauchschmerzen. Ganz fürchterliche Krämpfe. Und das Gefühl kaum

Luft zu bekommen. Aber ich trau mich nicht, was zu sagen.

Wir kommen an.

Wir steigen aus.

«Du bist heute ja noch schweigsamer als sonst, Lumi!» beschwert er sich.

Ich nicke.

Was soll ich auch sagen? Ich habe Garten gesagt.

Wer Garten sagt, muss auch B sagen.

B.

«Wir könnten heute wieder Schnecken sammeln, was meinst Du?»

Er greift nach den Eimern aus dem Kofferraum und gibt mir einen in die Hand.

«Die Schnecken fressen nämlich derzeit alle unsere Kräuter weg!»

Ich nicke und entspanne mich. Draußen ist es sicher. Glaub ich.

Wir knien uns am Rande des Kräuterbeets auf den Boden und suchen nach Schnecken. Diesmal ist es mühsamer als das letzte Mal. Es ist heiß und nirgends ist auch nur eine Schnecke zu sehen. Dabei sind die Kräuter tatsächlich ziemlich angefressen...

Auch er findet keine. Aber er findet Worte.

«Was gibts Neus? Was liegt an?»

«Nichts, alles ok.»

«Wie war Dein Geburtstag?»

«gut»

«Beate hat gesagt, Du wolltest Dir was Schickes zum An-ziehen kaufen?»

«ja.»

«Und? Hast Du was gefunden?»

«nein.»

Entnervt stellt er seinen Eimer ab und steht auf. Er geht

zum Auto, öffnet die Hintertür und greift nach einer Plastiktüte. Er kommt zurück und sagt «Steh auf» und dann weist er mich an ihm ins Haus zu folgen.

«Setz Dich»

Ich setze mich. Mir ist warm. Und kalt. Ich habe keine einzige Schnecke gefunden. Und keine Worte. Kein Wunder sitz ich nun hier drin.

Er streckt mir die Tüte hin.

«Schau mal da rein!»

In der Tüte liegt ein Geschenk. In schönem blauen Papier mit einer türkisen Schleife mit Glitzerpunkten. Ich ziehe das Geschenk raus und schau fragend zu Herrn Mey.

«Na, das ist für Dich. Zum Geburtstag noch! Von mir.»

Ich starre das Geschenk an und sage danke.

Er wartet. Ich warte.

«Es ist hübsch.» sag ich, weil ich grad wirklich vergessen habe, dass man Geschenke nicht nur bekommt, sondern auch auspacken muss. Das dass Geschenk ja eigentlich nur die Verpackung des Geschenkten ist. Aber das fällt mir grad nicht ein, so baff wie ich bin.

«Packs aus!»

Ich ziehe vorsichtig die Schleife auseinander, damit ich sie behalten kann und öffne ebenso vorsichtig das Papier und wickle das Geschenk aus. Es ist ein T-Shirt. Blau mit schwarzem Aufdruck. I AM STRONG! steht drauf. Herr Mey strahlt übers ganze Gesicht.

«Na, wie gefällt es Dir?»

«Gut, danke» sag ich und denke, dass die Schleife mit den Glitzerpunkten und das blaue Geschenkpapier am schönsten ist. Ich mag keine T-Shirts mit Texten. Schon gar nicht welche, die mit mir nichts zu tun haben. Aber Herr Mey mag das.

«Ich dachte mir, so ein Shirt ist genau das Richtige für Dich! Du sollst schließlich stark und selbstbewusst werden! Grade so wunderbare zärtliche Wesen wie Du, Luminița, brauchen Rückenstärkung. Das will ich für Dich sein. Ein Begleiter auf Zeit, der Dich so stark macht, dass Du irgendwann erhobenen Hauptes und selbstsicher in die Welt hinaus gehen kannst!»

Ich nicke. Vielleicht will er das wirklich. Ich weiß es nicht. Er setzt sich neben mich und schließt mich in seine Arme. Bei Miriam hing früher eine Zeitlang ein Gedicht über ihrem Bett. Ich erinnere mich nur an ein paar Zeilen, weil sie mir als Kind Angst gemacht haben: und Deine schwarzen Flügel umfangen mich. Sie erzählen vom Glück zuhause zu sein. Ertrink in meinem Gefieder.

Er lässt mich wieder los.

«Zieh es mal an!» sagt er.

Ich stehe unschlüssig auf mit dem Shirt in der Hand. I AM STRONG. Er kommt auf mich zu und zieht mir mein Kleid über den Kopf. Dabei fällt mir das Shirt aus der Hand auf den Boden. Ich habe keinen BH an und stehe nun nur in Unterhose vor ihm. Und plötzlich ist es ihm nicht mehr wichtig, mich in dem Shirt zu sehen. Er kniet sich vor mich hin und zieht meine Unterhose runter. Er schiebt meinen Unterleib zum Sofa. Mein Oberkörper hängt dran und kommt mit. Er spreizt mir die Beine und versinkt mit seinem Gesicht dazwischen.

Ich bin oben an der Zimmerdecke. Ich schaue mir die Deckenlampe an. Mir war das letzte Mal garnicht aufgefallen, dass hier überhaupt eine Deckenlampe ist. Deckenlampen sind ja eine gute Einrichtung. Sie sind wie kleine Zimmersonnen. Wenn die Zimmerdecke der Himmel wär und so blau wie das Geschenkpapier, dann könnte man die runde Leuchte da oben für eine Sonne halten. Oder für einen

Mond. Einen Tagesmond. Ich bin an der Zimmerdecke. Ich will auf dem Mond sein. Auf dem Mond gibt es keine Atmosphäre. Und keine Luft. Dort gibt es also einen Grund warum man erstickt. Weil keine Luft da ist. Wenn man hier auf der Erde erstickt, ist das viel dümmer. Weil hier Luft ist. Eigentlich auch hier oben an der Zimmerdecke. Er liegt jetzt auf mir und sagt meinen Namen. Meinen kleinen Namen. Und als er in mir ist sagt er nichts mehr und stöhnt nur noch.

Das ist jetzt das dritte Mal, dass ich mit jemandem schlafe, und nie ist es Mbye.

Das T-Shirt liegt auf dem Boden.

Es sieht aus wie ein zusammengeknülltes Stück Himmel.

Mit schwarzen Wolkenschlieren.

Buchstaben sind keine zu erkennen.

Das Shirt wäre gerne strong.

 Aber es ist nur ein bisschen blau und sehr sehr am Boden. Ich bin nicht am Boden. ich bin an der Zimmerdecke. Er wischt mir mit Tüchern zwischen den Beinen rum. Ich stehe auf und zieh mich wieder an. Das T-Shirt zieh ich übers Kleid.

I AM STRONG.

1,61803398874989484820458683436563811772030917980576286213544

Miriam hat sich den Donnerstag für mich frei genommen. Sie holt mich mit dem Motorrad ab. Wie immer soll ich mich hinten festhalten und nicht an ihr. Aber diesmal macht mir das garnichts aus. Wir fliegen durch die Luft. Sie fährt einen kleinen Umweg durch die Tunnels der Stadt, weil sie weiß, dass ich es liebe, durch die Tunnels zu fahren. Und schließlich landen wir in der Tiefgarage bei ihr zuhause. Ich sauge den Geruch tief ein. Ich liebe es. Es ist kalt und irgendwie riecht es, als ob man einen nassen Teddybären falsch trocknen würde, der aber dabei jede Menge Spaß hat. Ich denke an rosa Heizkörper und gelben Schnee, der vom Himmel fällt. Oben in der Wohnung rauchen wir erstmal eine. Miriam sieht heute wie ein kleines Mädchen aus. Sie könnte beinah meine Freundin sein, -wenn sie nicht meine Mutter wär. Ich wäre gerne Miriams Freundin. Dann könnten wir was miteinander machen. Und wir wären uns sicher viel näher. Und wir würden richtig zusammen Ferien machen, und nicht nur so einen freien Ferientag, weil ich dann ja nicht anstrengend wär. Glaub ich. Ich glaub, sie findet mich nur anstrengend, weil ich ihre Tochter bin. Sonst findet sie mich, glaub ich, ganz nett. - Einmal hat sie allerdings sogar gesagt, dass sie ganz stolz ist, dass ich ihre Tochter bin. Obwohl sie mir kurz vorher erklärt hat, dass es blödsinnig ist, auf etwas stolz zu sein, weil stolz sein ohnehin voll Panne sei und so. Aber dann hatte sie mir gesagt, sie sei stolz auf mich. Das war als sie meinen Radiergummi im Mäppchen gesehen hat. Ich male nämlich immer Gesichter auf meine Radiergummis und gebe ihnen Namen. Es ist dann so, als habe man einen kleinen Freund in der Schule mit dabei. Dummerweise rubbelt man diesen Freund zu Tode, aber als Miriam jedenfalls meinen Radiergummi gesehen hat und ich ihr erzählt habe, dass das mein Freund Ratze sei, hat sie gestrahlt und gesagt, sie sei stolz auf mich. Ich hab das damals nicht verstanden, aber ich hab mich nicht getraut nachzufragen, weil sonst möglicherweise das schöne Gefühl, dass sie stolz auf mich ist, wieder weg gegangen wäre. Und das wollt ich nicht riskieren. Vielleicht hätte sie auch, wenn ich nachgefragt hätte, drüber nachgedacht und wäre zu dem Schluss gekommen, dass sie doch nicht so stolz ist und dass es bei genauerer Betrachtung sogar ein bisschen peinlich ist, wenn die Tochter mit einem

Radiergummi befreundet ist und dass Ratze auch kein besonders origineller Name für einen Radiergummi wäre... ich weiß es nicht. Ich hab jedenfalls einfach die Klappe gehalten und mich gefreut.

Meine Radiergummis haben immer noch Gesichter.

Aber Namen geb ich ihnen nicht mehr.

Und ich unterhalte mich auch nicht mehr mit ihnen. Aus dem Alter bin ich raus. Aber ich würde mich so freuen, wenn sie mal wieder stolz auf mich wäre...

«Was sollen wir denn heute machen an unserem Mutter-Tochter-Tag?»

«Keine Ahnung»

«Wie läufts mit Deinem Freund?»

«Er ist weg. Ich weiß nicht, ob ich ihn wieder sehe. Ich weiß eigentlich nicht mal, ob er mein Freund ist...» und der Gedanke an Mbye versetzt mir einen Stoß.

«Und Deine Affäre? Der Psychologe? Wie heisst der noch gleich? Meier?»

Hat sie jetzt Affäre gesagt? ...ich bin doch keine Affäre... oder bin ich das doch?...

«Ihr wart Euch doch näher gekommen und Du wolltest das aber nicht. Was ist nun mit dem?»

Ich zucke mit den Achseln. Wie soll ich das Miriam erklären...

«Er war so deprimiert, als ich ihm gesagt hab, dass ich das nicht will und dann»

«Nochmal? Obwohl Du nicht willst? Wieso kannst Du Dich nicht abgrenzen, Lumi? Das ist emotionale Erpressung, was er mit Dir macht! Wenn Du da Bock drauf hast ist es ok, aber wenn Du nicht willst, dann musst Du Nein sagen. Es ist innerhalb der Psychologie umstritten, ob sowas sinnvoll ist. Da gibt es einen...warte mal...»

Sie steht auf und geht zum Bücherregal. Sie sucht eine Weile rum und murmelt unverständlich vor sich hin. Schließlich zieht sie ein Buch raus, wirft einen Blick rein und legt es vor mich hin. Martin Shepard heisst der Autor. Sex als Therapie - sexuelle Intimität zwischen Patienten und Psychotherapeuten.

«Da wird das beschrieben, wie das gut laufen kann. Vielleicht hilft Dir das Buch ja weiter. Bist aber vielleicht nochn bisschen jung für. Aber egal. Und wenn Du das nicht willst, dann mach es ihm klar. Nur Du selbst kannst Deine Grenzen schützen. Da sind nicht andere für zuständig und ich schon gar nicht... Ich hab Hunger. Wollen wir uns eine Pizza bestellen?»

Ich nicke.

Miriam greift zum Handy und ruft den Pizzamann an.

Ich blättere in dem großen schwarzen Buch. Es ist ziemlich alt, scheint mir. Älter als Miriam. Ich habe noch nie davon gehört. Aber Miriam kennt sich ja aus. Sie studiert ja schließlich Psychologie... Sie wird wissen, was da stimmt. Und vielleicht liegt es ja doch an mir, dass ich das alles nicht gut finde. Vermutlich ist eben doch irgendwas verkehrt mit mir. Miriam legt auf und fährt fort: «Also nochmal zu dem Buch. Es gibt da auch modernere Ansätze, die sich aber eher an der anderen Theorie orientieren, und wo es um Übertragung und Gegenübertragung geht. Du musst Dir das so vorstellen, Lumi, wenn man in so einer Situation...»

Sie redet und redet.

Und ich verstehe nichts.

Kein Wort.

Ich hasse es, wenn sie mich wie eine Erwachsene behandelt, wenn ich grad eigentlich ein kleines Mädchen bin... andererseits ist das ja mein einziger Ausweg... erwachsen werden. Nur so komm ich aus der Nummer raus. Dummerweise kann man das nicht beschleunigen. Ich zünde noch eine Zigarette an. Das machen Kinder eher selten.

Aber noch eine rauchen, bevor die Pizza kommt. Das ist erwachsen. Und das ist auf jeden Fall richtig. Und irgendwann hört sie mit ihrem Vortrag wieder auf. Spätestens wenn die Pizza kommt ist Ende mit der Psychologie...

1,61803398874989484820458683436563811772030917980576 2862135448

Heute Nachmittag ist Teambesprechung. Da sitzen immer alle unsere Erzieher, Psychologen, Pädagogen und Herr Brink, der Heimleiter zusammen und besprechen die Fälle. Die Fälle, - das sind wir. Während des Gesprächs ist meist Toralf von unten bei uns. Der sitzt dann in der Küche und macht Brettspiele mit den Kindern, die das wollen und ist Ansprechpartner in der Zeit, wenn man was braucht, auf die Fresse fliegt oder kotzen muss. Ich muss nichts von alldem und hab mich eigentlich mit einem Buch in mein Zimmer verzogen. Aber dann musste ich aufs Klo. Und dann hab ich gemerkt, dass die Tür zum Büro nicht richtig zu war. Man kann durch den Spalt reinlinsen und versteht jedes Wort. Ich mein, hej- klar bleib ich dann stehen und hör zu. Es ist immer gut Bescheid zu wissen, was sie über einen denken. Denn dann ist man vorbereitet, wenn sie mal wieder ein Gespräch außer der Reihe mit einem führen wollen. Grade reden sie von Leon.... «Er zeigt eben immer wieder deutlich aggressives und autoaggressives Verhalten und ist deshalb gruppendynamisch gesehen eher ungut zu integrieren. Zumal er sich in stetiger Konkurrenz zu Marvin sieht und das in einer Art Revierkampf endet. Er ist nicht in der Lage den Input, den ich ihm mitgebe, konstruktiv umzusetzen. Im Gegenteil, er blockiert es eben immer wieder. Ich denke daher,- so tragisch es für ihn auch ist, dass ein Wechsel in eine andere Einrichtung das beste wäre. Letztlich auch für ihn. Er muss lernen, dass nur regelkonformes Verhalten dazu führt, dass er länger oder sogar dauerhaft in einer Einrichtung bleiben kann.» sagt Herr Mey. «Da hast Du sicher recht und ich stoße bei ihm auch regelmäßig an meine Grenzen, aber er ist grade mal ein paar Wochen hier und er war nie irgendwo länger als sechs Monate. Ich denke halt, hier ist seine letzte Chance zu lernen, was Konsistenz ist und Verlässlichkeit in Beziehung. Wenn man mit ihm alleine ist, dann kann er ja sehr zugewandt sein und sich auch öffnen. Nur vor anderen muss er diese Show abziehen. Letztlich greift er ja an, um sich zu schützen.» Alle, die ich sehen kann, nicken. Herr Brink blättert in einer Akte. «Im letzten Heim hatte er sich aber auch schon auf einen gleichaltrigen Jungen eingeschossen. In dessen Zimmer hat er am Ende Feuer gelegt. Das konnte zwar gelöscht werden, bevor größere Schaden entstanden ist, und man hat dort auch auf eine Anzeige verzichtet, aber eigentlich müsste er sich nach der Vorgeschichte hier wirklich am Riemen reißen. Ich hab ihn hier ja eigentlich nur aufgenommen, damit er nochmal eine Chance hat, und wenn er jetzt schon dauernd Konflikte produziert, dann hat er nichts gelernt.»

«Also was machen wir?» fragt Annette. «Ich denke, wir reden nochmal gesondert mit ihm und machen ihm die Konsequenzen klar und schauen dann nochmal drei Wochen.» schlägt Beate vor. Herr Brink macht einen Vermerk, legt die Akte Leon weg und greift nach der nächsten. Mein Herz klopft bis zum Hals. Bin ich das?

Aber ich bin es nicht. Es ist Robin.

Einen Augenblick muss ich in eine andere Richtung lauschen. Da waren Schritte. Ich will nicht, dass mich jemand hier beim Lauschen erwischt. Aber die Schritte entfernen sich wieder...

«...mangelnde Impulskontrolle.» sagt Herr Mey. Mangelnde Impulskontrolle.. das klingt nach etwas im Herzen. Der Arzt misst ja auch immer den Puls. und die Psychologen messen wohl das, was im Puls ist. Und das scheint bei Robin mangelhaft zu sein. Anscheinend ist er nicht nur ein ADHSler, sondern auch sonst ein Mängelexemplar. Die sind billiger zu haben als die guten Exemplare. Nicht nur bei Büchern. «Er ist aber wegen seiner positiven Art ein Ruhepol in der Gruppe!» sagt Ivonne. Ivonne ist die Erzieherin, die ich am wenigsten leiden kann. Sie ist ganz dünn und ganz arg tätowiert und hat riesige Tunnels in den Ohren und man weiß sofort, dass sie einen niemals beschützen würde, wenn etwas passieren würde. Nicht dass man sich bei den anderen beschützt fühlen würde, aber sie sind normale Erwachsene, die zumindest irgendwie eingreifen würden, wenn hier zum Beispiel zwei mit einem Messer aufeinander losgehen. Ivonne interveniert nie. Sie verlässt einfach das Zimmer, wenn es ihr zu laut oder zu konfliktreich wird. Deswegen ist nach den Schichten mit Ivonne auch immer mehr Chaos in der Gruppe. Aber über Ivonne reden sie sicher nicht in ihrer Teamsitzung. Die gehört ja auf die andere Seite. Da darf man einen Knacks haben, ohne dass es Konsequenzen hat...

«...nach der nächsten Operation wird es sicherlich besser. Zumal seine Mutter sich nun endlich bereit erklärt hat, mit uns zusammen zu arbeiten statt uns zu boykottieren. Eine ambulante Therapie hat sie auch begonnen, so dass man über eine Lockerung der Kontaktsperre nachdenken kann.» Die Mutter von Robin hab ich noch nie gesehen. Laut Robin ist sie die schönste Frau der Welt. Und wenn sie ihm ähnlich sieht, ist sie jedenfalls ganz hübsch... Zumal sie ja keine Brandflecken auf der Haut haben wird. Vermutlich zumindest. Aber ich würde nicht jemanden lieben wollen, der mich misshandelt. Aber wahrscheinlich kann man nicht anders. Irgendjemanden muss man ja lieb haben. Und meist ist da eben sonst keiner und so bleibt einem nur die eigene Familie....

«dann machen wir das so!» Robins Akte wird weggelegt. Ob ich jetzt komme? Aber vielleicht war ich schon dran? Herr Brink klappt die nächste Akte auf: «die Luminita Malnik» sagt er und schaut fragend in die Runde. Beate beginnt: «Tja, die Lumi... Die Lumi macht uns derzeit Sorgen. Nachdem wir sie ja kürzlich beim Kiffen erwischt haben und sie mit dem Mbye angebandelt hatte, schien sie uns sehr aus dem Tritt geraten zu sein. Sonst war sie ja immer sehr angepasst und unauffällig, aber die letzte Zeit wird sie auffällig. Sie hat jetzt auch schon paarmal die Schule geschwänzt und das letzte Wochenende bei ihrer Mutter endete mal wieder mit einer verfrühten Rückgabe. Und wie immer hat sie nichts erzählt. Das macht sie ja grundsätzlich nicht. Wir vermuten, dass ihre Mutter sich nicht weiter kümmern wollte. Was ja grundsätzlich das Problem ist. Öffnet sie sich denn bei Dir, Thomas?»

Herrn Mey kann ich nur von hinten sehen.

«Ja, die Lumi ist ein komplizierter Fall. Vor allem ihre neuerdings übersexualisierten Verhaltensweisen, die eine deutliche Reaktion auf die emotionale Vernachlässigung durch ihre Mutter darstellen, sind natürlich ein Problem. Zusätzlich die Pubertät, die erste Verliebtheit, die ja dann gleich wieder vorüber war... naja, und gleichzeitig ist sie im ständigen Übertragungsmodus. Ganz ambivalent eben. Ich hab mir ihre Akte im Vorfeld auch nochmal durchgelesen und nach einem Hinweis auf sexuellen Missbrauch gesucht, denn ihr Verhalten deutet darauf hin. Ich hab immer Schwierigkeiten, sie auf Distanz zu halten. Sie ist so bedürftig und dabei gleichzeitig so sexuell fixiert, dass ich einen früheren Missbrauch vermute. Mbye ist ja nun weg, aber sie sucht intensiv nach Kontakt, nach Beziehung. Und sie setzt dabei nun auf ihre sexuellen Reize. Ich denke, die Maßnahme mit der Pille war gut, denn wir können ja nicht rund um die Uhr kontrollieren, was sie tut, wenn sie sich außerhalb des Heims befindet. Ich denke, wir müssen das stärker im Auge behalten. Ihre Freundin Sophia, von der in den Akten die Rede ist, hat sie beispielsweise in unseren Gesprächen nie erwähnt. Und natürlich macht sie sofort dicht, wenn man sie auf ihre Herkunftsfamilie anspricht. Die emotionale Abhängigkeit zu ihrer Mutter ist nach wie vor übergroß. Und Frau Malnik ist in den Gesprächen zwar theoretisch immer ganz offen und zeigt sich veränderungswillig, aber sobald das in einer konkreten Maßnahme münden soll, macht sie einen Rückzieher. Ich denke, es ist ziemlich unwahrscheinlich, dass sie eine echte stabile emotionale Beziehung zu Luminiţa aufbaut. Und Lumi wird sich dessen mehr und mehr bewusst und sucht nun gezielt nach anderen Formen des Kontakts zu anderen. Und wie gesagt, ein massiv sexualisiertes Verhalten.»

«Aber an ihrem Geburtstag war sie mit Sophia ein Eis essen!» wirft Annette ein. «Also diese Freundschaft scheint noch immer wichtig zu sein. Und hergebracht hat sie die Sophia ja noch nie. Das machen aber ja viele Kinder nicht. Aber ich denke, wir sollten ihr da nicht mit Misstrauen begegnen. Dass der Mbye jetzt weg ist, ist in jedem Fall gut. Eine Zeit lang hatte ich befürchtet, sie fängt jetzt was mit Leon an. Kürzlich in der Küche hab ich da auch Spannungen zwischen den Beiden wahr genommen. Ich denke, wir sollten da auch nochmal ganz klar machen, dass solche Beziehungen hier nicht erwünscht sind. Sie ist auch einfach noch zu jung dafür! Wenn sie jemals die Einrichtung wechseln muss und man sieht, das wir so früh die Pille erlaubt haben, dann kann uns das erheblich Probleme machen.»

«Nein, ich befürworte das voll umfänglich. Ich kann auch gern nochmal explicit auf ihr sexualisiertes Verhalten in meinem Bericht eingehen. Und es wäre ein Riesenproblem, wenn sie schwanger werden würde, solange sie in unserer Obhut ist.»

Am Ende des Flurs hör ich eine Tür. Auf Zehenspitzen haste ich davon. Ich ärgere mich, dass ich nicht bis zum Ende zuhören konnte. Und ich ärgere mich über das, was sie über mich sagen. Ich hasse sie. In diesem Heim ist man nie Mensch.... man ist immer nur ein Problem, keine Person. Man ist eine Diagnose. Und nur weil Menschen sich anders verhalten, als sie es gewohnt sind, glauben sie über einen bestimmen und nachdenken zu dürfen. Ich hab kein sexualisiertes Verhalten. Ich such keine sexuellen Kontakte. Die suchen mich. Und Miriam ist eine wunderbare Mutter. Jedenfalls tausendmal besser als die Scheißpädagogen hier. Ich hasse dieses Leben hier. Ich hasse es.

1,6180339887498948482045868343656381177203091798 057628621354486

Eigentlich sollte ich jetzt in der Schule sitzen, aber ich bin statt zur Schule zu den Eisenbahnbrücken gegangen. Eigentlich will ich keine Schule schwänzen. Ich will immer noch einen Schulabschluss machen, um Tierpflegerin zu werden. Aber irgendwie ist der Wunsch nicht mehr so groß. Ich habe mir überlegt, dass ich ja auch einfach Verkäuferin oder Kellnerin werden kann. Dafür braucht man keinen Schulabschluss und dann hab ich einfach privat alle Tiere, die ich haben will. Einen Johnny hätte ich gerne wieder. Um genau zu sein: den Johnny, den mir Mbye geschenkt hat. Aber Johnny ist tot und Mbye hat sich immer noch nicht gemeldet. Vielleicht ist er inzwischen sogar abgeschoben worden. Leon hat mir kürzlich erklärt, dass die Flüchtlingskinder abgeschoben werden, wenn sie 18 werden und dass manche beim Alter lügen... aber Mbye hat sicher nicht gelogen...

Johnny liegt tot und beerdigt hinterm Heim. So ein Kinderheim ist nicht gut für kleine wehrlose Kaninchen. Es beschmutzt ihr weiches Fell und am Ende ertrinken sie oder sterben am gebrochenen Herzen oder am Erschrecken über die Welt. Jedenfalls sind sie am Ende tot und zwar zu früh und ohne ein richtiges Leben gehabt zu haben.

Kaninchen sollten nie in Kinderheimen leben müssen.

Und Kinder nicht an Zimmerdecken.

Unter der Eisenbahnbrücke ist es schön. Kühl und schattig. Ich male mich als kleines Strichmädchen auf meinen Notizblock und reiße mich dann aus und stelle mein Bild unter den Löwenzahn, der unter der Brücke wächst. Jetzt bin ich in einem Palmenwald. Wenn man sehr klein ist, dann ist das Unkraut am Wegesrand nämlich ein Paradies.

Ein Käfer krabbelt an mir hoch.

Und die Züge fahren vorbei.

Vielleicht wäre es doch schöner tot zu sein.

Mbye hat sich immer noch nicht gemeldet.

Und auf Miriam zu warten dauert ewig. Zumal sie ja mit ihrer neuen Flamme Günther so beschäftigt ist... Ich muss noch fünf Jahre warten, bis ich machen darf, was ich will. Oder mindestens drei, bei guter Führung und Fügung. Und letzteres gelingt mir immer seltener. Ich erinnere mich plötzlich an die Psychologin, die ich so gerne als neue Mama gehabt hätte. Ganz am Anfang, als ich das erste Mal bei ihr war, hatte sie mich aufgefordert, mich zu malen. Und ich hab angefangen ein Schneckenhaus zu malen und sie hat mich unterbrochen und gesagt, dass ich mich malen soll. Ich hätte damals schon merken müssen, dass sie nix kapiert. Man malt sich doch immer erst in die Mitte des Schneckenhauses, wenn das fertig gemalt ist. Wenn man sich auf das nackte Papier und dann auch noch in die Mitte malt, dann ist man ja von allen Seiten angreifbar. Das wäre doch dumm. Man sollte immer erst das sichere Haus malen, bevor man sich der Welt aussetzt. Ich hab aber noch versucht ihr das zu erklären, und sie fand die Erklärung sehr schön.

Sie war sogar ganz hingerissen und ich dachte, jetzt hat sie mich lieb.

Ich dachte, jetzt holt sie mich hier raus.

Ich hasse mich heute noch dafür, dass ich sie mochte.

Wie dumm und naiv ich doch war.

Ich nehme mein kleines Strichmädchen aus dem Löwenzahnbrücken-Dschungel und steh

auf. Vielleicht kann ich verreisen. Zumindest als das kleine Strichmädchen. Wir gehen zum Bahnhof. Ich schaue auf die Abfahrtstafel. Ein ICE fährt nach Hamburg. Dort in der Nähe ist, glaub ich, das Meer. Ich renne zum Gleis und zum Eingangsbereich des ICEs. Die Leute sind schon eingestiegen. Der Schaffner vorne schaut mich komisch an. Aber es ist mir egal. Ich werfe mein kleines Papier-Ich in den Zug. Ich liege auf der Stufe. Die Tür schließt sich. Der Zug fährt ab. Gute Reise, kleines Ich!

Ich schaue mir nach bis ich verschwunden bin.

Und dann geh ich zurück.

Zurück zum Heim.

...

Ich sehe es schon von weitem.

Es brennt.

Ich komme näher und die Feuerwehr steht davor und alles

qualmt. Als ich ankomme, seh ich auch ein Polizeiauto. Leon sitzt drin und neben ihm, Herr Brink, der Heimleiter.

«Was ist passiert?» fragt ich alle, die vorm Heim stehen.

«Leon hat sein Zimmer angezündet!»

Beate telefoniert hektisch mit dem Handy diverse Einrichtungen ab.

«Falls die Feuerwehr sagt, dass wir nicht mehr rein können.» klärt mich Marvin auf. «Dann verteilen sie uns vorübergehend auf andere Einrichtungen. Dieser Scheiß-Spast!»

«Marvin. Sowas will ich hier nicht hören!» tadelt ihn Annette, die außerplanmäßig auch da ist. Herr Brink steigt aus dem Polizeiauto aus und der Wagen fährt ab. Mit Leon. Er winkt mir zu und macht das Victoryzeichen und einen Kussmund. Ich reagiere nicht. Ich bin nur froh, dass Johnny schon tot ist, weil er sonst vielleicht verbrannt oder erstickt wär und das wär vermutlich schlimmer als von Robin ertränkt zu werden, aber sicher bin ich mir nicht. Ich setze mich auf die Schaukel. Ich schaue den Flammen zu, die aus dem Fenster steigen. Und dann raucht es plötzlich ganz stark und dann erscheint ein Feuerwehrmann in voller Montur am Fenster und gibt Handzeichen, dass wohl alles ok ist. Herr Brink lässt sich von den Feuerwehrleuten einweisen, was man jetzt beachten muss. Und dann dürfen wir alle wieder ins Heim. Es riecht seltsam intensiv verbrannt. Wir werden angewiesen, alle Fenster aufzumachen. Leons Zimmer ist komplett ausgebrannt und die Flammen haben schwarze Rußflecken in den Flur gezogen. Es sieht aus, als hätte man einen toten Raben an der Decke verschmiert. Und überall liegt Schaum.

«Wo schläft Leon heute Nacht?» fragt Robin und da merk ich, wie lieb ich ihn hab, weil er noch so winzig und gutgläubig ist, dass er garnicht kapiert, dass Leon nie mehr hier schlafen wird. Er wird entweder bei der Polizei, im Jugendarrest oder der Kinderpsychiatrie schlafen. Aber wie soll man das Robin sagen...

«Der setzt hier keinen Fuß mehr über die Schwelle!» sagt Marvin und Annette nickt. Und ich bin plötzlich sehr müde und frage mich, ob ich Leon eigentlich gemocht habe oder nicht und finde keine Antwort.

1,6180339887498948482045868343656381177203091798 05762862135448622

Herr Mey wartet an seinem Auto. Diesmal bin ich zu spät. Lustlos setz ich mich in seinen Wagen. Herr Mey startet den Motor.

«Na? Heute nicht so gut drauf, hmm?»

Ich sage nichts.

Ich finde, ich hab sowieso viel zu viel gesprochen in der letzten Zeit.

Und ich habe gut im Kopf, was er über mich gesagt hat an der Teamsitzung.

Ohne mich zu fragen fährt er zu seinem Garten. Ich warte gar nicht darauf, dass er sich irgendwas einfallen lässt. Ich gehe direkt zum Sofa und ziehe meine Schuhe und meinen Rock aus und die Unterhose und das T-shirt und lege mich nackt hin. Er betrachtet mich.

«So will ich das nicht, Lumi!» sagt er.

«Zieh Dich bitte wieder an!»

Ich tue was man mir sagt. Mir ist relativ egal, was wir machen.

«Ich finde, wir sollten heute wirklich mal reden»

Ich nicke.

Meinetwegen soll er reden.

«Wieso tust Du das? Denkst Du wirklich mich interessiert nur das?»

Ich zucke mit den Schultern.

«Beate hat mir gesagt, dass Du jetzt desöfteren die Schule geschwänzt hast?»

Er wartet und fährt dann fort:

«Läuft da was zwischen Dir und Leon?»

Ich werde wach.

«Wie geht es Dir denn damit, dass er Dein Zuhause angezündet hat?»

Das ist nicht mein Zuhause.

Und der verschmierte Rabe an der Decke sah sehr schön aus.

Aber der wurde ja gestern schon wieder übermalt. Wie sie insgesamt sehr schnell sind, die Spuren der Kinder, die in einem Zimmer gewohnt haben, zu verwischen. Man existiert in dem Heim nur, solange man da ist. Danach ist man vergessen. Bei einem echten Zuhause ist das anders...

Aber das sag ich nicht. Ich sag gar nichts.

«Lumi, Du solltest schon mit mir sprechen. Wenn Du Dich weiterhin so verweigerst, seh ich mich gezwungen, Dich in eine andere Einrichtung zu überweisen. Schon allein, um Dich vor Dir selbst zu schützen. Du schädigst Dich doch mit Deinem Verhalten derzeit. Du willst doch eine gute Zukunft, oder etwa nicht? Es ist wichtig, dass Du regelmäßig in die Schule gehst und etwas lernst. Du bist doch auch so intelligent. Bisher warst Du durchaus eines der Kinder im Heim, die man gut vorzeigen konnte, weil sie sich gut benehmen und sich bemühen. Aber die letzte Zeit ist das anders.»

Er schaut mich warm und mitfühlend an. Gegen diese Blicke muss man sich wappnen, sonst denkt man wieder, man wird gemocht.

«Ich mag Dich wirklich sehr sehr gerne, Lumi!» sagt er, als könne er meine Gedanken lesen. Er setzt sich neben mich und legt seinen Arm um mich. Ich sehe, wie sein Schwanz steif wird. Bei seiner dünnen Hose ist das ganz einfach. Jetzt fährt er mit seiner Hand unter mein Shirt und streichelt meinen Rücken. Ich schlinge meine Arme um ihn und küsse ihn. Mir ist plötzlich danach. Es wäre doch schön, wenn er mich wirklich mögen würde. Wenn er mit mir hier in dieses Gartenhäuschen ziehen würde. Das wäre allemal besser als im Heim. Und sonst will mich eh keiner. Nicht Mbye, nicht Miriam. Niemand. Jetzt zieht er mich aus. Das hätte er doch auch gleich haben können. Warum immer diese Umwege über das therapeutische Gelaber? Ich verstehe es nicht... Ich bin auf sein übliches Spiel eingestellt, aber diesmal ist er brutaler. Sehr plötzlich und sehr unerwartet für mich. Er tut mir weh, er zerquetscht mich fast. Er stößt extrem zu. Ich fall fast vom Sofa und schaff es kaum mich an die Zimmerdecke zu retten. Es tut zu sehr weh. Und dann schläft er urplötzlich auf mir ein. Das ist das unheimlichste überhaupt. Ich versuche, mich unter ihm zu befreien. Es gelingt mir. Er schläft tief und fest auf seinem Sofa. Ohne Hose. Sein Hintern liegt bleich auf dem Polster. Ich könnte jetzt Photos von ihm machen. Dann hätt ich ihn in der Hand... aber ich trau mich nicht, mein Handy aus der Tasche zu holen. Stattdessen schau ich mich im Zimmer um. Betrachte das Bild von seiner Frau und seiner Tochter Kira. Und dann zieh ich mich an und schleich mich schließlich raus in den Garten. Ich setz mich auf die Bank vorm Haus und schau mich im Garten um. Der schöne riesige Kirschbaum lässt erste Blätter fallen. Heute ist Sommer. Und bald ist Herbst. Und dann kommt der Winter. Da wird es kalt sein und man wird wenig raus können. Sein Sperma fließt aus mir raus. Wenn er alleinstehend wär, könnt ich ihn jetzt ermorden und im Keller einbetonieren und für immer hier in diesem Garten bleiben. Aber wahrscheinlich würd ich das nicht hinkriegen. Das mit dem ermorden. Ich mag ihn ja irgendwie. Manchmal sogar sehr. Dann denk ich für einen kurzen Moment, dass er mich mag. Dass ich ihm nicht egal bin. Aber dann weiß ich wieder, dass das nicht stimmt... Ich frage mich ob mein kleines gemaltes Strichmädchen aus dem ICE raus gekommen ist. Ob es vom Wind durch Hamburg geweht wurde bis zum Meer. Oder ob es bereits im Restmüll verrottet, weil irgendeine Putzfrau es aufgehoben hat und weggeworfen hat. Plötzlich steh er hinter mir. Ich erschrecke mich total.

«Seit wann bist Du wach?» entfährt es mir.

«Sie, Luminiţa, Sie - nicht Du! Darauf muss ich bestehen. Es gibt dieses wunderbare Instrument der Sprache, um professionelle Distanz zu wahren. Ein großer Reichtum der deutschen Sprache. Das Du ist den echten intimen Beziehungen vorbehalten. Und das Sie bezeugt Respekt!» Ich hasse ihn. Wieso steckt er erst seinen Schwanz in mich rein und erklärt mir hinterher was von Distanz und Respekt?

«Ich dachte nur, weil wir...»

Er schüttelt den Kopf.

«Das mach ich aus rein therapeutischen Erwägungen Lumi. Weil ich überzeugt bin, dass Dir das gut tut. Und mir auch. Keine Frage. Aber vor allem für Dich.» Ich nicke. Es bringt nichts. Der Mann glaubt sich. Und wer an sich glaubt, der gewinnt immer. Deswegen sind ja auch immer die Falschen die Sieger. Niemals die Zweifler, sondern immer die, mit einer Überzeugung. Und damit bin ich dauerhaft ausgeschlossen. Ich zweifle zuviel. Und zu sehr. Und grade auch wieder. Jetzt sieht er nämlich plötzlich wieder ganz klein und verletzlich aus.

«Für mich ist es auch wichtig, dass Du mich liebst und respektierst, Lumi. Und zwar so wie ich bin, als Dein Therapeut!»

Ich lege meine Hand auf seine Schulter. Vor uns landet eine Amsel, sieht uns, erschrickt und flattert laut kreischend wieder auf. Und ich muss wieder an den verschmierten Raben an Leons Zimmerdecke denken und daran, dass bei Psychologen und Pädagogen immer alles logisch klingt, auch wenn es das kein bisschen ist.

1,61803398874989484820458683436563811772030917980576286213544486227

Ich war gar nicht darauf vorbereitet. Ich sitze an meinem freien Nachmittag auf der Bank am Schwanenteich in der ewigen Hoffnung Mbye zu treffen, aber wie immer kommt er

nicht. Stattdessen kommen Frau Mey und Kira. Und gehen an mir vorbei. Und kennen mich nicht, obwohl ich eigentlich längst zu ihrer Familie gehöre. Irgendwie jedenfalls. Es ist nur ein wenig unklar, ob ich als große Schwester oder Stiefmutter eher geeignet bin. Oder als garnix. Sie laufen Richtung Innenstadt. Kira hat einen großen weißen Bären im Arm und hüpft neben ihrer Mutter her. Ich geh ihnen nach, in einigem Abstand. Ich will wissen, wohin sie gehen, was sie machen und was sie reden. Aber ich komme nicht weit. Am Rande des Schwanenparks verschwinden sie in einer Arztpraxis. Ein Orthopäde. Ich trau mich nicht rein und überlege, ob ich vor der Praxis warten soll. Ich warte tatsächlich. Und nach einer halben Stunde kommen sie wieder raus und gehen zur Straßenbahn. Ich stell mich direkt hinter sie in die Straßenbahn. Ihr Handy klingelt und sie geht ran. Und sie telefoniert mit ihm.

«Thomas,.... ja, waren wir... Kiras Knie ist ganz in Ordnung... er hat einen Ultraschall gemacht...Wann kommst Du heute?... So spät?» und dann passiert es. Ich sehe in der Korbtasche, die über ihrer Schulter hängt, ihren Geldbeutel.

Und die Straßenbahn ist voll. Und die nächste Haltestelle direkt vor uns. Ich greife nach dem Geldbeutel und zieh ihn aus der Tasche. Niemand hat etwas bemerkt. Frau Mey telefoniert und Kira spielt mit ihrem Bären. Die Tram hält an und ich steige aus. Mit ihrem Geldbeutel. Ich schäme mich furchtbar. Das ist mein dritter Diebstahl. Aber ich will wissen, was in dem Geldbeutel ist. Und ich finde, ich sollte auch was von dieser Familie haben. Ich wohne ja schon halb bei ihnen. Zumindest im Ferienhaus. Und ich mach die Beine breit für den Mann. Davon haben die sicher auch was...

Ich laufe zurück zum Schwanenpark und will mir dort den Geldbeutel näher anschauen. Aber dann ist es mir zu öffentlich und ich entschließe mich unter die Bahnbrücke zu gehen. Dort ist es sicherer.

Und dort kann ich dann endlich auch meinen Schatz in Augenschein nehmen. Kein Ausweis, aber eine Stadtbüchereikarte, ein Mitgliedsausweis von einem Fitnessclub und ein Jobticket für die Straßenbahn. Sie heisst Kirsten. Kirsten Mey. Und es sind Photos drin. Von Thomas Mey. Von Kira und Thomas und Kirsten. Und von zwei Frauen, die ich nicht kenne. Außerdem die Visitenkarten von einem Friseur und zwei Ärzten. Und fünfzig Euro und ein paar Münzen. Ich rieche an dem Geldbeutel. Er riecht nach irgendeinem Parfum und ein bisschen ledrig. Nicht besonders gut jedenfalls.

Ich überlege, was ich mit dem Geldbeutel machen soll. Ich könnte die Karten in den Briefkasten werfen. Dann kriegt sie sie vielleicht wieder. Aber da sind ja nun meine Fingerabdrücke drauf. Im TV überführen sie die Diebe und Mörder fast immer mit ihren Fingerabdrücken. Das ist also zu gefährlich. Und was mach ich mit dem Geldbeutel und den Photos und dem Geld? Wenn ich es mit in mein Zimmer

nehme und jemand findet es... das ist zu gefährlich. Ich beschließe den Geldbeutel mit den Karten und den Photos
unter einem Busch zu verstecken und das Geld steck ich
mit in die Rocktasche.

Und dann hab ich plötzlich eine Idee.

Und genau so plötzlich kein schlechtes Gewissen mehr.

Ich werde mir eine Fahrkarte kaufen. Und dann werde ich
nochmal zu Mbye fahren. Und ich werde klären, ob er mit
mir zusammen sein will oder nicht. Und wenn ja, werd ich
mit ihm alles weitere besprechen Und wenn nicht, dann
werde ich alleine planen. Aber ich will nicht mehr warten
müssen. Nie mehr will ich warten müssen. Und das Geld
hab ich mir verdient. Ich gehör ja quasi zur Familie... das
ist mein Anteil an dem Ganzen. Mein persönliches kleines
Stückchen Glück. Das muss man sich manchmal nehmen,
wenn es einem nicht gegeben wird. Jedenfalls im Notfall.
Und das mit Mbye ist ein Notfall. Ich muss ihn wieder sehen. Ich muss wissen, ob er mich will.

Ich gehe direkt zum Bahnhof und kaufe mir das Ticket.

Ich fahre zu Mbye. Zu seinem Heim.

Und diesmal bleib ich solange, bis ich weiß, ob er mich
noch haben will oder nicht.

Diesmal ist die Fahrt noch entspannter als beim letzten Mal.

Weil ich die Landschaft schon kenne.

Aber die Fahrkarte hätt ich mir sparen können. Es kommt
kein Schaffner.

Und auch der Busfahrer will kein Ticket sehen.

Waldheim wird durchgesagt und ich steige aus.

Aber als ich dann davor stehe, sieht das Haus völlig verlassen aus.

Ich schaue ungläubig auf das Gebäude.

Die Vorhänge sind weg.

Die Blumentöpfe auch.

Ich gehe näher ran.

Diesmal hab ich nichts zu verlieren.

Aber das Haus scheint wirklich leer zu sein.

Ich klingle, obwohl ich weiß, dass niemand mehr da ist.

Das ist unheimlich. Als ich vor drei Wochen da war, war doch noch alles ganz normal.

Ratlos stehe ich an der Straße.

Dann hält ein Auto neben mir.

Ein Mann kurbelt die Scheibe runter und fragt, was ich suche.

«Das Heim» sag ich und schau ihn fragend an.

Er erklärt mir, dass das Heim für die jungen Ausländer geschlossen wurde, wegen der Bürgerproteste dagegen. Und weil die Plätze eh nicht voll waren. Einige seien abgeschoben worden, andere seien in eigene Wohnungen gezogen, weil sie eine Ausbildung begonnen haben und die Eriträer, die unten beim Bäcker gearbeitet haben, seien volljährig und deshalb aus der Jugendhilfe rausgefallen. Und dann seien eben zu wenige da gewesen und man habe das Heim dicht gemacht. Und der Rest sei sonstwohin verteilt worden... er wisse nicht wo. Man sei im Dorf eh froh, dass das Heim wieder dicht sei. So viele junge Männer, das sei für hier eh nix gewesen...

Sagt der Mann. Kurbelt die Scheibe hoch und fährt davon.

Ich stelle mich an die Bushaltestelle.

Ich steige ein.

Ich fahre zurück zum Heim.

Jetzt hab ich nicht mal mehr eine Adresse. Warum hab ich Idiot ihm nicht einfach einen Brief mit meiner Nummer geschrieben? Nun hab ich überhaupt keine Chance mehr Mbye zu finden...

Mehr allein sein geht nicht.

Allein ist schon schlimm.

Aber allein ohne Hoffnung.

Und ohne Perspektive. Und ohne zu wissen, wo Mbye ist.

Ob er abgeschoben wurde?

Oder ob er in ein anderes Heim gebracht wurde?

Ob er überhaupt auch nach mir sucht?

Ich weiß nicht, was ich tun soll.

Da ist nicht mal mehr dieses große schwarze Loch.

1,6180339887498948482045868343656381177203091798 0576286213544862270

«Die Jenny ist schwanger!» begrüßt mich Robin ganz aufgeregt.

«Und das obwohl die doch gar keinen Freund hat.»

Ich bin einigermaßen baff. Aber als Tageskind hat Jenny ja abends Ausgang und Freiheit ohne Ende und da sie abends immer nach Hause geht, kann keiner so genau sagen, was sie dann macht. Klar ist nur, dass sie jetzt die Einrichtung wechseln wird. Und dann auch ein volles Heimkind werden wird. Mit Baby will ihre Mutter sie nämlich bestimmt nicht behalten. Sie war ihr ja ohne Baby schon zuviel. Beate sagt, dass wir heute Abend eine außerordentliche pädagogische Sitzung machen. Wegen dem Brand und wegen der Jenny und überhaupt gäbe es noch ein paar Dinge, die geklärt werden müssten. Ich versuche mir vorzustellen, wie in Jennys Bauch ein Baby sitzt. Ich kann mir das nicht vorstellen. Wenn ich ein Baby wäre würde ich auch ganz sicher nicht in Jennys Bauch sitzen wollen. Die trägt auch immer bauchfreie Tops. Es ist bestimmt sehr kalt in Jennys Bauch. Und außerdem wird die bestimmt keine gute Mutter. Sie ist schon zu normalen Leuten, die sie nicht kennt, nicht nett. Wie soll sie es dann zu ihrem Kind sein? Zumal, wenn es ihr ähnlich wird...

Ich wünsch mir auch ein Kind.

Irgendwann wenn ich frei bin.

Wenns mir keiner wegnehmen kann, weil ich minderjährig bin.

Wenn mir keiner reinreden kann.

Wenn ich ich sein darf.

Ich wäre bestimmt eine gute Mutter. Ich würde mein Kind niemals am Wochenende allein lassen, um auf Partys zu gehen. Und ich würde immer schauen, dass genug zu essen im Haus ist. Und ich hätte es lieb. Ich denke an Mbye und daran, dass er bestimmt ein lieber Vater wäre, - aber ich weiß ja nicht mal wo er ist...

Und dann kann ich plötzlich nicht mehr atmen und muss raus an die frische Luft.

Abends sitzen wir in einem ziemlich kleinen Kreis. Herr Brink der Heimleiter ist da und die Erzieher, aber Marvin fehlt, weil er mit einer Jugendgruppe in Urlaub gefahren ist, Tamarazwei fehlt, weil sie mit Halsschmerzen im Bett liegt und Jenny fehlt, weil sie ein Baby bekommen wird und Herr Mey ist auch nicht da. Sie fangen an mit dem Brand und der Renovierung und damit, dass da bald neue Kinder einziehen, weil auch Marvin demnächst die Einrichtung verlässt, weil er volljährig wird und eine Ausbildung anfängt. Dann erklären sie, dass Jenny die Einrichtung wechseln wird, ohne zu sagen warum und schließlich sagen sie, dass Herr Mey ebenfalls nicht mehr kommt und für ihn demnächst ein anderer Kollege oder eine Kollegin käme. «Gibts da keine Abschiedsfeier?» fragt Robin, der sich um die typischen Süßigkeiten, die es beim Betreuerwechsel gibt, betrogen sieht. Aber Herr Brink sagt, dass das in diesem Fall nicht vorgesehen sei und dass man sich bemühe, schnellstmöglich einen Ersatz zu finden. Robin mault und ich bin noch sprachloser als sonst, weil ich nicht verstehe, wieso Herr Mey so plötzlich geht und sich nicht mal mehr verabschiedet. Ich bin völlig verwirrt. Einerseits fühle ich mich erleichtert, weil er weg ist, andererseits bin ich traurig, weil ich auf diese Weise wohl nicht mehr in den Garten komme. Und nicht mal mehr irgendwie zu seiner Familie gehöre und ich frage mich, ob er sich wohl doch nochmal meldet, um mir tschüss zu sagen. Ich meine... ich war doch etwas Besonderes für ihn. Das kann ihm doch nicht egal sein... Ich fühle mich plötzlich sehr verlassen. So, als hätte man das Schneckenhaus um mich rum wegradiert. Warum verlassen mich immer alle?

Später steh ich im Bad vorm Spiegel.

Ich schnuppere unter meinen Armen.

Es riecht nach Deo.

Trotzdem sieht mein Spiegelbild aus, als würde ich stinken. Abstoßend und hässlich.

Meine Locken stehen fransig ab und mein Gesicht sieht teigig und derb aus.

Meine Augen sind so dunkel, dass kein Licht der Welt eine Farbe zulassen würde und meine Nase ist groß und hängt sehr traurig mitten im Gesicht.

Ich verstehe nicht, warum das Leben so gemein zu mir ist.

Das Leben und der Badezimmerspiegel

und Miriam, Mbye und Herr Mey, der verschwindet, ohne sich zu verabschieden...

1,618033988749894848204586834365638117720309179805762862135448622705

Plötzlich wissen es alle im Heim.

Irgendeiner hatte es gehört, als er die Betreuer belauscht hat.

Herr Mey ist der Papa von Jennys Baby.

Ich sehe den Film vor mir.

Er und sie im Gartenhaus... in meinem Gartenhaus...

Oder hat er sie abends außerhalb getroffen?

Als Tageskind ist sie ja frei.

Vielleicht ist er mit ihr essen gegangen...

Vielleicht verlässt er jetzt seine Kirsten und seine Kira und fängt mit Jenny und dem Baby ein neues Leben an. Aber das passiert wohl eher nicht.

Sie ist ja erst sechzehn. Da darf man noch garnicht heiraten. Oder doch..?

Hat sie auch Kirschen mit ihm gepflückt?

Haben sie auch Schnecken gesammelt?

Ich kann es mir nicht vorstellen und dennoch seh ich es vor mir.

Herr Mey mit runtergelassener Hose auf dem Sofa. Jenny drunter.

Nackt.

Natürlich nackt.

Zumindest zwischen den Beinen.

Anders wird man ja nicht schwanger.

Jenny in seinem Auto.

Jenny auf der Wiese im Garten.

Herr Mey flüstert ihr Sachen ins Ohr.

Ich hab Filme.

Und ich finde die Scheißausstelltaste nicht.

Ich wohne an der Zimmerdecke.

Die Sommerferien sind Sommerferien.

Und Herr Mey ist weg.

Und Miriam ist in Ferien. Mit Günther.

Sie muss sich erholen. Sie ist schließlich alleinerziehende Mutter.

Und Mbye ist wie vom Erdboden verschluckt.

Der Sommer fühlt sich an wie ein Winter.

1,61803398874989484820458683436563811772030917980576286213544862270 52

Sie hatte sich in der Gruppensitzung vorgestellt und ich hab sie sofort nicht leiden können. Ich mag Frauen nicht, die pink lackierte Nägel haben und die so sehr geschminkt sind, dass man nicht weiß, ob man ein Gesicht oder doch eine Maske vor sich hat. Aber es nutzt nichts. Sie ist die Nachfolgerin von Herrn Mey und ich muss zu ihr. Ich klopfe und sie bittet mich rein. Wie immer bin ich gespannt, ob ich diesmal wieder diese beknackten Tintenfleckenbilder angucken soll. Oder ob ich im Tischsandkasten spielen soll, was noch beknackter wär. Aber diesmal würd ich eh nichts spielen. Und nichts sagen. Ich setze mich in den blauen Sessel. Draußen spielt Robin mit den anderen Fußball. Frau Hammberger, so heisst sie, blättert durch meine Akte.

«Hallo Luminita, schön Dich kennen zu lernen. Ich versuch mir jetzt grade ein Bild von Euch hier zu machen und dabei hilft mir, was meine früheren Kollegen so über Euch geschrieben und notiert haben. Hier steht, Du hast schon Drogen genommen und des öfteren Schule geschwänzt. Außerdem seist Du sehr anhänglich und zuneigungsbedürftig. Was sagst Du dazu? Siehst Du Dich auch so?»

Luminita... sie sprechen es immer alle falsch aus.... und Drogen genommen... phhh... einmal beim Kiffen erwischt und PENG haste nen Stempel. Ich schau zum Fenster raus. Robin rennt grade mal wieder dem Ball hinterher. Er wird ihn sicher nicht kriegen. Die anderen spielen nur ab, wenn Toralf dabei ist. Weil der Sozialarbeiter ist und aufpasst, dass fair gespielt wird. Sonst bolzen sie immer eben einfach drauf los. Aber Toralf seh ich nirgends. Wahrscheinlich wird Robin also gleich wieder heulend davon laufen. Man kann ihm nicht helfen. Man kann dem Elend nur zugucken.

Und ihn nachher trösten.

«Hier steht auch, dass Du Dich den Gesprächen oft verweigerst.»

Vorgestern hab ich unter dem einen Stuhl einen alten Kaugummi entdeckt. Der stammt bestimmt noch von Jenny. Oder von Tamara. Also von Tamaraeins, die nie Tamaraeins war, weil die andere Tamara ja erst kam, als sie schon weg war. Aber die Kaugummis, die sie und Jenny immer unter die Stühle geklebt haben, sind noch da. Zumindest der eine. Das ist das Einzige, was von einem hier bleibt, wenn man weiter gereicht wird. Ein Kaugummi unter einem Stuhl. Oder eine Diagnose in einer Akte.

Sie schreibt sich was auf.

Vermutlich, dass ich zum Fenster raus schaue.

«Du wurdest ja auch von Herrn Mey betreut seh ich grade. Wie kamst Du denn mit ihm zurecht?»

«Gut.» sag ich und schau sie an.

Sie soll bloß nicht denken, dass ich irgendwie ein Opfer bin oder so.

Sie schreibt wieder was auf. Sie wartet kurz, ob ich noch was sage, dann fährt sie fort, mir Fragen zu stellen. Aber ich finde die Einrichtung spannender. Im Tischsandkasten stehen von der vorherigen Sitzung noch einige Tiere. Ein Tiger steht neben einem Elefantenkind und gegenüber steht ein Schwein. dazwischen ist ein Zaun gezogen und drei Hunde liegen halb mit Sand bedeckt in der anderen Ecke. Sieht nach Robin aus. Bestimmt war er auch schon hier. Frau Hammberger legt mir ein Blatt Papier hin und einen Stift und fordert mich auf, zu malen. Ich nehme den Stift und beginne zu malen. Kleine schwarze Kästchen. Ein Kästchen für Miriam, ein Kästchen für Mbye, ein Kästchen für Leon, ein Kästchen für Jenny, ein Kästchen für Herrn Mey... Kästchen für Kästchen mal ich ohne auch nur zu wissen wozu. Frau Hammberger weiß es offenbar auch nicht und bittet mich, was dazu zu erzählen. Ich muss grinsen. Diese Psychos halten einen echt für doof. Sie fragen nie einfach was ist das; sie schwurbeln dann sowas wie magst du mir was dazu erzählen... Mag ich aber natürlich nicht.

Ich male, damit die Zeit schneller rum geht.

Hier hab ich ja nun keine Doppelstunden mehr. Und keinen Tierpark und keinen Garten und keinen Kirschbaum und keinen Mbye und keinen Herrn Mey und Miriam hat Ferien und hat nur eine Postkarte geschrieben und ich will in mein Zimmer gehen, weil ich dort ein Buch hab, was ich zwar nicht lesen kann, weil ich zur Zeit nicht mehr lesen kann, aber ich kann es mir vors Gesicht halten und dann fühl ich mich fast normal. Weil es ja dann zumindest so aussieht, als sei ich normal. Frau Hammberger seufzt, heftet das Blatt in ihren Ordner und sagt: «Wir werden schon noch einen gemeinsamen Weg zur Sprache finden!»

Und dann deutet sie mit ihren pinken Fingernägeln zur Tür und ich gehe raus und hoch in mein Zimmer hinter mein Buch.

Und da lieg ich dann.

Wie in einem Schneckenhaus.

Bis es plötzlich und sehr leise BING macht.

Eine whatsapp.

Von einer unbekannten Nummer.

Hi Lumi, kairabee? I saw your message at Schwanenteich. I am here now, its complicated, but when will we meet? Love, Mbye!

DANKE!

Für diese Geschichte habe ich gelesen, habe einige Einrichtungen besucht und vor allem wieder mit vielen Betroffenen gesprochen. Ich danke deshalb allen, die mir hier geholfen haben...

Leila Abdulla für ihre kleine Nachmittagsgeschichte, Jochen Winter, für seine Informationen über die kleine handtuchlose Welt im PHV, Madi Sarr für seine Erzählungen über Farafenni und Libyen, Parfen Laszig für die zahlreichen Fachliteratur-Empfehlungen und den Grimpel, Kade Horlacher für die Vermittlung an Pamadi Touray und ihm wiederum für die Verifizierung der Übersetzungen Mandinka-Deutsch, meinen kritischen Testlesern Hanne Allenspach, Pedro K. Schwaiger, Lea Leonie Ambs, Carsten und besonders Andrea Livnat, Doro Nickl-Dobler fürs Cover, Peter Krauss für die Korrektur und den Kaffee zwischendurch, Götz Münstermann für sein stets offenes Ohr während meiner zahlreichen Schreibkrisen, Peter Probst für die Sonnenuntergänge per whatsapp, dem unbekannten Tierpfleger, der mir alles über Vögel erzählt hat, dem Franzosen auf dem Fahrrad, - und ganz besonderen Dank an Pabice, Mamadou, Fanta, Lamin, und Fatime für ihre Erzählungen von Flucht, Ankunft und den Unterkünften, und an Volkan auf Ehre, Halid, David, Amaya, Lisa, und Maurice für ihre Erzählungen aus den Heimen und Wohngruppen, und an all diejenigen (Frauen und Männern), die mir von ihren Missbrauchserfahrungen erzählt haben... und die allesamt nicht namentlich genannt werden wollten, denen diese Geschichte aber gewidmet ist.

P.S. -Das Buch Fabelhaftes Meer gibts übrigens wirklich. Es ist von meinem Freund Willy Puchner und sei hier allen ans Herz gelegt, die gerne blau träumen mögen.